L'Excuse

DU MÊME AUTEUR

Chez le même éditeur

JULIETTE OU LA PARESSEUSE, 1999

L'HEURE ANGLAISE, 2000

COLLOQUE SENTIMENTAL, 2001

HAPPY END, 2005

Aux éditions Honoré Champion

LA SCÈNE EUROPÉENNE, HENRY JAMES ET LE ROMANESQUE EN QUESTION, 2000

Aux éditions Klincksieck

LES RÉCITS DE RÊVE DANS LA FICTION, 2006

Julie Wolkenstein

L'Excuse

Roman

P.O.L
33, rue Saint-André-des-Arts, Paris 6e

ISBN : 978-2-84682-271-8
www.pol-editeur.fr

« Nous ne sommes tous, nous les vivants, que des morts qui ne sont pas encore entrés en fonctions. »

Proust, *Journées de lecture*

Martha's Vineyard, juillet 20..

La première fois que je l'ai vu, c'était ici.

Je m'attends maintenant à retrouver des photos. Cette après-midi-là, dans mon souvenir, nous avons dû poser devant l'objectif d'oncle Dick, une fois que j'ai rejoint leur groupe. Mais celles-là, je serai dessus. Elles ne rendront pas compte de mon premier regard sur eux, sans moi. Je chercherai d'autres photos. Prises par une de ces fins de journée toutes si idéalement pareilles, ici, sur la véranda, pareilles aussi à celle qui est décrite au début du livre. Je m'attends à retrouver le livre, peut-être même à la place exacte où je l'ai laissé après l'avoir lu, il y a si longtemps.

Peu de moments dans la vie approchent la perfection autant que l'heure de l'apéritif, surtout lorsqu'il est servi, comme c'était le cas ce premier soir, face à la mer et juste un peu trop tôt, juste assez en fait pour que s'y mêle un délicieux sentiment de culpabilité, de « C'est pas raisonnable » – bref, avant le coucher du soleil.

Mon oncle, mon nouvel oncle, un inconnu, dans sa chaise longue (couvert d'un plaid que la brise ne justifiait absolument pas, mais son état, oui, j'en savais déjà assez par tante Françoise pour le deviner), tenait un verre à whisky en cristal taillé gros comme une carafe où tremblaient trois icebergs ; tout sur ce continent paraissait surdimensionné à mes yeux d'étrangère. Derrière lui, appuyés à la rambarde, Charles et Nick me tournaient le dos, attentifs à éloigner du malade la fumée de leurs cigarettes, le bras discrètement tendu vers l'autre côté, là où le terrain dévalait vers la plage et l'océan.

Je croyais que ça me ferait mal d'évoquer enfin cette première image ici, dans son décor, elle qui me suit de toute façon partout, mais j'ai voulu la reconstituer dans le détail.

Avant d'ouvrir les volets du rez-de-chaussée, ceux des pièces principales au moins (ça de toute façon je le ferai plus tard, il y en aurait pour des heures), je suis allée dans la cuisine fraîche et sombre ; le distributeur de glace du frigo marchait impeccable, la maison est bien entretenue apparemment, même si tante Françoise n'y a plus remis les pieds, n'est jamais revenue, ne l'aurait jamais fait sans doute même si elle avait vécu un siècle de plus.

Pas une sentimentale comme moi, cette tante qui n'en était pas une, mais seulement la première femme de mon père, figure d'un passé familial rarement évoqué. Une vraie dure, la mère de Nick, j'avais déjà eu le temps de m'en apercevoir, ce premier soir où elle m'a laissée les affronter sur la véranda pour monter directement dans sa chambre. Je la connaissais depuis deux jours seulement, ma « tante », mais je savais que ce n'était pas volontairement discourtois. Elle faisait toujours les choses dans un certain ordre, à son rythme (autoritaire), revendiquait la liberté, du coup accordée aux autres, de se préférer, non, j'exagère, de préférer son confort à des obligations jugées inutilement formelles. Elle aimait prendre un bain et se coucher lorsqu'elle rentrait de ses voyages, tout de suite, se foutait des préceptes concernant le décalage horaire et le meilleur moyen de s'y adapter, c'est-à-dire en adoptant immédiatement le fuseau local. J'étais novice, moi (je croyais donc dur comme fer à ces règles valables en fait quand on ne reste pas longtemps, que le temps presse, et pas pour moi qui venais m'installer pour une période indéterminée), et résolue de toute façon à découvrir l'Amérique sans attendre, même s'il était presque deux heures du matin heure de Paris. Ni son mari, ni son fils, ni Charlie n'eurent l'air étonnés de me voir émerger toute seule du salon, juste embêtés que le chien bondisse et projette sa truffe vers mon entrejambe. Je détestais les chiens. Après, bien après, je l'ai aimé, celui-là.

J'ai versé quelques glaçons dans le creux de ma main gauche et traversé le hall gigantesque (il est vraiment gigantesque, je le confirme, ce n'était pas un effet exagéré de mon optique européenne d'alors). Le salon n'a pas changé. Je ne sais pas si je vais enlever les housses, j'aime bien tout ce blanc et le tissu, dessous, m'a toujours paru trop fragile pour une maison de bord de mer, trop civilisé. La glace me brûlait la paume, je me suis hâtée vers le bar monumental, versé un whisky (un peu éventé quand même après tant d'années où les soirées se sont succédé dans le silence identique de la maison abandonnée, jamais rompu par le cliquètement aléatoire, imprévisible des cristaux, ce bruit que j'aime de la glace fondant sous la chaleur de l'alcool), tout ça de la seule main droite, j'ai presque dû décoller les glaçons qui adhéraient à l'autre paume et ils ont plongé dans un premier crépitement, attendu celui-là ; je me souviens que je m'y étais vite mise, ce premier été, et tant pis pour Charles que ça choquait évidemment un peu de voir une fille doser les alcools, manier le shaker, se servir elle-même.

Je croyais que ce serait dur de redécouvrir cette vue familière et désormais déserte. J'ai ouvert une porte-fenêtre, déverrouillé les volets sans lâcher mon verre et avalé une bonne gorgée avant de regarder devant moi. C'était il y a une heure et je n'ai pas beaucoup bougé depuis, me suis assise sur les marches au centre exact de la véranda. Demain, je ressortirai un fauteuil et un transat. Ce n'est pas vraiment une véranda, plutôt une galerie couverte qui fait tout le tour de la maison. Le premier soir, j'ai immédiatement reconnu dans la profusion des meubles de jardin qui y étaient disposés, leurs coussins de lin, les châles de cachemire pliés sur les dossiers, la grande table couverte de livres et de revues, le plateau de l'apéritif trônant déjà au milieu, reconnu dans ce salon sans murs un décor familier, aperçu cent fois dans les magazines, les films, un décor qui rimait avec « dynastie », « côte est », « Wasp », et les personnages, chien compris, s'y intégraient parfaitement.

Je suis bien. Je ne souffre pas, je n'ai pas envie de pleurer, j'ai suffisamment vieilli, j'ai de la chance d'être là, de toute façon j'ai toujours su que je leur survivrais, à mon oncle Dick, à tante Françoise, à Nick aussi, même s'il n'avait que dix ans de plus que moi, Françoise m'avait tout raconté dans l'avion sur sa maladie. Et si Charlie, qui vit toujours, lui, n'est pas ici avec moi, c'est de ma faute, c'est trop tard et depuis longtemps.

Aucune loi n'interdit encore d'allumer une cigarette dans son propre jardin et maintenant je suis chez moi ici. J'aspire une bouffée et vais sans vraiment y réfléchir me poster à l'endroit même où les deux garçons se penchaient dans mon souvenir intact, de dos, Nick, le brun, qui ressemblait tellement à sa mère que je l'ai identifié tout de suite et le blond, Charlie, son meilleur copain, dont tante Françoise m'avait parlé aussi.

Quelques semaines après mon arrivée, il y a eu la première rechute, mon oncle quittait rarement sa chambre et nous avons investi librement la grande table, transformé la véranda en tripot. On aimait assez jouer pour n'avoir pas besoin d'intéresser les parties, même si Nick proposait régulièrement de miser des sommes dérisoires, faisait comme si la pression pouvait encore monter. L'absence de mon oncle, les rares excursions de ma tante hors de la maison nous livraient à nous-mêmes ; ce n'était plus la peine de feindre la prévenance de la cigarette tendue vers l'air du large ; mon premier joint, ma première herbe américaine, Nick l'a roulé tranquillement sur la couverture glacée d'une revue de décoration que personne n'ouvrirait jamais, qui participait à la conversion du dehors en dedans, contribuait à l'ambiguïté de ce seuil.

Tant pis pour la note franchouillarde, c'était au tarot qu'on jouait, pas au poker par exemple (plus couleur locale mais pas socialement adapté non plus). Ils m'ont tout appris. J'avais jusque-là ignoré avec un mépris d'exclue les termes bizarres échangés par les étudiants qui tapaient le carton à côté de moi dans les cafés parisiens, moi qui venais avaler un sandwich avant de retourner à la bibliothèque ou en cours, seule ou avec d'autres aussi bêtement sérieux que moi. J'ai même refusé d'essayer, au début, j'avais trop peur de perdre en fait, je déteste ça, mais j'ai prétexté le ridicule de ces « bouts », « chien », « excuse », qu'il fallait apparemment prononcer. J'ai vite cédé, heureusement.

La plus grosse enchère au tarot, celle que j'ai dû tenter une ou deux fois, et encore, parce que l'herbe atténuait mes inhibitions, s'appelle une « garde contre ». Les six cartes du « chien », retournées au centre de la table, celles que récupère en principe celui qui prend la main, on les laisse cette fois cachées, et elles sont destinées, en fin de partie, à rejoindre le camp adverse. Garder contre, c'est donc avoir assez d'or entre les doigts pour se passer de ces cartes-là, tout un programme : le monde m'appartient. Il m'a appartenu pour de vrai le monde, ce premier été, je veux dire qu'il s'ouvrait enfin et j'étais la seule à ne pas m'en apercevoir, pas vraiment, j'étais trop jeune. Ce sont aussi les derniers mots de Nick avant de mourir, avant qu'il ne puisse plus articuler, quand il était encore audible, il a levé la main en direction du livre posé sur la table de nuit et c'est ça qu'il m'a dit, « garde contre ».

Plus tard, je monterai dans sa chambre. J'ai prévu de m'y installer. Le livre n'est plus sur sa table de nuit, il est sans doute resté sur la mienne, à l'étage au-dessus. Je l'ai lu en trois jours, trois nuits plutôt, après l'enterrement de Nick. Auparavant, je me souviens être tombée par hasard sur son titre, lorsque le film est sorti il y avait des affiches immenses le long des autoroutes à Los Angeles, des amies m'avaient proposé d'aller le voir, c'était l'époque où elles cherchaient à me distraire, « il ne faut pas que tu restes seule », et pourquoi pas, justement ? J'ai dû lutter pour que Juliette ne vienne pas s'installer chez moi, bref, l'année de la mort de Tom. Il passe quelquefois à la télévision mais je ne l'ai jamais regardé. Un jour aussi, je me souviens d'un exemplaire sur la table d'une librairie, à Paris. Cette fois, je venais y enterrer ma mère. Mais c'était une nouvelle édition, pas la couverture rose vif que je vais retrouver lorsque je grimperai tout là-haut.

Dans la lettre, ma tante précise qu'elle a laissé les affaires personnelles de Nick dans ma chambre, au cas où je voudrais y jeter un œil. J'irai demain. Ce soir je ferai comme elle : un bain et au lit sur l'air d'Après-tout-demain-est-un-autre-jour. Il n'est que cinq heures à San Francisco, mon fuseau à moi maintenant, mais j'ai très sommeil et je vais obéir aux préceptes que transgressait tante Françoise, m'adapter au temps d'ici, même si je ne suis pas plus pressée que ce premier soir, quand je suis arrivée en sens inverse : cette fois aussi, je reviens pour longtemps. De toute façon, à mon âge dix heures du soir c'est tard déjà, surtout après un voyage, et on devient conformiste si ça vous arrange. Il y avait trois voiliers au large quand j'ai écrasé ma cigarette, le dernier vient de disparaître du côté de Chappaquiddick qu'on ne peut pas voir d'ici. Il y aura toutes les photos prises sur le bateau probablement, dans les « affaires personnelles » de Nick que Françoise m'a léguées avec le reste, mais ça oui, demain, ou même après-demain. J'ai tout mon temps.

Lorsque je me suis levée, toutes sortes de bruits familiers agitaient déjà le rez-de-chaussée. J'avais appelé la gardienne avant de quitter San Francisco et prévenu que je voulais ouvrir moi-même la maison. Sans témoin.

Je ne la connais pas. Autrefois, les domestiques ici s'appelaient tous Bennett – mais ça ne veut rien dire sur une île. La nouvelle aussi s'appelle Bennett, je n'ai pas osé lui demander au téléphone si elle avait un lien de parenté avec les anciens, je ne me souviens pas assez d'eux pour tenir très longtemps une conversation là-dessus. Elle n'a pas l'air bavarde heureusement. Quand je suis descendue, elle avait préparé dans la grande salle à manger une variété impressionnante de petits déjeuners : thé, café, chocolat, quatre mueslis différents, trois verres qui contenaient apparemment des jus d'orange, de pomme, de pamplemousse, des viennoiseries, des toasts, des œufs durs, brouillés, au plat, etc., comme si, un soir de cuite sévère à l'hôtel, j'avais coché par erreur toutes les cases du formulaire avant de l'accrocher à la poignée de ma porte. Je lui ai expliqué que je ne prenais que du café et que je pouvais m'en charger toute seule ; elle n'a rien dit mais je vois bien qu'elle me considère comme une intruse, pas insulaire d'abord, et même pas Américaine non plus. J'ai quand même eu le courage de lui demander de remettre les housses, dans le salon, j'ai rempli ma tasse de la lavasse qu'ils appellent café ici, à laquelle je me suis habituée pourtant et je suis allée la boire dehors.

Tous les volets étaient ouverts maintenant et elle avait sorti deux fauteuils et la grande table. Il faisait déjà chaud à l'ombre mais j'ai frissonné. De nouveau meublée, la véranda m'a paru bizarrement plus abandonnée qu'hier. Je ne vais peut-être pas réussir à l'habiter de nouveau. Qu'est-ce que je pourrais bien y faire ? Des patiences ? Non, bien sûr, je sais très bien ce que j'y ferai. C'est là – et le beau temps est parti pour durer tout l'été – que je me plongerai dans les affaires de Nick, quand je descendrai les cartons.

Ils sont là, devant moi. Il y en a trois, côte à côte au milieu de mon ancienne chambre. Ils paraissent tout petits, par rapport à ses dimensions déraisonnables, américaines. Je ne connais personne en France qui puisse faire tenir un lit king size et deux canapés dans sa chambre à coucher. Je n'en connaissais pas à l'époque, évidemment, mais aujourd'hui, je confirme que c'est rare en Europe, même dans les grand hôtels.

En fait, ce sont des boîtes, rectangulaires, fermées d'un simple couvercle, tapissées d'un papier reliure dont les marbrures beiges et grises se fondent dans les motifs du tapis qui paraît plus sombre, les rideaux sont tirés. Je vais les traîner jusqu'à l'ascenseur, dont je ne me suis quasi jamais servie. Pas le premier été, c'est sûr, je me souviens que j'ai découvert tardivement son existence, n'avais pas remarqué que le départ de mon oncle chaque soir après le cognac était suivi d'une imperceptible vibration tout là-bas, à l'autre bout du hall. J'y suis montée avec Nick bien plus tard, c'était mon dernier séjour ici, et au tout début il pouvait encore se déplacer.

Oui, on peut dormir dans la chambre de quelqu'un qu'on a vu y mourir. C'est prouvé. J'y suis arrivée. Pas dans le lit où Nick est mort – c'était un lit médicalisé qui a été discrètement enlevé après la mise en bière. J'y ai d'autres souvenirs que son agonie, ça explique peut-être ma prouesse. Ou alors pas du tout. Je sais, je savais déjà ce jour-là que je pourrais toute ma vie revoir ces moments avec une forme de joie. Celle d'y avoir assisté. De n'avoir pas appris sa mort au téléphone, de la voix efficace et mesurée de ma tante, pire, sur mon répondeur, pire encore, par Gilles, s'il avait pris l'appel en mon absence. De toute façon, il fallait bien que je me prouve au moins ça, que je pouvais dormir de nouveau dans son lit, sinon, les boîtes, même pas la peine d'y penser, je n'aurais jamais eu le courage. Maintenant, si.

Dans la lettre transmise par son notaire, ma tante parle d'« affaires personnelles ». Quand j'ai quitté la maison la dernière fois, elle avait déjà fini de trier ses vêtements. Il ne laissait à Martha's Vineyard que des jeans usés et des pulls troués. Le reste, à savoir les mêmes mais neufs, Françoise a dû s'en occuper plus tard, à New York. Par « personnelles », vu la taille des boîtes, elle entendait sans doute (et c'est comme ça que je l'avais compris) des photos, des lettres, peut-être des journaux intimes. S'il a laissé des traces, c'est volontairement. Il se savait condamné depuis longtemps, et pressé depuis déjà quelques semaines. Il n'a rien détruit. Je n'essaie pas de me justifier, après tout, il m'a bien dit « garde contre » et il ne parlait pas que du livre. Simplement, lorsque j'ai eu fini de le lire, après ces trois nuits blanches, j'en savais assez long, le message était clair, je savais quoi faire. Je suis partie en vitesse, il était trop tôt de toute façon pour les boîtes.

Il fait sombre dans mon ancienne chambre et j'ai évité depuis que j'y suis entrée de regarder du côté du lit ; je vais d'abord ouvrir les rideaux, puis me retourner et découvrir si, sur la table de chevet, luit sa couverture rose. La dernière fois que j'ai dormi dans cette chambre, il y a si longtemps, je l'ai refermé vers, quoi ? quatre heures du matin ? Et quand je me suis réveillée j'ai fait ma valise rapidement, sans même songer à l'emporter avec moi. Ne pas oublier que dans « garder contre » il y a « contre » : je l'avais lu, il s'agissait désormais d'aller contre ; comme il est dit dans les dernières lignes : « La route était droite. »

Depuis, j'ai retrouvé ce qui, en plus de tout, m'avait guidée dans cette phrase : l'écho d'un vers de Racine que mon prof d'hypokhâgne avait dû commenter une quinzaine de jours seulement après la rentrée. C'était la première fois que je comprenais comment étudier un texte littéraire. Évidemment, j'ai complètement oublié ses analyses, mais le vers, oui, a surnagé : « Le chemin est encore ouvert au repentir. » Le prof avait dû insister sur la présence de l'adverbe « encore » juste avant la césure, qui crée un enjambement interne, la première hémistiche arc-boutée en direction du participe, « ouvert », qui autorise le héros (où l'héroïne, je ne me souviens même pas de quelle pièce il s'agissait) à envisager l'avenir – aubaine invraisemblable pour un personnage tragique ! Je venais d'un moins bon lycée, j'étais baba. Bruno, à côté de moi, ne prenait même pas de notes, il méprisait les études littéraires, c'était un vrai philosophe, mauvais pronostic pour notre couple, les autres, ceux qui ont survécu aux classes préparatoires, aux thèses rédigées en parallèle, étaient spécialistes de la même chose, formaient de belles paires d'historiens, d'hellénistes, forment peut-être toujours. Mon autre vie, celle que j'aurais eue avec Bruno ? Je plaisante, impossible d'imaginer.

Je temporise. J'ai toujours été la reine de la procrastination. J'aimais bien, à vingt ans, prononcer des mots assez pédants pour qu'on m'en demande le sens, comme « apotropaïsme », une autre de mes spécialités. « Procrastination », j'hésitais un peu : si mon interlocuteur connaissait, j'aurais seulement l'air de faire ma maligne. Alors qu'« apotropaïsme », en général ça sonnait suffisamment bizarre pour qu'on y voie une déformation professionnelle et qu'on sollicite ma science, la discipline que je prétendais étudier. « Hypochoristique », c'est bien aussi, et facile à placer. Avec Charles et Nick, entre deux parties de tarot, ce premier été, j'expliquais. Je guettais chaque fois dans le regard de Charles la réaction prévisible aux exemples scabreux choisis exprès pour illustrer mon propos.

J'avais fréquenté beaucoup d'étudiants en médecine, appris à prononcer des obscénités avec élégance et détachement et j'anticipais son sursaut – peut-être que je me racontais des histoires sur le puritanisme des Américains, de ceux en tout cas qui comme Charles descendaient directement des premiers colons, des aristocrates à leur manière. Ainsi pour « hypochoristique », qui désigne l'emploi d'un adjectif dans un sens purement amical, affectueux, sans référence, s'il s'agit de « petit » à la taille de ce qu'il qualifie, je me souviens avoir précisé, de mon ton le plus docte, qu'on pouvait parfaitement parler à un homme de sa « petite » bite sans la moindre intention de le vexer, pour manifester sa tendresse. J'ai dû accompagner ma démonstration d'un geste assuré vers le shaker mais Nick m'a prise de vitesse et m'a resservi lui-même un verre de *Long Island Ice Tea* (le cocktail que nous préférions cet été-là) pour éviter à son ami la double provocation de mon gros mot et de mon autonomie éthylique.

J'avais vite compris – peut-être pas dès mon premier coup d'œil, lorsque j'étais sortie sur la véranda le soir de mon arrivée, mais peu après – que Charles et Nick avaient, ou plutôt avaient eu ensemble une sorte d'amitié amoureuse, s'étaient un peu pelotés au collège, et je me sentais à l'abri de toute ambiguïté dans mes relations avec eux. J'étais candide, sous mes airs émancipés, et si leurs expériences ne m'ont choquée qu'au début, lors des premières allusions que Nick y a faites, en revanche je suis restée longtemps assez naïve pour croire qu'elles m'excluaient forcément de leurs projets.

Je temporise encore, en me remémorant ainsi mes exposés peu académiques sur les figures de rhétorique. Tout est parti de « procrastination ». Charles m'a interrompue pour me faire répéter. Il parlait très bien français, mais il ne savait pas que c'était seulement une façon prétentieuse de qualifier la dernière réplique d'*Autant en emporte le vent* : « After all, tomorrow is an another day », ai-je déclamé de manière assez convaincante – imitant le regard de Vivien Leigh, encore embué de larmes mais malgré tout levé vers un point, au-dessus de la caméra, il s'y dessine un vague espoir. Ça a commencé comme ça, je n'avais pas eu l'occasion avant de jouer pour eux mon petit numéro de jeune fille savante et libérée, qui mélange volontiers le jargon pseudo-scientifique avec les blagues de carabin, les références de midinette. J'ai eu beaucoup de succès avec Scarlett : Nick s'est moqué de la médiocrité de mon bagage culturel (le livre, par exemple, je ne l'avais jamais lu, mais il ne m'en a pas parlé ce jour-là, il en avait oublié les détails, pas encore échafaudé sa théorie délirante nous concernant, le livre et moi). Ce ne serait pas la dernière fois qu'on se disputerait pour rire sur ma vision stéréotypée de l'Amérique. Quant à Charles, il a levé un sourcil, ce qui sur son beau visage d'habitude impassible constituait un indice fort de réticence intriguée. Pour « apotropaïsme », dont j'ai commencé par dire que je le pratiquais souvent, qui repose sur la superstition et consiste à formuler par exemple une hypothèse dont on espère en fait qu'elle ne se réalisera pas (cas type : « Je ne trouverai jamais de place pour garer ma voiture »), j'avais préféré quelque chose comme : « Ce mec n'aura jamais envie de me sauter » et Charles avait levé les deux sourcils, je triomphais, je savais aussi que j'avais peut-être l'air de sous-entendre une invite diffuse mais je me croyais en sécurité.

Autre exemple, adapté à ma situation actuelle : « Je ne trouverai sûrement rien d'intéressant dans ces boîtes. » Je le dis à haute voix, je traverse l'immense chambre d'un pas assuré, ouvre les rideaux, me retourne : sur la table de nuit, oui, il est resté là, le livre aux coins abîmés, je le rouvrirai plus tard (procrastination), je vais d'abord m'intéresser aux affaires de mon « petit » Nick (hypochoristique : il était moins grand que Charles évidemment, mais pas petit), j'ouvre la première boîte. Elle contient une épaisse liasse de feuillets dactylographiés, une soixantaine à vue de nez, rangés dans une chemise cartonnée verte, sur laquelle est écrit à la main : « Déjà-vu ». Par-dessus, il y a une feuille volante, qui a d'abord glissé quand j'ai soulevé le couvercle ; j'y reconnais son écriture, la toute première phrase retient une seconde mon attention, parce que, connaissant Nick, il s'agit vraisemblablement d'un apotropaïsme, et puis je continue :

« Je ne serai jamais un écrivain. Je n'ai décidément aucune ambition. Je n'ai pas assez de temps devant moi pour ça. Je fais une expérience, oui, appelons ça un texte expérimental, à ma connaissance, personne n'a jamais tenté un truc aussi dingue. Enfin une ambition que je peux me permettre, tiens ! pour être dingue, on n'a pas besoin d'avenir, de vie devant soi. Bien sûr, ce qui est invraisemblable, c'est d'avoir ignoré les coïncidences si longtemps, je ne me mens pas à moi-même, je l'avais déjà lu, le livre, mais c'est seulement quand j'ai vu Charlie et Alabama remonter de la plage et s'avancer lentement vers moi, sa longue silhouette à lui pliée en deux pour mieux entendre ce qu'elle jacassait avec son éternel sourire d'enfant, c'est là seulement que j'ai compris. Alors je reprends tout depuis le début, ensuite, on verra. »

Il y a maintenant quatre jours que je suis là. Ma vie commence à s'organiser – quatre jours, pour une vieille personne comme moi, ça suffit à transposer solitude et désœuvrement, j'ai aussi peu de choses à faire que d'habitude. Et j'ai moins l'impression de perdre mon temps : ici au moins, j'ai un projet, que j'aimerais faire durer, en plus de l'examen approfondi des boîtes – ça aussi je repousse, je n'ai pas peur de ce que je vais y trouver mais pas envie non plus, pas intérêt à brûler tout de suite ma dernière cartouche, qu'est-ce qui me restera après ? Mon autre projet, je ne suis pas vraiment responsable de sa concrétisation.

C'est Martha, l'actuelle Bennett, qui m'a appris pour l'*Anyway*. Je n'y ai pas pensé tout de suite, quand le notaire de tante Françoise m'a contactée. J'ai compris qu'elle me laissait la maison, j'ai lu avidement la lettre d'elle, qui me signalait l'existence des « affaires personnelles », mais je n'ai pas pris garde aux détails, je suis beaucoup trop riche pour ça, c'est honteux mais j'ai eu le temps de m'y faire, depuis que j'ai hérité pour la première fois.

C'est donc Martha qui m'a demandé le deuxième jour si j'avais envie de faire du bateau. L'*Anyway*, le voilier de Nick, est toujours amarré au même ponton, sur le port d'Edgartown, il y a souvent des touristes qui s'y intéressent, tante Françoise a reçu et refusé plusieurs propositions d'achat. Un certain Will Plunkett, un vrai insulaire, lui, qui a bourlingué sur toutes les mers du globe et promène maintenant des couillons sur son propre rafiot mais leur demanderait beaucoup plus cher si c'était l'*Anyway*, s'est renseigné à mon sujet. Martha est en quelque sorte en service commandé, elle ne se doute pas, j'espère, qu'elle m'a du même coup appris que ça aussi, les sorties en mer, je pouvais envisager de les ressusciter et pas seulement en souvenir, comme j'ai commencé à le faire en éparpillant les photos de Nick, découvertes dans la deuxième boîte. Oui, il y en a quelques-unes de nous sur le bateau, mais pour l'instant je les ai glissées sous la pile, on y a l'air trop heureux, il faut que je m'habitue.

Le lendemain, elle avait déjà rendu son rapport à Mr. Plunkett, qui propose aimablement de m'emmener faire un tour un de ces jours, sur mon bateau ; gratuitement, m'a précisé Martha, mais je m'en fiche, s'il savait ! Je ne connais pas les tarifs mais j'y serais allée de toute façon. Simplement, on est en juillet, il commence à y avoir beaucoup d'estivants et il a des accords avec certains hôtels chic qui lui envoient leurs clients. Il faut que j'attende qu'il ait une journée de libre, mais rien ne presse, c'était déjà comme ça le premier été. Pour une sortie en mer, il fallait toujours que soient réunies tant de conditions : le vent, l'état de santé d'oncle Dick, les invités éventuels dont les arrivées ou les départs nous retenaient à la maison. Ça se mérite, c'est le jeu, et à mon âge il est si rare d'attendre quoi que ce soit avec impatience que j'en profite.

Il fait de plus en plus chaud sur le continent mais sur l'île, « on » peut très bien (« je » peux très bien : il n'y a plus que moi, donc le singulier) rester dehors, le plus souvent sur la véranda. Je ne me suis pas encore baignée. Je n'ai pas encore commencé à lire *Déjà-vu*. Je sais de quoi ça parle. Je ne suis pas prête, ni pour les grosses vagues ni pour découvrir comment Nick raconte mon histoire. Je dis « on » par habitude ; ici, le premier été, ça nous faisait toujours rire, ce pronom collectif, indéterminé, souvent utilisé pour masquer un « je » (exemple : « on déjeune sur la plage ? » qui signifie en fait « j'aimerais déjeuner sur la plage ») ou un « tu » (exemple, lorsque c'est l'autre qui est le plus près de l'interrupteur : « on éteint ? »). Nick me reprenait continuellement. Je disais : on prend l'apéro ? il répondait résigné : « on » c'est moi ? O. K., « on » va le préparer. » Charles, qui faisait des progrès stupéfiants en français et en vocabulaire rhétorique, le mettait à toutes les sauces. Il m'interrompait au milieu d'une phrase anodine : « Alors, on est contente d'avoir fait une épanorthose ? » Je reconnais, avec le recul et sans psychotropes, qu'il n'y avait pas de quoi se tordre de rire, mais « on » était bon public, nous trois cette fois.

Quelquefois le « on » était l'équivalent de ce qu'on appelle en grec ancien le duel, une forme verbale pour laquelle un équivalent français simplifierait peut-être les idylles naissantes ; Charles avait dû me lancer quelque chose comme : « On va faire un tour ? Nick en a encore pour un moment avec l'infirmière. » Ce n'était pas la sienne à l'époque, il ne nécessitait pas de soins particuliers. Elle s'occupait de mon oncle, passait presque tous les jours, depuis sa rechute. Bref, « on » est allés sur la plage, Charles et moi. Je me demande (c'est vrai je suis curieuse, pas prête mais curieuse) je me demande comment Nick a réinventé notre conversation. S'il est resté tout à fait fidèle au livre, on peut imaginer que sa version ressemblera dans les grandes lignes à ce que nous nous sommes dit.

Mais j'attends pour ouvrir *Déjà-vu*. J'ai préféré commencer par les autres boîtes, que Martha m'a aidée à descendre. Nous nous appelons démocratiquement l'une l'autre par nos prénoms, alors que sa mère (ou sa grand-mère, je n'ai pas creusé la question) s'adressait à ma tante Françoise en français, lui donnait du « Madame ». Mais ma Bennett à moi me dit « Lise » ou plutôt « Liz ». Elle m'a demandé si c'était aussi un diminutif en français. D'après ce que j'ai compris, sa sœur attend une petite fille et cherche un prénom original. Martha enquête. Elle-même trouve que ses parents ne se sont pas beaucoup foulés. Née sur une île qui s'appelle Martha's Vineyard, on pouvait quand même espérer un minimum d'imagination de leur part, j'en ai convenu avec elle.

Je me souviens d'un point précis de la théorie de Nick me concernant, un argument mineur mais qu'il avait longuement développé : dans la longue série de ses « qu'est-ce qui se serait passé si ? » (« Uchronie ! » aurait braillé Charles tout fier d'étaler son érudition naissante, mais il n'était pas avec nous le jour où Nick m'a enfin confié son obsession), il accordait une importance particulière à mon nom de baptême. Et si mes parents avaient choisi tout autre chose ? si au contraire ils y étaient allés carrément et m'avaient appelée Isabelle ? Après tout, Liz en anglais est l'abréviation d'Elizabeth, dont la forme populaire est Isabelle. Tout se tient. Et Lise, avais-je ajouté, contient aussi une part de mon destin, parce que c'est une forme de « lire », au subjonctif en plus ! Nick était ravi.

J'ai d'abord jeté un coup d'œil aux photos contenues dans la deuxième boîte. J'ai gardé la nostalgie des tirages papier, des albums, qui se font rare aujourd'hui. On numérise, on stocke, on ne regarde plus très souvent, il y a trop d'images. Quand j'étais petite, les *home movies* étaient rares et précieux. Qui aurait maintenant la patience de regarder la totalité des archives retraçant une vie ? Il serait facile de convertir la cinquantaine de clichés qui me restent de Nick en un fichier que je consulterais sur mon persoc, mais je ne me vois pas faire défiler le passé en appuyant sur un bouton gris, je préfère les étaler devant moi sur la grande table de jardin où nous jouions au tarot. Les rectangles de toutes tailles, de tous formats, certains plus anciens aux bords crénelés, se marient mieux je trouve à ce décor qui n'a pas changé depuis les premières photos de famille, exposées partout dans la maison. Même les vêtements des ancêtres d'oncle Dick ressemblent à ceux que je porte ici.

Je dis une cinquantaine, mais je n'ai pas compté. Il y en a peut-être moins. Ça m'étonnerait que tante Françoise en ait laissé d'autres, elle menait une vie itinérante peu compatible avec la religion des albums, elle-même détestait qu'on la prenne en photo, il y a juste un souvenir de son mariage sur la cheminée du salon. Son second mariage bien sûr, avec oncle Dick. Du premier, c'est moi qui ai gardé une trace. Je l'ai encadrée et accrochée dans ma chambre, à San Francisco, parce que c'est la plus jolie photo de mon père, de toutes celles que j'ai découvertes à la mort de ma mère au fond d'un placard.

C'est Françoise qui m'a proposé tout de suite de la désigner, de la considérer aussi comme ma tante, pour simplifier. Tout le monde savait qu'elle avait déjà été mariée, avant oncle Dick, et ça ne choquait plus personne depuis longtemps dans son nouveau milieu (la propre grand-mère de Nick a eu je crois cinq maris). Mais elle était trop indifférente ou pressée pour expliquer chaque fois que j'étais la fille de son premier mari, le Français, elle disait « ma nièce », ce qui a rétrospectivement enchanté Nick. Un aliment essentiel de sa théorie, cette parenté prétendue entre nous : sur le moment, bien avant que lui soit révélée la clef de mon existence (c'est comme ça qu'il présentait les choses : une « révélation » ! la « clef de mon existence » !), il trouvait amusant de m'appeler « cousine ». À l'époque, il avait cité un autre roman, *Le Temps de l'innocence* de Wharton. Je ne connaissais encore rien à la littérature américaine et je n'ai saisi l'allusion qu'en découvrant le film (cette adaptation-là, je l'ai vue, dans un avion). En réalité, je n'étais pas plus sa cousine que la comtesse Olenska n'est celle du héros, puritain et coincé, du film de Scorsese, et ça, évidemment, c'était déterminant pour que s'accomplisse le projet fou de Nick, la conséquence de sa théorie.

Il avait commencé comme ça : « Ce n'était pas vraiment ta tante, tu comprends ? C'était ça la faille ! » J'avais dû l'interrompre pour qu'il trouve un début plus clair. Comme souvent en l'écoutant, j'avais l'impression qu'il sautait une ligne sur deux, débitait un texte à trous.

J'étais habituée à ce système bizarre qui consistait consciemment ou non à dérouter son interlocuteur par des entrées en matière abruptes et obscures, le forçant à l'écouter et à lui demander aussitôt de développer. Comme s'il extrayait du cours de ses pensées le fragment le plus bizarre, dont le sens n'apparaîtrait qu'une fois son contexte complet exposé. Je m'étais moquée de lui un jour en lui faisant remarquer que ses prémisses remporteraient la palme s'il existait un concours des pires sujets de dissertation : le genre d'énoncé qui ne signifie rien tout seul, dont l'étudiant ne peut se sortir que si, par miracle, il a lu tout le bouquin dont il est tiré. Mais ça marchait à tous les coups dans la conversation, ses intros elliptiques accrochaient immédiatement le public. Il en profitait largement avec moi. Charles le fréquentait depuis trop longtemps, il pouvait en général deviner à quelle anecdote, souvenir, réflexion personnelle de tels commencements préludaient. Leur complicité me plaisait et je me tournais souvent vers Charlie pour qu'il les élucide, ça ne frustrait pas tellement Nick, que ce soit son complice qui remplisse les blancs, pourvu qu'« on » (Charles en l'occurrence) lui laisse le mot de la fin, celui qui révélait a posteriori le lien caché entre l'énigme de départ et l'histoire ou l'opinion concernées.

J'ai jeté un premier coup d'œil d'ensemble aux photos, mais j'ai aussi ouvert la troisième boîte, celle qui ne renfermait ni images, ni le texte, *Déjà-vu*, que je retarde le moment de lire. Ni les unes, ni l'autre, tel me semble a priori le seul critère qui ait décidé du contenu de cette troisième boîte. Je suppose que c'est Nick lui-même qui a voulu ce classement et choisi quelles traces il laisserait, mais au fond je n'en ai aucune preuve pour l'instant, il est possible que tante Françoise ait fait le tri. Je préfère cependant ma version, elle donne à mon exploration un côté « jeu de piste » ; je l'aborde comme, je ne sais pas, la grille d'un auteur de mots croisés dont on connaît assez les trucs pour avoir l'illusion de converser avec lui, d'apercevoir son ombre au détour d'une case noire, qui nous guide et nous sème en même temps. J'aime l'idée que Nick a anticipé ces retrouvailles et que les pièces de ce puzzle me sont spécialement destinées, que mon indiscrétion obéit à ses intentions. Je n'essaie pas, non je n'essaie pas de me justifier, mais quand je préfère une idée à une autre, je l'adopte, c'est une recette comme une autre contre les insomnies et je la trouve meilleure que les médicaments et les boules Quies, surtout depuis que je suis revenue ici et que le bruit de la marée s'est substitué aux vibrations du climatiseur, indispensable chez moi à San Francisco – médicaments et boules Quies qui m'abrutiraient et m'empêcheraient de m'éveiller au moins une fois par nuit, mais à peine, rappelée par les échos du ressac à ma présence ici, et ça j'y tiens.

« Divers ». C'est ça, probablement, qui figurerait sur l'étiquette de la troisième boîte, si Nick ou sa mère avaient jugé bon de la remplir. Sur les trois couvercles, il y a ce même petit rectangle vierge, joliment enchâssé dans un cadre en métal. Je me demande combien d'entreprises de papeterie ont déjà fait faillite, combien sont menacées ? Notre génération est vraiment la dernière qui ait écrit, reçu, conservé tant de lettres, besoin de tant de place pour les archiver, qui laissera encore aux autres, en mourant, tant de classeurs, de chemises cartonnées. Une vie, surtout après la mort, pour nous (mais c'est fini, après nous ce sera fini), on peut encore la reconstituer grâce à une succession de dossiers aux couleurs soigneusement tranchées, le vert pour les impôts, le bleu les fiches de paye, le rouge les lettres d'amour, etc. En quoi consistaient (on en parlera bientôt au passé) jusqu'au, disons, milieu du vingt et unième siècle, les rites funéraires post-enterrement ? En paperasses étalées, apparemment en grand désordre, mais cette confusion n'est qu'illusoire, éparpillées sur la plus grande table de l'appartement du défunt, exposées, livrées aux survivants qui s'affairent, les retournent, les empilent, cherchent toujours sous un tas leur paquet de cigarettes, un stylo, une boîte de sucrettes, un téléphone, chacun s'attelant à la seule corvée dont il se sente capable ; pas nécessaire de distribuer les tâches, on fait ce qu'on peut, il y a celui qui passe les coups de fil, celui qui va préparer du thé – ou l'apéro, après tout on a bien le droit, il fait déjà nuit et le classeur violet, là-bas, au bout de la longue table de la salle à manger, qu'on n'a pas encore ouvert, est précisément étiqueté « Divers », ce qui peut tout vouloir dire : journal intime tenu adolescent, carte postale d'un petit ami perdu de vue, facture de téléphone vieille de trente ans, mode d'emploi d'un appareil disparu depuis longtemps, faire-part de naissance d'une vague connaissance qui vient de fêter ses noces de cristal – ce classeur violet, Dieu sait pourquoi, on craint le pire et on l'espère en même temps, ça changerait des relevés bancaires du siècle dernier qui encombrent au fur et à mesure les sacs-poubelles disposés au pied de la chaise de ceux qui se sont eux-mêmes préposés au tri.

Il n'y a ni facture ni diplôme ni rien d'officiel dans la boîte « Divers » de Nick. Cela s'explique sans doute par son mode de vie. Il n'a jamais eu de travail régulier, n'en avait aucun besoin pour vivre comme un prince, habitait sur Park Avenue l'appartement au-dessus de chez ses parents, ne devait pas payer grand-chose, et de toute façon sa mère a rangé tout ça là-bas. Mon raisonnement se tient tout à fait – indispensable, pour tirer tous les bénéfices de ma méthode anxiolytique : se confirmer qu'on a raison de préférer la solution la moins gênante, inventer une logique à son égoïsme ; oui, je fais bien de croire que Nick a conservé dans ces boîtes ce qu'il voulait que je voie un jour, la preuve, elles sont restées ici, toutes ces années, c'est ici qu'il a décidé de les transporter, se sachant mourant, sachant aussi que je viendrais le rejoindre, le revoir avant la fin, malgré tout, malgré Gilles, tout ça il le savait à cause du livre. Je me demande où s'arrête

Déjà-vu. Nick a peut-être eu le temps d'y consigner les dernières coïncidences.

Si j'étais folle, oh, juste aussi folle que lui, et c'est bien possible après tout, je croirais que même ces « divers » ne concernent que moi – non, pas que « moi » mais que son… idée ? je ne sais pas vraiment comment appeler ça. Comme s'il avait réuni là les preuves, les indices, tout ce qui donnait consistance à sa théorie. En haut de la pile, il y a notamment le télégramme de tante Françoise annonçant notre arrivée et l'article que Juliette a écrit quand elle a débarqué ici, à la fin de l'été, mis provisoirement fin aux parties de tarot (elle a toujours détesté les jeux) cet article qu'elle n'a jamais envoyé au magazine qui lui payait son séjour, Nick lui a fait honte, elle s'est fâchée mais a fini par admettre qu'il avait raison.

Le télégramme de tante Françoise, comme l'article de Juliette, est évidemment écrit en français, mais à vue de nez presque tout ce que contient cette troisième boîte est dans ma langue et ça ne peut pas être un hasard. Ça confirme que j'en suis bien la destinataire. Ainsi le devoir que Nick a rendu à un prof de littérature de Columbia (où il a été inscrit comme étudiant dans toutes sortes de disciplines, j'ai oublié dans quel ordre, il se vantait de posséder le plus grand nombre de cartes d'étudiant de tout le continent nord-américain, avec sa maladie et sa fortune, il n'envisageait aucune carrière, bref il a suivi un cursus littéraire, au début des années 1980), ce devoir qui porte précisément sur le livre, qu'il avait déjà lu, donc (comme il le confesse dans la note d'intention manuscrite que j'ai pour l'instant reposée sur le dessus de la chemise qui renferme le texte intitulé *Déjà-vu*), et qu'il avait même à mon avis brillamment résumé : dans la troisième boîte, il y a deux versions de cette fiche de lecture – vraiment bien faite je trouve, pour un étudiant de quoi? première? deuxième année? Nick ne restait pas plus longtemps dans chaque filière. La première version, d'époque (elle n'est pas datée, du moins n'y figure pas l'année, seulement le jour et le mois, ce qui ne m'aide pas beaucoup), est écrite à la main, en anglais, et mentionne un enseignant de Columbia dont le nom me dit vaguement quelque chose, je l'ai peut-être croisé depuis, quand je travaillais encore. Mais il y en a une seconde version. Si Nick a pris la peine de la traduire et de la taper en français, pourquoi, pour qui sinon pour moi? Pour qu'un jour, au cas où je ne surmonterais jamais ma réticence à lire en anglais, mon sentiment d'imposture, ma conviction que quelque chose dans cette langue m'échappera toujours (mais peut-être pas) pour que ce jour-là je puisse lire son devoir de deuxième année dans ma langue. Sinon, pourquoi?

« L'avenir d'une jeune fille qui ne veut pas épouser Lord Warburton »

Il y a de multiples façons de décrire le contenu de Portrait de femme *de Henry James, mais cette définition d'Isabel et de son destin, empruntée à un propos de son cousin, Ralph, fait sens dans tous les cas.*

Si l'on s'en tient au récit des péripéties romanesques, on lit l'histoire d'Isabel Archer, une Américaine de vingt-trois ans, cultivée, originale et volontaire, qui est adoptée, au début des années 1870, par ses cousins, les Touchett, richissimes banquiers implantés en Angleterre.

Curieuse, éprise de liberté, elle a l'arrogance de refuser l'amour et la main d'un séduisant aristocrate britannique, Lord Warburton, et repousse Caspar Goodwood, persévérant soupirant américain qui a fait fortune dans l'industrie textile. Son cousin Ralph Touchett, amoureux d'elle lui aussi, mais à qui sa tuberculose chronique permet de justifier un goût profond pour l'observation désengagée, persuade son père mourant de léguer à Isabel la moitié de sa propre part, afin de donner à la jeune fille les moyens financiers de son indépendance morale. Moyens dont ne dispose pas sa fidèle amie Henrietta Stackpole, la journaliste libérale et progressiste qui croise sans cesse son chemin.

Loin de lui permettre le luxueux privilège du célibat, cet argent fera d'elle la proie facile d'un couple d'intrigants : Madame Merle, une cosmopolite accomplie et bizarrement amère, et Gilbert Osmond, un veuf, collectionneur, solitaire et peu fortuné. En épousant l'héritière, Gilbert Osmond pourra non seulement assouvir ses goûts ostentatoires et une ambition jusque-là refoulée, mais aussi doter et marier sa fille Pansy ; Lord Warburton lui-même semble un moment un gendre possible, qui se désiste pourtant, au profit d'un rival plus aimant et plus aimé, Edward Rosier. La fureur que le départ de ce beau parti provoque chez Osmond et chez Madame Merle fait tomber les masques : Pansy est le fruit de leurs anciennes amours, Madame Merle a arrangé le mariage d'Isabel et d'Osmond pour assurer la carrière de son enfant illégitime. Lorsqu'elle apprend la vérité, Isabel fuit en Angleterre, où elle assiste à l'agonie de son cousin Ralph. Repoussant encore une fois la fidélité de Warburton et de Goodwood, elle semble décidée à rentrer à Rome, vivre aux côtés d'un époux qui la hait et qu'elle hait.

Henry James abandonne son personnage, sans autre explication, ni même un affrontement final avec son époux démasqué, pleinement conscient de manquer là aux devoirs d'un romancier conventionnel, il le confesse et se justifie ailleurs : « Une critique s'impose, c'est évident : ce n'est pas achevé – je n'ai pas accompagné mon héroïne jusqu'au bout de la situation – je l'ai laissée en l'air. – C'est à la fois vrai et faux. On ne dit jamais le tout de rien. »

Isabel a un avenir hors de la fiction – la fiction elle-même y fait plusieurs fois allusion. Mais le roman limite dans le temps et l'espace la trajectoire de l'héroïne, choisissant – et c'est un repère significatif – la part de son existence qu'aura pu connaître, précisément, ce cousin atteint d'un mal incurable, Ralph Touchett, qui va « pouvoir observer avec une curiosité passionnée l'avenir d'une jeune fille qui ne veut pas épouser Lord Warburton », suivre sa carrière, en voir, du moins, « les années les plus intéressantes ».

On peut aussi décrire Portrait de femme *comme l'itinéraire et la maturation d'un esprit jeune et idéaliste, qui découvre à trente ans que sa vie a cessé d'être le roman que sa naïveté avait pris pour un dû à sa nature d'exception, que son malheur est le fruit de son erreur, et qui s'y résigne. D'un côté, une intrigue feuilletonesque, un complot, des bons, des méchants, un piège, une reconnaissance ; de l'autre, le tragique simple d'une existence ratée, où qui s'est jugée telle. Dans les deux cas pourtant, il s'agit bien de cet « avenir d'une jeune fille qui ne veut pas épouser Lord Warburton » ; dans le premier, ce refus déraisonnable est conventionnellement puni par une résolution mélodramatique ; dans le second, il est pure métaphore de l'ubris d'Isabel.*

En dehors de la dernière phrase (« métaphore » n'est pas le terme approprié, et « ubris » sonne un peu prétentieux), je suis d'accord avec son analyse, et l'avoir lue me prépare doucement à *Déjà-vu*. Ce sont les trois premières pièces du puzzle : le télégramme de tante Françoise, l'article de Juliette, la fiche de lecture de Nick.

Je l'ignorais encore quand elle l'a envoyé, mais tante Françoise était réputée auprès des siens, et copieusement moquée par eux à ce sujet, pour le laconisme de ses messages. Je la revois encore, téléphonant devant moi au service des télégrammes, moi sonnée par la mort de mon père, qui avait brutalement fait surgir du néant le personnage de Françoise, sa première femme, une inconnue, et aussi parce que je venais d'accepter son invitation à la suivre en Amérique ; en l'écoutant dicter son texte je me demandais ce qui m'avait prise et puis je pensais aux souris, à ma propre mère incapable de les chasser de l'appartement. J'étais de taille moi, à repousser l'invasion, j'en avais tué deux depuis la mort de Papa – c'est-à-dire en deux jours, il est mort le mardi, je suis rentrée d'Italie avec Juliette le vendredi matin juste à temps pour l'enterrement et le télégramme a été envoyé le samedi. C'était un samedi, je m'en souvenais déjà, je le jure, mais le texte que j'ai sous les yeux le confirme : « Samedi 26 juin 1988 : Philippe mort infarctus – stop – Ramène sa fille – stop – Arrivons demain – stop. » Même si je maniais de mieux en mieux la tapette à souris, je jugeais qu'une mère qui ne pouvait pas me préserver au moins de ça ne méritait pas que je reste habiter chez elle. Évidemment, Bruno proposait que je m'installe avec lui, mais l'offre de tante Françoise, même si je ne me représentais pas nettement à quel point elle était riche, surclassait forcément la perspective de partager douze mètres carrés avec un apprenti philosophe qui professait pour la sexualité (« le corps humain n'ayant qu'un nombre limité d'orifices », texto !) un intérêt modéré.

L'article de Juliette, je ne sais pas comment il est tombé entre les mains de Nick. Dans mon souvenir, elle l'a rangé dans son sac après notre intervention. Elle s'était installée pour l'écrire sur une chaise longue à quelques mètres de nous, qui disputions exceptionnellement sur la véranda une partie de tarot (depuis son arrivée, on se limitait, pour ne pas l'exclure), les genoux fléchis, son bloc appuyé sur ses cuisses comme sur un lutrin, tenait son bic en l'air d'une main apparemment alanguie, et puis, sans signe avant-coureur, griffonnait brusquement une phrase. Je l'observais du coin de l'œil, pas vraiment distraite de ma partie de cartes, et retrouvais cette alternance qui m'était si familière (son esprit et son corps tantôt immobiles, tantôt tendus vers l'expression d'une idée nouvelle jaillie de cet intervalle statique, le bic bondissant sans hésiter vers la feuille), que j'avais appris à connaître après tant d'heures passées toutes les deux dans des salles de la maison des examens d'Arcueil, ou d'autres hangars improbables où on réunissait nos jeunes cerveaux de bêtes à concours quand Arcueil n'était pas disponible : un studio de cinéma désaffecté de la banlieue nord, et même, une fois, la crypte d'une église des années1930, vers la porte de Champerret.

Juliette, cette après-midi-là, rédigeait non plus un thème grec ni un commentaire stylistique, mais un article pour un magazine français auquel elle devait envoyer quelques piges en échange de son billet d'avion pour les États-Unis (elle ne leur coûterait pas grand-chose sur place, avait-elle négocié, elle comptait sur moi pour le reste). Elle n'est pas allée très loin : dès le second paragraphe, à Charles qui lui demandait poliment ce qu'elle faisait, elle a répondu en toute innocence : « Un article sur vous, enfin sur les milliardaires de la côte est, ça va s'appeler *Les héritiers de Gatsby.* » Nick s'en est mêlé, lui a expliqué gentiment que sa mère la renverrait par le premier ferry si elle tombait dessus (non, pas le ferry quand même, avait-il ajouté, même furax tante Françoise la renverrait dans l'avion privé d'oncle Dick, pas par politesse, mais pour que ça aille plus vite), qu'elle était restée bien trop Française pour aimer qu'on parle d'elle dans la presse, et que la dernière fois qu'on avait cité sa famille (ailleurs que dans *Forbes*, ça on ne pouvait pas empêcher, avec leur classement annuel à la con des plus grandes fortunes, qu'ils y soient au moins mentionnés), c'était lui, Nick, qui s'était fait virer de la maison. Tante Françoise n'avait pas du tout apprécié la photo de lui, passablement saoul, prise au Club 54, parue dans les pages mondaines de *Vogue* avec une légende du genre « Jeunesse dorée, drogue et rock'n'roll ». Juliette a obtempéré, rangé son bloc et son bic en disant qu'elle comptait quand même sur lui pour lui fournir d'autres sujets de reportages quand on irait à New York, ce qui était prévu pour la semaine suivante – je n'avais pas quitté l'île depuis mon arrivée, sorties en mer mises à part, mais je n'étais pressée de rien cet été-là, pas plus qu'aujourd'hui.

J'ai reconnu tout de suite l'écriture de Juliette, sur le haut de la pile des « Divers ». On a passé tant d'heures, gamines, à prendre des notes côte à côte, à un âge où l'écriture ça compte, où on imite les « m » d'une telle, les « p » de telle autre, tellement plus mûrs, assurés que notre pauvre graphie, un âge aussi où il faut prendre des notes si vite que la nature reprend le dessus, notre personnalité encore floue mais dont les contours naissants ne nous plaisent pas beaucoup intègre ce « m », ce « p », et le résultat est décevant, bien inférieur à ses modèles. Voici tout ce que Juliette a eu le temps d'écrire avant que Charles l'interrompe :

« Les héritiers de Gatsby »

Rien n'aurait donc changé depuis Fitzgerald ? Nous ne sommes pas à Long Island, mais un peu plus loin de New York, sur l'île de Martha's Vineyard, à quelques encablures de Nantucket, d'où partaient les baleiniers de Melville, mais c'est bien la même aristocratie de l'argent qui fuit ici la canicule de Park Avenue, à bord de petits avions privés qui ont remplacé les limousines des années 1920. Dernier rejeton d'une dynastie financière qui règne sur Wall Street depuis cinq générations, « Dick » T. Ch. est l'incarnation rêvée du magnat distingué, passé par Yale, mécène, amateur de vieux cognac et de yachting, qu'on rencontre dans une littérature américaine aujourd'hui heureusement rénovée, mais qui a longtemps après ses débuts continué de camper ce type d'élite roturière, cherchant l'équivalent sur ce continent neuf des héros romanesques de la vieille Europe. Mais si nos princes, de Laclos à Proust, cultivent les transgressions sous une apparente dévotion aux conventions de leur monde, Richard T. Ch. et ses pareils cachent au contraire sous une liberté de mœurs et de paroles de façade un profond respect pour leurs traditions, ne plaisantent pas avec le drapeau américain, la valeur du dollar ou la cuisson des homards – qui dans cette Nouvelle-Angleterre ont trois fois la taille de leurs cousins bretons et sont proposés le long de toutes les autoroutes au même prix que les hamburgers, sous forme de sandwichs, mais servis dans des pains oblongs, plus mous : les lobster rolls.

Cette dernière information, Juliette la tenait de Nick. Pour sa part, elle n'avait vu du continent que la banlieue de New York, entre Kennedy et le petit aéroclub d'où décollait l'avion de mon oncle – le même dont sont partis John John et ses malheureuses passagères quelque dix ans plus tard avant de se crasher dans la baie, pile en face de la véranda où je suis installée.

Nick a d'ailleurs utilisé cet argument, en plus de la nécessité de ménager sa mère, pour dissuader Juliette de poursuivre son article (qui, soit dit en passant, méritait ce reproche) : ce n'était pas du journalisme d'investigation sérieux. Elle devait étudier un peu mieux le terrain, et pas se contenter de caser les trois idées toutes faites sur la littérature et la civilisation américaines pompées dans le guide *Autrement* sur lequel elle avait précisément appuyé son bloc-notes.

– O. K., a fini par répondre Juliette, mais alors vous arrêtez votre jeu de cartes à la con et on va se baigner.

– « On », a conclu Charlie qui était en train de gagner, « on », alias Lise, Nick et moi, finit la partie ; ensuite « on », c'est-à-dire moi, roule un pétard, et enfin « on » va se baigner tous les quatre, ça marche ?

Juliette a haussé les épaules, grommelé quelque chose comme : « Bande de drogués, joueurs compulsifs, encore heureux que je ne révèle pas dans mon article la vraie connaissance que j'ai du "terrain" ! »

J'ai lu par la suite un ou deux des articles qu'elle a fini par envoyer à son magazine, depuis Houston, Miami, Los Angeles, après sa rencontre avec Bob, et je dois dire à sa décharge qu'elle avait la plume moins paresseuse, mais aussi nous ne l'encouragions pas beaucoup, l'ambiance était tout sauf studieuse cet été-là, la perspective de trouver un post-doc dans une fac américaine pour l'année suivante suffisait à me déculpabiliser.

J'écrase ma cigarette dès que Martha s'aventure sur la véranda. Elle prend très à cœur, non pas sa santé – qui peut raisonnablement croire qu'un lambeau de fumée, dirigé précisément vers elle par un coup de vent pervers, ici, en pleine mer, soit dangereux pour ses bronches ? – mais la clause réglementaire de son assurance-maladie qui précise qu'elle ne doit en aucun cas être en contact avec la cigarette sur son lieu de travail. Elle me dérange d'ailleurs très rarement, et cette fois je sacrifie volontiers mes dernières bouffées ; voici ce qu'elle a à me dire : Will Plunkett est libre demain, une famille de Canadiens s'est décommandée, il propose de m'attendre vers dix heures à bord, l'*Anyway* est toujours amarré au même ponton, oui, je retrouverai, je dis à Martha, et je me demande maintenant, maintenant justement que je dois me coucher tôt, que je n'ai pas vraiment le temps de m'y plonger, je me demande si le moment n'est pas venu d'ouvrir

Déjà-vu. Il est bientôt huit heures du soir, je vais me resservir un *Long Island Ice Tea* (j'ai retrouvé la recette dans le manuel à cocktails écorné dont nous nous servions à l'époque, bien rangé dans un placard du bar), tant pis pour le dîner. L'apéritif est de toute façon mon repas préféré et je vais l'éterniser ici, sur la véranda. Je demande à Martha si elle peut me préparer un *lobster roll* et je monte me chercher un pull chaud. Il ne fera pas nuit avant deux bonnes heures. Après, promis, j'irai me coucher pour être fraîche demain. C'est le délai idéal pour affronter les premières pages du roman de mon existence, tout du moins, pour citer la fiche de lecture de Nick, « la part de (m)on existence qu'aura pu connaître, précisément, ce cousin atteint d'un mal incurable ». Je vais rouvrir la première boîte.

Déjà-vu (1)

« Quand certaines conditions sont réunies, il y a peu de moments dans la vie plus agréables que l'heure consacrée à la cérémonie connue sous le nom d'heure du thé. À certaines conditions, qu'on boive ou non du thé – il y a des gens qui, bien sûr, ne le font jamais – la situation est en elle-même délicieuse. Et celles auxquelles je pense en commençant ce modeste récit offraient un décor admirable pour un passe-temps innocent. Les éléments du petit festin avaient été disposés sur la pelouse d'une vieille maison de campagne... », etc.

Il faut reconnaître que Henry James en fait quelquefois des tonnes pour ressembler à une vieille Anglaise. Mais j'aime, dans ces premières lignes du livre, son assurance (quand il annonce un modeste récit, il bluffe), la sérénité de qui avance une équation incontestable : Tea time = para-

dis. Si le lecteur a un tant soit peu de jugeote, de maturité, il devine aisément que ce paradis, James va s'employer à le détruire. Un monde aussi parfait ne peut pas durer, même dans une fiction, ce n'était pas en tout cas sa conception de la fiction.

Lorsque tu es apparue sur la véranda, ce soir de juillet, annoncée avec sa concision habituelle par le télégramme de ma mère, et que Zedog, mon chien, s'est jeté sur toi, tu réincarnais déjà miraculeusement la première scène du roman, mais je n'ai rien vu à ce moment-là. C'est venu bien plus tard, j'en parlerai en temps voulu, il a fallu beaucoup d'autres coïncidences pour que s'impose ma théorie.

La différence principale (car il y en a, il y en aura aussi, il ne faut pas exagérer, la vie, la vie réelle garde une part d'autonomie, nous avons eu une certaine marge de manœuvre) consistait en une inversion de la situation d'Isabel Archer, l'héroïne de James, Américaine découvrant l'Europe : toi, Lise, Française, tu débarquais chez tes cousins américains. Pour le reste, je dirais que les circonstances ne présentaient qu'un léger décalage avec le texte original, transposaient sa perfection ostentatoire : nous ne buvions pas du thé mais de l'alcool, bien qu'il fût sans doute à peu près la même heure que dans le roman, et l'océan se substituait à la britannique pelouse déployée devant Gardencourt, le château de l'oncle Touchett. Les personnages eux-mêmes (sans parler de ma mère, dont l'usage elliptique des télécommunications est exactement conforme au peu qu'on sait de Mrs. Touchett) sont identiques.

Mon père, plutôt plus gaillard ce jour-là que d'habitude, peut-être stimulé par la perspective d'accueillir une étrangère, toi, sirotait son bourbon, à quelques mètres de nous, Charles et moi, le lord et le cousin, Warburton et Ralph, comme chez James, les deux vieux copains qui s'interrogent vaguement sur la personnalité de la nouvelle arrivante, et se retournent d'un même mouvement aux aboiements du chien, te voient t'encadrer dans la porte-fenêtre, un peu pâle, les yeux cernés, un peu trop maigre aussi, pas ton poids normal en tout cas, le séjour ici t'a vite profité, une orpheline aux yeux pourtant bien ouverts, malgré le décalage horaire, et pleins d'une vibration intense. Curiosité ? Réaction, si familière pour moi, au spectacle de la mer ? Tous, tous ceux qui mettent le pied ici pour la première fois ont ce regard qui pétille, le reflet de l'écume y allume un enthousiasme de môme qui n'a pas oublié son maillot de bain.

Différente aussi, mon amitié avec Charlie, de celle qui lie Warburton à Ralph ? Pas si sûr. James ne dit rien là-dessus, évidemment, mais après tout le premier est anglais (donc virtuellement pédé) et dans le second James a mis beaucoup de lui-même, alors pourquoi ne pas supposer qu'il n'aurait rien eu contre (je sais, il ne le dit pas, mais c'est James en même temps), contre, disons, les papouilles de collégiens, vite abandonnées d'ailleurs, auxquelles nous nous sommes livrés avec Charlie quand on était pensionnaires. Je me souviens de t'avoir vue rougir, la première fois que j'y ai fait allusion. Il n'y avait pas de quoi, j'ai vite précisé qu'il n'était pas question de sodomie, ça ne nous disait rien ni à l'un ni à l'autre, juste des douceurs, après tout Charlie est très beau mec, tu étais d'accord là-dessus.

Pour cette éclatante beauté plastique et pour le reste, tu admettras que Charles faisait un lord Warburton très convenable : moins riche que moi, ça, ce n'est pas difficile, mais beaucoup plus pittoresque. Fils de diplomate, ayant vécu aux antipodes, revenu étudier à Harvard, puis travaillant à Wall Street, un magnifique profil de yuppie – as-tu oublié notre conversation, ce premier soir, et comme je m'étais moqué devant toi de son appartement new-yorkais, racheté meublé à un collègue muté à Honk Kong ? Un deux-pièces de cent mètres carrés où tout, absolument tout, le mobilier, les rares objets ressemblaient à du matériel de fitness ! Le canapé surtout, en acier chromé et cuir noir, on aurait dit un banc d'abdominaux. « Et combien de chaînes de télé ? », lui as-tu demandé avec gourmandise. En France, quelques privilégiés en captaient cinq, maximum. Tu venais d'une autre planète, ou du moins tu t'en étais convaincue.

Je savais déjà ce soir-là que mon père allait mourir. Je veux dire que je savais qu'il allait mourir bientôt. J'étais terrifié. Toi, tu étais passée de l'autre côté. Je ne comprenais pas que tu parles si volontiers de la mort du tien, dans les détails, enfin, le peu de détails, tu n'y avais pas assisté, mais je sais maintenant d'expérience qu'il y a toujours quelque chose à raconter, indéfiniment, parce qu'on se souvient toujours des détails : comment on était habillé, quelle heure il était, heure par heure, quel temps il faisait, exactement, quelle température, combien de nuages, minute par minute, ce qu'on a mangé avant, après, qui a craqué, dans quel ordre, qui a téléphoné, dans quel ordre, ce qu'ont dit les médecins, le mardi, puis le mercredi, leur visage, leur expression, la silhouette de l'infirmière du matin, de celle du soir, le dernier repas, qui l'a donné au mourant, quelles célébrités sont mortes dans le monde la même semaine, la même année, qui est venu à l'enterrement, qui a écrit, qui ne s'est jamais manifesté, aujourd'hui je sais qu'on retient tout.

Dans ton cas, il y avait vraiment peu de choses. Mais je n'ai pas oublié tes récits, ce premier été, entre deux cocktails/pétards/parties de tarot, ce que tu répétais, au présent comme toujours quand tu évoques tes souvenirs :

« Je laisse Juliette grimper en haut du campanile, je vais l'attendre à la terrasse d'un café, je potasse le Routard, ça fait deux heures qu'on est à Sienne, l'hôtel est beaucoup mieux que celui de Pise mais plus cher, on n'a pas téléphoné aux parents depuis trois jours, il fait très chaud et j'ai emprunté le débardeur rouge de Juliette, du coup je n'ai pas pu entrer dans l'église. Ils ont voulu me vendre un ignoble foulard en nylon à l'entrée pour mettre sur mes épaules mais j'ai refusé. Juliette, qui est beaucoup plus sérieuse que moi comme touriste, vous verrez, m'a convaincue d'aller aux chiottes pour échanger son short contre mon jean, sinon elle non plus n'avait pas le droit d'entrer : c'est jambes et bras couverts, sinon rien, le garde italien ne prononce pas même un mot, dans aucune langue, il se contente de désigner tes épaules ou tes genoux, c'est tout juste s'il t'adresse un regard, inutile de discuter.

Je commande un cappuccino et je cherche dans le guide s'il est question de ces interdits vestimentaires, peut-être au chapitre « Généralités », au début. Juliette m'interrompt, elle n'est pas montée jusqu'en haut, elle a beaucoup trop chaud, surtout maintenant que je lui ai prêté mon jean. On décide de rentrer à l'hôtel prendre une douche.

Pendant qu'elle se rafraîchit, je me dis que c'est une bonne heure pour appeler Paris. C'est ta mère qui décroche. Elle me dit : "C'est Françoise". Je ne connais pas de Françoise. Elle m'explique à sa manière, vous savez, en quatre phrases à peu près : "L'enterrement a lieu demain – à Paris aussi il fait très chaud. Donne-moi ton numéro, je te réserve une place d'avion et je te rappelle." Ta mère. Efficace. »

Tu racontais tout ça au présent, les yeux parfaitement secs, la voix contrôlée, et Charles et moi on te regardait comme des veaux, terrifiés parce que tout ça, nous, provisoires rejetons de parents bien vivants, on ne le savait pas encore. Que nos parents allaient mourir, oui, en théorie depuis toujours, et mon père, je comprenais à ce moment-là que oui, je lui survivrais. Non, ce qu'on ne savait pas, c'est les détails, l'histoire, ce qu'on raconterait à notre tour, avec le même luxe de précisions futiles et essentielles. Si dès cette époque j'avais vu, déjà vu, j'aurais pu anticiper les détails de la mort de mon père, deux mois plus tard.

Je brûle les étapes. Il faut que je revienne à toi, à ton arrivée ici (oui, bien sûr, c'est ici, sur l'île, que j'écris cette chose bizarre, tu t'en serais doutée), et à l'impression que tu nous a faite, à Charles et à moi. Une aubaine. Comme Isabel chez James : une curiosité. En plus, tu ne demandais pas mieux que de nous initier aux détails pittoresques de ta vie parisienne. Je ne pense pas à tes vantardises de fêtarde, mais plutôt à l'ambiance si invraisemblablement exotique de ton enfance : les mères de famille à la sortie de l'institution religieuse où tu as suivi les classes primaires, un foulard de laine sur la tête, et dont les filles faisaient la révérence à la tienne quand elles étaient invitées à ton goûter d'anniversaire ; les voitures non climatisées dans lesquelles tu partais en vacances, par les routes nationales – l'autoroute il faut payer, alors on calcule les kilomètres et on affirme que c'est plus rapide ; la radinerie paradoxale de ces familles, souvent nombreuses, quasi jamais recomposées (tu es la seule dans ta classe, jusqu'au collège, après vous êtes deux avec Marie-Amélie Brévin, dont un parent a divorcé et encore, ton père et ma mère c'était avant ta naissance, ça ne compte presque pas, alors que Marie-Amélie Brévin, ce sont ses parents qui se sont séparés, et sa mère a un nouveau petit copain, c'est l'horreur, tu n'as aucune envie de lui être associée) qui n'achètent jamais de jus de fruits en bouteilles mais seulement du sirop, et seulement en vacances, mais vivent au large, à six, sept, huit, dans d'immenses appartements labyrinthiques autour du Champ-de-Mars. Le reste de l'année, c'est de l'eau ou du lait pour le goûter, et jamais de biscuits industriels, du chocolat à cuire glissé dans un morceau de pain qui reste du déjeuner. Ce n'était pas parce que tu étais moins riche que nous. C'était le charme spécifique de cette bourgeoisie française que ma mère, elle, est beaucoup trop elle-même pour incarner, et trop pressée pour raconter.

Est-ce que toi tu ressemblais à Isabel Archer ? Sans doute un peu, difficile à dire. Physiquement, James ne la décrit presque pas. Elle est brune, comme toi, jolie mais moins que sa sœur, or toi tu es fille unique. Orgueilleuse, c'est son principal trait de caractère, et indépendante : l'orgueil je n'en sais rien, tu trônais confortablement sur une impressionnante pile de diplômes et ça te donnait de l'assurance, mais pour Charles et moi ça ne voulait pas dire grand-chose, c'était aussi étrange et incompréhensible que les rites de ta tribu. Indépendante, oui, tu venais de le prouver, en plaquant tout pour une histoire de souris. Une intellectuelle, Isabel, comme toi. James explique que sa réputation de lectrice tient les mecs à distance : « Ça devait donner lieu à des discussions ardues, et maintenir la conversation à basse température. La pauvre fille appréciait qu'on la trouve intelligente, mais détestait qu'on la juge pédante ; elle se mit à lire en cachette et, bien qu'ayant une excellente mémoire, à éviter d'étaler les références. » Ça, oui, ça pouvait coller avec le mal que tu te donnais pour détourner l'attention de tes compétences, de ton profil de première de la classe, jouer à celle qui ne lit que des magazines féminins, nous bombarder de grossièretés.

Comme Isabel avec Goodwood, tu avais laissé un petit ami derrière toi. Au début, quand tu nous a parlé de Bruno, j'avoue que je me suis demandé s'il existait vraiment. J'étais persuadé que si tu avais tout quitté si facilement, si rapidement, c'était parce que personne ne te retenait là-bas et je trouvais trop commode l'histoire de ce long collage qui traînait depuis l'hypokhâgne et la décision de faire un break. Elle était exacte pourtant, à ce détail près que Bruno n'était pas tout à fait d'accord pour le break, comme me l'a confié Juliette dès son arrivée. Je n'ai jamais compris pourquoi elle militait tant pour votre couple. Gilles n'était pas encore apparu dans ta vie, alors de quoi Juliette avait-elle peur pour toi ? De qui ? Peut-être de Charlie, à ce stade déjà. Tout le monde y pensait. Moi le premier, mais mes parents aussi, j'en suis sûr. Il leur a toujours énormément plu, surtout à ma mère qui adorait qu'il la fasse dan-

ser, ce à quoi il ne manquait jamais quand l'occasion se présentait. On s'attendait tous à ce que tu lui tombes dans les bras. Aujourd'hui que je sais ce qui s'est passé entre vous, enfin, ta version à toi, je ne comprends toujours pas, sauf à faire encore une fois confiance à James. Qui ne dit d'ailleurs pas pourquoi ça ne marche pas entre Isabel et Lord Warburton. Il se contente de frustrer très vite le lecteur, son désir enfantin qu'ait lieu ce mariage idéal mais qui sait, même s'il n'a lu aucun roman de James auparavant, parce qu'il a déjà lu d'autres romans, que l'héroïne ne peut rencontrer le prince charmant dès le premier chapitre et l'épouser au douzième. C'était trop tôt sans doute aussi pour vous.

J'ai éteint beaucoup trop tard. Sans Martha, je ne me serais jamais réveillée à temps pour Mr. Plunkett. Il avait déjà fini de gréer l'*Anyway* quand je me suis garée sur le port. J'ai repéré tout de suite l'emplacement et étudié un moment la silhouette bronzée de mon skipper, qui fumait une cigarette sur le pont malgré les panneaux qui l'interdisent dans l'enceinte du port. Je m'étais habillée avec autant de soin qu'autrefois, c'est difficile mais possible d'être élégante sur un bateau, pas comme au ski.

Pourquoi est-ce que je ne raconte pas ce souvenir au présent ? Je ne m'en étais jamais rendu compte avant que Nick me le fasse remarquer, dès le lendemain de mon arrivée, je ne me souviens plus si j'étais en train de parler de la mort de mon père ou d'autre chose quand il m'a interrompue, s'est étonné de cette façon étrange que j'avais d'évoquer le passé. Ça lui rappelait les récits de rêves, souvent faits au présent aussi, un temps qui restitue l'absence d'anticipation, l'implication totale et sans volonté propre du « je » qui rêve. Mais pour un souvenir, commentait Nick, c'est bizarre, c'est comme si tu découvrais les événements au fur et à mesure, alors que tu les connais, excuse-moi, continue...

Oui, pourquoi pas le présent ?

Je m'approche du ponton, ravie d'avoir aussi emporté un paquet de clopes, je n'avais pas beaucoup d'espoir de ce côté-là, même si le bateau est à moi désormais. Je lorgne Plunkett par-dessous mon chapeau de paille, me demande si un jour il sera réglementaire aussi, pour éviter les risques de cancer de la peau, s'il y aura de belles pancartes affichées à l'entrée du port obligeant à se couvrir pour se protéger du soleil, comme autrefois à Sienne à l'intérieur de l'église pour éviter de faire pleurer la madone.

Plunkett ne porte pas de chapeau. Il a les cheveux longs et très noirs pour son âge (environ cinquante ans à vue de nez), c'est dans les poils de sa barbe de trois jours qu'il y a le plus de gris. Il ne parle pas beaucoup au début, il a même l'air de faire un peu la gueule, et puis dès qu'on sort du port, en direction de Chappaquiddick, il se détend soudain, me laisse la barre et va chercher des coussins qu'il installe dans le cockpit.

Je ne suis pas descendue à l'intérieur tout de suite, pas avant d'avoir terriblement envie d'aller faire pipi. Je n'ai jamais tellement aimé ça, ce n'est pas que j'y aie le mal de mer, mais, même lorsque je me suis habituée aux angles traîtres de la table à cartes et du coin cuisine, j'avais tendance, déjà à l'époque, avec l'équilibre et les muscles de mes vingt ans, à me cogner partout. De toute façon, j'ai ce qu'il me faut dans mon panier, ce qui est nécessaire en tout cas pour faire connaissance comme toujours à bord d'un bateau, c'est-à-dire vite et sans les pudeurs qui entravent les premiers contacts sur la terre ferme : la crème solaire dont nous nous enduisons réciproquement, les chips au vinaigre, et une bouteille de Mumm californien dans sa housse isotherme.

Will me raconte un peu sa vie, son divorce, sa fille, Stella, partie pour Chicago, ses petits-enfants qu'il n'a quasi jamais vus. Il a promis d'y aller pour le prochain *Thanksgiving*, mais il n'est pas sûr, bien que son gendre navigue lui aussi. Un lac, même grand, ce n'est pas pareil. J'approuve en aspirant une bouffée d'océan, finis ma troisième flûte (Will les a retrouvées, à leur place, le cristal est un peu salé, ça va bien avec les chips, je bois trop mais il fait un temps sublime et il n'a pas besoin de moi pour manœuvrer). La journée passe à toute allure. Mais je peux envisager qu'elle se termine sans que mon ventre se torde, comme la toute dernière fois où on a sorti le bateau, il y a si longtemps. D'abord parce que ce soir je vais continuer à lire *Déjà-vu*, et aussi parce que Will m'a dit tout de suite qu'il serait d'accord pour recommencer un de ces jours, il a toujours bien aimé l'*Anyway*. Je comprends qu'il a dû s'en servir assez souvent depuis la mort de Nick. Il prétend que c'est indispensable, un voilier il faut qu'il sorte de temps en temps, sinon il dépérit. C'est comme les perles, je lui dis, si on ne les porte pas elles perdent leur éclat. Il n'est pas au courant, me regarde bizarrement ou alors c'est moi qui lui prête une distance ironique – après le Mumm, les bijoux, une vraie gosse de riche. Je me demande ce que penserait Nick de notre rencontre : est-ce qu'elle se produit trop tôt pour que j'épouse mon prince charmant ? Je plaisante : Will Plunkett n'a rien d'un lord anglais et même s'il avait mon âge, c'est moi qui suis trop vieille pour tout ça.

Le problème, si je me sers du présent pour décrire la journée qui s'achève, c'est que rien ne la distingue de son achèvement, là, maintenant. Le passé composé alors, pour l'intervalle : j'ai retrouvé les gestes, les rites du retour, la longue douche chaude sur la peau salée, les cheveux trempés peignés en arrière dégageant le visage cuit malgré tout, malgré le chapeau et la crème, les courbatures naissantes et le pied qui flanche un peu, anticipe une pente soudaine qui n'a pas lieu.

Je meurs de faim, mais Martha l'avait deviné et remue un risotto dans la cuisine. Je liquide le fond de champagne en regardant la mer. Il fait presque nuit et je me réjouis d'avoir si sommeil, comme ça je lirai peu et c'est ça que je veux depuis que j'ai commencé, que j'ai arrêté de remettre à plus tard : que ça dure le plus longtemps possible.

Déjà-vu (2)

Je me rends compte en feuilletant le livre avec ce nouvel objectif qui est le mien maintenant, de le récrire, qu'il y a beaucoup plus de dialogues que dans mon souvenir. De bons dialogues d'ailleurs, souvent drôles, mais un artifice de romancier dont je n'avais pas conscience jusqu'à présent. Dans la réalité, à moins peut-être de la noter tout de suite ou de la rapporter très vite après, il n'y a pas moyen de restituer une conversation avec autant de précisions, on la trahit forcément. Je veux dire que si je rends compte de nos après-midi d'alors, ma mémoire fait défaut. J'en suis réduit à inventer. Je sais encore le fond, approximativement, et si on peut parler de fond, et j'arriverais à donner une idée de la forme, mais de toute façon tu étais là, je ne t'apprendrais rien.

Pour être fidèle malgré tout au livre, je recherche un équivalent du premier tête-à-tête entre Isabel et son cousin, essentiel puisqu'il anticipe un autre moment crucial, dans les dernières pages, symétrique. Le soir de son arrivée, tu sais, quand Ralph lui fait visiter la galerie de tableaux, ils la parcourent ensemble dans la pénombre et elle lui demande s'il y a un fantôme – les livres qu'elle a lus prétendent qu'un château anglais digne de ce nom se doit d'en abriter. Ralph commence par éluder, mais elle insiste et il finit par lui répondre : « Je pourrais te le montrer, mais tu n'arriverais pas à le voir. C'est un privilège qui n'est pas donné à tout le monde ; et qui n'a rien d'enviable. Il ne se montre jamais à quelqu'un d'aussi jeune, heureux, innocent que toi. Tu dois d'abord avoir souffert, cruellement souffert, avoir fait l'expérience du malheur. C'est à cette condition que les yeux peuvent s'ouvrir à lui. Moi, il y a longtemps que je l'ai vu. »

Tu n'as pas réclamé de fantôme. Les maisons américaines ne sont pas supposées en avoir, elles sont trop récentes pour ça. Mais le premier soir, quand Charles est monté se coucher, nous sommes restés bavarder tous les deux sur la véranda. Je ne sais pas comment tu faisais pour tenir le coup, avec le décalage horaire il devait être environ cinq heures du matin pour toi mais comme Isabel dans le livre, tu n'étais pas fatiguée.

Je me doutais que ma mère t'avait mise au courant de mon état, mais je savais aussi qu'il valait mieux t'en parler moi-même, ce serait fait. De toute façon, il n'y avait pas grand-chose à dire. On avait fait le diagnostic quand j'avais douze ans, j'allais bien, ne suivais aucun traitement, mais j'étais condamné. Point. Ça me barrait l'horizon et je m'étais habitué à ne faire aucun projet, jamais. Ce n'est peut-être que ça le fantôme de Ralph : sa certitude de mourir jeune. Lui comme moi nous en tirons le meilleur parti, observons en dilettantes l'agitation des autres, nous excluons de leurs espoirs futurs mais nous gardons aussi de souffrir justement, évitons de vivre pour ne rien perdre. C'est du moins sa position, semble-t-il jusqu'au bout du livre, jusqu'à sa mort. Moi, tu sais que j'ai fini par craquer, décidé de plonger malgré tout, d'aller voir.

C'est très étrange d'ailleurs, quand on y pense, cette inégalité posée d'emblée entre les deux personnages, l'expérience du malheur attribuée à Ralph, alors que sa cousine, qui vient tout de même de perdre son père et dont la mère (contrairement à la tienne) est morte depuis longtemps, est présentée comme épargnée, préservée par la vie. James insiste pourtant sur son lien quasi amoureux avec son père défunt. Et elle n'aurait pas souffert ? Jamais, à supposer que j'aie découvert dès ce premier soir, sur la véranda, que nous rejouions à notre insu un drame inventé cent ans plus tôt, je n'aurais pu prétendre, comme Ralph avec Isabel, surpasser ta connaissance du malheur. Et pourtant tu dégageais, comme ton modèle fictif peut-être, une vitalité insouciante, une aptitude au bonheur, malgré tout. Je l'ai déjà souligné, quand tu évoquais la mort de ton père, au présent, tu étais étonnamment sereine, presque positive.

Je ne t'ai mise en garde contre aucun fantôme. Notre dialogue cette nuit-là, dont je serais incapable de retrouver les termes exacts, n'annonçait pas, comme dans le livre, ton avenir. Aucune menace ne planait sur toi, et pourtant ce fantôme, qu'Isabel verra en effet, au début du dernier chapitre, celui de Ralph qui vient de mourir, je vais à mon tour, comme mon modèle à moi, le faire apparaître pour toi. Dans ces pages, qu'un jour ou l'autre, rien ne presse, tu découvriras, j'accomplis la dernière coïncidence, je remplis ma part du contrat, celle que Ralph honore lui aussi (dans un roman dont je suis persuadé qu'il est le secret héros, le personnage central, puisqu'il s'achève avec sa mort), qu'il honore donc en se montrant, spectral, au pied du lit de sa cousine. Ce texte est mon fantôme, le seul auquel je crois, la seule manière que j'ai trouvée de t'apparaître quand je ne serai plus là, pour parachever la ressemblance entre notre vie et son anticipation prophétique et romanesque.

Avant d'en arriver à ton idylle manquée avec Charlie, il faut d'abord que je parle de Juliette. Là, franchement, la coïncidence devenait frappante et si je n'ai rien vu sur le moment, il faut que ma théorie soit fausse ou démente.

Soit mon aveuglement d'alors invalide complètement ma thèse et les personnages de James sont au fond parfaitement attendus, prévisibles, stéréotypés. Il n'y avait rien d'extraordinaire dans le fait que ta meilleure amie nous rejoigne et qu'elle veuille écrire un reportage sur ma famille, comme Henrietta dans le roman. Je n'y crois pas.

Soit j'ai raison sur toute la ligne, il s'est produit autour de toi ce phénomène quasi surnaturel, ta vie, depuis ce jour de canicule italienne où tu as appris la mort de ton père et peut-être même avant – après tout James ne nous dit pas grand-chose de l'enfance d'Isabel – ta vie répète exactement un canevas imaginaire conçu un siècle plus tôt. Dément, trop pour que j'en aie eu conscience tout de suite, mais, je ne désespère pas de t'en persuader, incontestable. Juliette est *Henrietta, et la ressemblance entre leurs deux prénoms relève aussi de cette parenté magique – comme Isabel et Lise, Gilbert et Gilles. James se moque un peu des prétentions journalistiques d'Henrietta, de ses préjugés antieuropéens – son article à elle s'intitule : « Américains et Tudors, aperçus de Gardencourt » –, de sa conviction possessive et jalouse qu'Isabel doit rester fidèle à ses origines, revenir auprès de son petit ami américain, Goodwood. Ton Bruno.*

J'ai gardé l'article de Juliette. Non, je dois être franc avec toi. Je le lui ai volé. Vous étiez montées vous mettre en maillot de bain, Charlie roulait un pétard, il était tout content d'avoir gagné au tarot, ne faisait pas attention à moi. J'ai arraché la page du bloc que Juliette avait oublié sur son transat. J'avais un peu peur qu'elle veuille le poursuivre quand même. Elle a mis un certain temps à s'en apercevoir. Ce devait être en rentrant de notre virée newyorkaise, une dizaine de jours plus tard. Elle s'est peut-être demandé si c'était toi mais je doute qu'elle t'ait posé la question, vos rapports étaient devenus très tendus dans l'intervalle. Comme Henrietta, elle a mal supporté ta liaison avec Charles/Warburton, et tout avait commencé là-bas, dans le refuge frigorifié de l'appartement de Park Avenue, que tu as très vite décrété préférable à l'exploration de la ville et où nous revenions, suant à grosses gouttes, Juliette et moi, entre une ascension de l'Empire State et un pèlerinage littéraire dans les rues de Greenwich Village – oui, tu avais raison, c'est une touriste beaucoup plus sérieuse que toi, j'ai mieux compris alors sa soumission aux consignes italiennes quand vous aviez visité Sienne ensemble.

Au début, on ne s'est rendu compte de rien. Charles était censé travailler, c'était même pour ça qu'on avait décidé d'aller à New York cette semaine-là : parce qu'il avait du boulot. Juliette ne t'a jamais dit pourquoi nous étions rentrés à l'appartement à l'improviste, beaucoup plus tôt que prévu. Elle s'est contentée de pincer les lèvres et a attendu qu'on retourne sur l'île pour te faire une scène, te bassiner avec Bruno. Qui ne t'avait pas suivie pour essayer de te faire revenir, comme Goodwood dans le livre, qui resurgit régulièrement chaque fois qu'Isabel rencontre un rival potentiel. Ton petit copain philosophe ne disposait pas des mêmes moyens financiers que le fiancé américain d'Isabel, mais il avait chargé Juliette de lui donner des nouvelles, et j'imagine qu'elle lui a téléphoné pour cafter, et lui raconter que tu couchais avec un yuppie sans intérêt (je suppose que c'est comme ça qu'elle a décrit Charlie à Bruno). Tout ce que je sais, c'est qu'on vous entendait vous engueuler toutes les deux depuis la véranda! Il n'y avait pas de quoi pourtant. C'était déjà fini avec Charlie.

Je soupçonne Juliette d'avoir tout calculé pour qu'on vous surprenne. C'est elle qui a eu l'idée de passer voir Charles à la banque. Sous prétexte qu'elle voulait prendre un peu le frais. Elle qui vitupérait depuis trois jours contre l'air conditionné et affectait une indifférence écologique au cagnard qui nous liquéfiait tout le long de nos sorties touristiques. Lorsque sa secrétaire nous a dit qu'il n'était pas venu de la journée, que d'ailleurs elle ne l'avait pas beaucoup vu depuis le début de la semaine, c'est encore Juliette qui a insisté pour qu'on rentre tout de suite à la maison. Elle qui a foncé, en sortant de l'ascenseur, filé sans bruit vers ta chambre, puis rebroussé chemin en vous entendant pour me prévenir, l'air furax.

Je ne sais pas exactement ce qui s'est passé dans cette chambre. Ni toi ni Charles ne m'avez donné de détails. La seule chose qu'il m'ait racontée précisément, c'est votre conversation, votre rupture en fait, sur la plage, le soir où nous sommes tous revenus de New York, avant ton engueulade avec Juliette, que tu as laissée te couvrir de reproches, te rappeler tes engagements avec Bruno, sans lui dire qu'avec Charles ça ne durerait pas, que tu l'avais d'ailleurs déjà prévenu. J'étais au téléphone avec l'infirmière de mon père et quand je suis descendu sur la véranda, il n'y avait plus personne. Juliette était montée bouder – ou téléphoner à Bruno, sans doute c'est à ce moment là qu'elle l'a fait – et j'ai aperçu vos silhouettes, à Charlie et à toi, qui s'éloignaient derrière les dunes. Je t'enviais un peu, pour être très honnête, non, ce n'était pas vraiment de l'envie, j'étais content pour toi, bref, je me souvenais comment Charlie embrassait. Et je me sentais un peu seul. Je préférais notre trio, j'avais déjà la nostalgie des premières semaines de l'été, avant l'arrivée de Juliette, de nos sorties en mer, de nos parties de cartes. Non, le paradis ça ne dure pas. Ni chez James, ni dans la réalité. On est juste censés remercier – qui ça ? – d'y avoir goûté.

L'infirmière venait de me confirmer que l'état de mon père s'aggravait, qu'elle était prête à s'installer à la maison dès que ça deviendrait nécessaire. Il fallait prévenir ma mère d'abord. C'est pour ça que je ne vous ai rien dit quand vous êtes rentrés de la plage, toi et Charlie. Je n'ai même pas remarqué vos visages un peu embarrassés, je ne pensais qu'à ça, à la conversation que je devrais avoir avec ma mère quand elle rentrerait d'Edgartown, où elle dînait chez des amis. Soirée sinistre. Tu es montée directement dans ta chambre, pendant que Charles s'affalait à côté de moi sur un transat. On a fumé en silence jusqu'à ce que nous parviennent les échos de ta dispute avec Juliette, depuis le second étage. On n'entendait pas distinctement les termes, mais l'impression générale était houleuse. Une fois le pétard fini, on a pu dériver tous les deux, chacun pour soi, sans commentaires. Moi j'essayais sans succès d'anticiper, d'imaginer la suite, mon père grabataire, incontinent peut-être, et l'herbe accentuait encore l'irréalité du tableau. Quant à Charlie, je suppose qu'il remâchait au contraire le passé récent, se demandait ce qui avait merdé exactement entre vous.

C'est plus tard qu'il m'a raconté sa version. Elle s'accorde à la tienne, bizarrement.

Je m'aperçois en me relisant que j'ai manqué de méthode. Je vais essayer autrement : d'abord, résumer chaque fois un pan du livre, raconter ensuite comment tu l'as reproduit.

Acte I : Isabel Archer débarque à Gardencourt, se dispute pour rire avec Ralph et Warburton, choc culturel et amitiés naissantes, arrivée de sa copine Henrietta, expédition touristique à Londres, demande en mariage de Warburton.

Et puis, aussi, je vais tenter le récit à la troisième personne, comme chez James, ça m'arrange d'ailleurs à ce stade, parce que nos dialogues à nous, je me sens incapable de les restituer, je te l'ai déjà dit, mais ceux auxquels je n'ai pas assisté, rien ne m'empêche de les inventer.

Le séjour à New York les avait suffisamment perturbés pour qu'ils soient à la fois ravis de retrouver l'île et lucides : les jours parfaits du début de l'été ne reviendraient pas. Juliette, pour des raisons mystérieuses, avait très mal pris ce que tous les autres anticipaient plutôt sereinement. En découvrant que Lise et Charlie s'envoyaient en l'air pendant qu'elle arpentait les blocks avec Nick, elle s'était enfermée dans un silence buté, le trajet en avion l'avait rendue un peu malade, en tout cas c'est ce qu'elle a invoqué pour monter dans sa chambre aussitôt arrivée. Les autres sont restés ensemble un moment sur la véranda, autour d'une bouteille de blanc californien, et puis Nick est allé parler à l'infirmière d'oncle Dick. Charles en a profité pour passer la main sur la nuque de Lise – en public, ils continuaient, depuis qu'on les avait surpris, à se comporter très pudiquement – et il a suggéré une balade sur la plage.

J'ai encore lu beaucoup trop tard. Je n'ai même pas voulu regarder l'heure, mais les lettres commençaient à se brouiller depuis longtemps quand j'ai admis qu'à mon âge, les yeux fatigués, les neurones sonnés par la journée en mer, « on » ferait mieux d'éteindre. J'ai fait la grasse matinée et manqué Martha. Je sirote mon café sur la véranda et me demande si l'un des quinze ou vingt bateaux à vue de nez qui s'égayent sous le soleil de midi est celui de Plunkett ou s'il était libre aujourd'hui encore. Ça va. Je n'aurais pas pu deux jours de suite de toute façon. Je vais m'habiller et reprendre tranquillement mon exploration des boîtes. Celle qui contient *Déjà-vu* reste dans ma chambre. Réservée aux soirées. Les deux autres, je les rentre chaque fois dans la maison mais ne les consulte que sur la véranda. Cette après-midi sera une après-midi photos.

Moi aussi, je vais me forcer à être plus méthodique. Ce ne sera pas difficile, les photos apparemment jetées en vrac dans leur boîte sont en fait disposées par ordre chronologique. Il y en a quelques-unes de Nick enfant, sur le dessus. Jusqu'à douze ans environ. Culottes courtes, comme on disait à son époque encore, matches de base-ball, sapins de Noël, et puis après la maladie, plongeons depuis l'avant de l'*Anyway* – son cadeau d'anniversaire, il n'avait que treize ans, héritier de Gatsby, oui, Juliette, si tu voulais dire par là gâté pourri, mais tu aurais dû savoir que le héros de Fitzgerald est un parvenu, justement, qui reste malgré ses fêtes somptueuses à la périphérie du monde des vrais riches, le monde de Nick.

Pas de photos de la période qui correspond au diagnostic de sa maladie. Les suivantes sont des souvenirs figés et mensongers de bals mondains, immédiatement suivies de soirées plus intimes, où je reconnais bien sa silhouette légèrement avachie et son regard attendri par l'ivresse cannabique, et quelquefois Charles, plus digne. Je m'étais réjouie à l'époque, je le leur avais dit d'ailleurs, qu'ils aient déjà abandonné leur vie stéréotypée de jeunes noceurs friqués. Je n'aurais pas aimé que mon initiation à l'Amérique prenne la forme si convenue des romans de cette génération : coke, discothèques hypersélectives, fringues de marque, ils en avaient eu marre à temps.

J'ai vite trouvé celle que je cherchais, que j'espérais en arrivant ici, d'eux deux accoudés à la rambarde, identiques à mon souvenir. Je ne saurai jamais si elle date de ce premier été, les coupes de cheveux et la lumière sont les mêmes en tout cas. Ils fixent l'objectif, clignent un peu des yeux, bien que tournant le dos au soleil, peut-être qu'ils ont fumé de l'herbe. Je la mets de côté pour plus tard. Il y a aussi les deux polaroids immortalisant notre visite au World Trade Center mais les couleurs n'ont pas tenu, le tee-shirt fuchsia de Juliette bave un peu. Je me souviens du petit gros qui a accepté de les prendre, déstabilisé pourtant parce que Charles le lui avait demandé en japonais (son père avait passé trois ans à l'ambassade de Tokyo).

Je dormais profondément. C'est Juliette qui m'a appelée. Je veux dire, le 11 septembre. Il était cinq-six heures du matin à San Francisco. Elle m'appelait de Paris où elle repassait après tout un été en Italie avant de rentrer chez elle, à Houston. Pendant que j'allumais la télé en dégageant ma seconde boule Quies (la première s'était égarée sous un oreiller dans mon sommeil, ce qui m'avait permis d'entendre le téléphone sonner), que je voyais pour la première fois les images, les gens qui sautaient, les tourbillons de papier, c'est elle qui l'a dit la première : « Tu te souviens ? Tu y es retournée, toi, depuis ? » Non. Pas d'enfants ou de copains européens à distraire, les rares fois où j'avais séjourné à New York depuis notre première visite, tous les quatre.

Sur les polaroids, je suis à côté de Charles, mais nous ne nous touchons pas. Nous ne nous étions pas encore touchés, à vrai dire. C'était notre première expédition hors de l'appartement. Dès le deuxième jour, j'ai déclaré forfait. Juliette était pressée, mais pas moi. Je préférais découvrir la ville plus tard, à l'automne peut-être, leur fameux été indien, je me disais, on verra. Charles a téléphoné à l'appartement vers trois heures, il pensait tomber sur le répondeur, laisser un message pour nous donner rendez-vous le soir. Il quittait le bureau, pas tant de boulot que ça finalement. Il est venu me rejoindre et voilà. Pourquoi ne pas leur dire tout de suite ? C'est moi qui l'ai exigé. Je savais que Juliette ferait chier et qu'au contraire, mais ça m'énervait tout autant, Nick et ses parents triompheraient, « j'en étais sûr », moi je n'étais pas sûre de grand-chose, motus. Le quatrième jour, retour inopiné de Juliette. Oui, Nick a raison, bien capable d'avoir fait exprès. Pas seulement pour Bruno, mais contre Charles. Idéologiquement pas sortable : trop blond, trop banquier, et se prétendant démocrate en plus ! C'était ça, notre engueulade, au retour. Pas tant de la morale que de la politique. Quand je pense à Bob, à leur mariage texan…

Il n'y a qu'une photo de cette fin d'été sur l'île, après le départ de Juliette et de Charles. Une photo de moi, emmitouflée dans deux pulls, un verre dans une main et une cigarette dans l'autre, l'air absent. Je la regarde avec curiosité, scrute l'arrondi des joues, cette étrangeté presque gênante de ma jeunesse. Sur la photo, je suis assise dans le salon et un détail soudain me frappe : sur la table, derrière le canapé, il y a la vieille chaîne stéréo où les garçons mettaient leur musique, quand mon oncle et ma tante étaient montés se coucher, orientant les baffles vers la porte-fenêtre pour qu'on l'entende mieux dehors. Le lecteur de cassettes n'y est plus : maintenant, dans le salon, il n'y est plus. Je vais vérifier aussitôt. Il ne reste que l'ampli et les enceintes, tout est débranché. Urgence d'un seul coup : et les cassettes ? C'est ça qu'on écoutait, cet été-là, des dizaines de cassettes audio, comme on commençait à dire, pour les distinguer des vidéos, beaucoup plus récentes. Dans mon souvenir, Nick les rangeait dans un coin de la bibliothèque. Rien. Je les regrette désespérément – désespoir disproportionné, incompréhensible, je les avais complètement oubliées il y a encore trois minutes – j'en pleurerais presque, et puis, toute à ma confiance dans les dons divinatoires de Nick, je fais demi-tour en direction de la véranda, si pressée que je me cogne contre le chambranle, virage mal négocié, j'ouvre précipitamment la boîte « Divers », on ne sait jamais, ou plutôt si, je sais, j'en mettrais ma main au feu, qui peut dire même si Nick n'a pas tout prévu : la photo de moi en pull marin dans le salon, la chaîne stéréo à l'arrière-plan, mon désir impérieux d'écouter de nouveau ce qui a bercé cet été-là. J'ai le temps de maudire celui ou celle qui a planqué, ou pire jeté le vieux lecteur de cassettes, et qui va retarder le moment de… si je ne me suis pas trompée, mais non ! Sous le télégramme de tante Françoise, la fiche de lecture de Nick, l'article ébauché par Juliette, la pièce du puzzle que j'exhume est une enveloppe en kraft et à l'intérieur, deux cassettes, audio.

Me voilà de retour sur la véranda, l'enveloppe encore serrée dans la main après l'investigation infructueuse de la resserre, de la cave, du grenier : pas de lecteur. Je pourrais appeler Martha, mais je doute qu'une femme si jeune ait ne serait-ce qu'entendu parler de ces machines préhistoriques.

Les lecteurs de cassettes ont disparu depuis plusieurs décennies. Si les disques en vinyle ont connu une seconde vie à l'ère des remix, ma génération est la dernière à avoir enregistré patiemment ses airs préférés sur les premières radios libres, fait ses devoirs la main gauche toujours prête à enclencher le bouton qui ferait succéder un Bowie à un Nino Ferrer, selon la programmation aléatoire de la station élue, alourdi ses valises pour emporter en vacances les précieuses petites boîtes en plastiques et écouté, malgré le grésillement sporadique (les conditions d'enregistrement n'étaient pas toujours optimales, temps des premières radios libres, et appareils offerts à un âge où les parents radinent un peu, les miens en tout cas, sur la qualité), les airs s'enchaîner maladroitement, les premières et les dernières mesures toujours interrompues par un fragment de jingle inopportun, à mémoriser cette succession au point d'être surprise quand, dans un bar, une soirée, un air entendu cinquante fois sur « ma » cassette n'était pas immédiatement suivi du même, dans le même ordre, que sur « ma » cassette. C'était avant la commercialisation des compilations, les lecteurs numériques, les bandes avaient tendance à s'enfuir de leur logement, à s'emmêler en serpentins brunâtres qu'on lissait patiemment, désespérés lorsque notre création, l'intime sélection de nos toquades pourtant souvent imméritées succombait aux heures passées en vrac dans des sacs à main trop remplis, des boîtes à gants de voitures encombrées d'ennemis tranchants : clefs, trombones, petite monnaie. Parce qu'on perdait vite les boîtiers en plastique transparent. Seuls quelques obsessionnels prenaient la peine d'inscrire sur l'étiquette les titres des chansons. Je crois que c'est Juliette qui m'avait appris à utiliser des cassettes normales, quand on n'en avait plus de vierges, il suffisait de coller des bouts de scotch sur les bitoniaux du dessus pour convertir de vieilles reliques de notre enfance (*Pierre et le loup* dans le meilleur des cas, ou, pire, donc moins sacrilège, Anne Sylvestre) en futurs souvenirs de l'été 1984. Et quand on les rembobinait, on savait infailliblement combien de temps laisser l'index appuyé pour revenir au début de la dernière (« Oui ! encore une fois *Big in Japan* »), ou sauter la suivante, déjà regrettée – c'était une après-midi de version grecque difficile, cette cassette-là, il y a du déchet, la main gauche s'est tendue deux ou trois fois de trop vers l'appareil, mais impossible d'y rien changer, l'humeur du moment, un problème de concordance des temps ont définitivement inséré un slow trop sirupeux (Bonnie Tyler ?) au mauvais endroit.

J'évoque cette ère révolue en fumant une cigarette, impuissante, le regard fixé sur les deux spécimens que Nick a sélectionnés pour moi et que j'ai sortis – à quoi bon ? – de leur enveloppe en kraft. Je mentirais un peu si je disais que je les ai reconnues. Les miennes, oui, j'en serais peut-être capable, je me souviens d'une jaune particulièrement, sur laquelle il y avait Eurythmics. Mais celles de Nick, non. C'était toujours lui qui s'occupait de la musique, ces soirs du premier été.

C'est la frustration sans doute qui me décide à abandonner pour l'instant mon travail d'archéologue. Je referme les boîtes et les rentre dans le salon. Je sais ce qui me reste à faire. Puisque je n'ai pas de solution pour l'instant, autant passer radicalement à autre chose. Il fait vraiment chaud, il y a de plus en plus de voiles à l'horizon mais la plage est déserte, trop difficile d'accès pour les promeneurs et les maisons les plus voisines sont loin. Personne pour voir mes membres fripés, la peau qui pendouille entre les cuisses et sous les bras, le moment idéal pour mon premier bain.

C'est là – une fois dépassées les premières retombées d'écume, à l'endroit précis où les vagues commencent à se former, je n'ai plus pied, je bats mollement des mains pour assurer mon équilibre, je me demande si je vais faire la planche, allez, oui, la mer est plus froide qu'à San Francisco, mais je sais que même les cheveux mouillés j'aurai chaud en sortant, tout de suite, alors je bascule vers l'arrière et mes oreilles se gorgent d'eau, mon chignon se défait en algues clairsemées mais je peux, parce que la sensation est la même, m'imaginer qu'ils me donnent encore la même grâce de naïade qu'à vingt ans, j'ouvre les yeux dès que je sens le soleil sécher le sel sur mes paupières, je flotte, je dérive doucement – c'est là, grâce aux remous dans mes oreilles, que je me souviens : quand on se baignait du bateau, le premier été, Nick mettait toujours la musique à fond, on ne s'éloignait jamais beaucoup et les refrains nous parvenaient, lacunaires, entre deux brasses coulées. Il y a peut-être toujours une chaîne stéréo à bord de l'*Anyway* !

Pour m'en assurer, je n'ai qu'à appeler Will Plunkett. De savoir maintenant que c'est possible me rend tout à coup très patiente. Je vais d'abord me réchauffer tranquillement sur la plage, oui, ne pas oublier que je dois temporiser, que mon but n'est pas d'en finir au plus vite avec les boîtes de Nick, que j'ai prévu d'éterniser tout ça. Je m'allonge à même le sable. Ça m'est égal qu'il se colle aussitôt à mon corps tout entier, à mes cheveux, me couvre d'une pellicule craquelée, au contraire, ça cache les aspérités sèches de ma vieille peau – je me souviens avec un sourire indulgent qu'à vingt ans j'aimais déjà ça, espérant camoufler mon illusoire cellulite, ce que c'est d'être jeune. Et je n'ai plus le souci d'harmoniser mon bronzage. Deux heures là, une douche sérieuse et puis, peut-être, appeler Plunkett en fin de journée. Ou alors même pas. Demain matin. Pour ce soir, c'est réglé, *Déjà-vu*.

Déjà-vu (3)

Sur la plage, Charles se sent autorisé à la prendre carrément par la taille. Lise guette une dune propice. Ce qu'elle aimerait, c'est qu'il l'embrasse sur la bouche, voire ailleurs, la nuit tombe vite et les autres sont occupés. Mais c'est apparemment une promenade romantique qu'il a en tête. Lorsqu'elle s'arrête pour se coller un peu à lui et lui passer la langue sur les lèvres, il se contente de lui caresser les cheveux. Il a l'air soulagé en même temps, ce que confirme la phrase étrange qu'il prononce, étrange pour Lise qui n'y a pas pensé depuis une semaine : « Tu vas rompre par téléphone ? » Dans un premier temps, elle ne comprend pas de quoi il parle. Et puis, l'esprit un peu ralenti par les frissons qui lui parcourent l'échine, elle devine qu'il s'agit de Bruno. Elle ne peut s'empêcher de rire, se dégage de ses bras et lui prend la main dans un élan de camaraderie qui n'a plus rien d'excité. En fait, elle a rompu avec Bruno, même si elle ne l'en a pas encore vraiment averti. Elle a fui à des milliers de kilomètres, ça suffira pour l'instant. C'est à peu près ce qu'elle répond à Charles. Il a l'air un peu étonné, réclame des détails. Elle a déjà eu le temps de l'appeler, alors ?

– Non, pourquoi faire ? s'entête Lise.

– Eh bien, je ne sais pas, pour lui parler de moi. De nous deux.

Lise réfléchit à toute vitesse. À part le récit détaillé de leurs après-midi new-yorkaises, elle ne voit pas bien ce qu'elle aurait pu raconter à Bruno qu'il ne sache déjà : ce qu'elle préfère, dans quel ordre, oui, bon, il ne connaît pas Charlie, mais ça ne regarde pas Bruno, les particularités anatomiques de son nouvel amant. Elle commence à se douter qu'il y a un malentendu, déteste les explications et l'entraîne vers le rivage. Mais Charles insiste. Il choisit un autre biais, évoque la rentrée prochaine (le salaud, alors qu'on est seulement en août, et pas de beaucoup, lui rappeler seulement que les jours raccourcissent, elle lui en veut soudain comme autrefois à sa mère, qui lui signalait toujours l'arrivée de cahiers Clairefontaine à la maison de la presse du village normand, à quelques mètres de la plage, des semaines avant que septembre ne signifie quoi que ce soit), lui demande si elle compte toujours suivre tante Françoise en Californie, comme prévu.

Lise n'en croit pas ses oreilles. Il est en train de lui proposer de s'installer chez lui, à New York, en attendant. Si elle ne le trouvait pas si sympathique, elle lui répondrait crûment qu'elle n'a pas fait tout ce chemin pour… pour ça, ce qu'il lui offre : sa belle bouche, ses mains habiles (les genoux, les doigts de pied, très habiles aussi, il faut le reconnaître et ça la freine quelques secondes), un appartement de spot publicitaire et des journées vides à attendre qu'il rentre de la banque, mais non, elle ne dit pas exactement ce qu'elle pense. « On est bien comme ça, non ? » murmure-t-elle en lui pinçant une fesse. C'est tout ce qu'elle trouve à répondre, et ça ne marche pas très bien. Il a l'air soudain absent, replace sur son nez les lunettes de soleil qu'il a remontées sur le haut de son crâne, entre deux mèches dorées, il y a quelques secondes, quand elle s'est frottée à lui, et rebrousse chemin vers la maison. Lise est embêtée, mais elle ne peut pas rattraper le coup sans lui faire des promesses qu'elle n'a aucune envie de tenir. Elle pense à Juliette, qui va probablement lui faire une scène inutile, trop tard, et qui a raison d'ailleurs, elle n'aurait pas dû coucher avec Charlie, pas parce qu'il est trop américain, ou alors si, pour cette raison même, qui ne suscite pas chez Lise le mépris européen de Juliette, mais explique peut-être leur malentendu. Trop explicite, trop pressé, trop sentimental, oui, ça doit être vrai au fond, trop américain.

Chez James, évidemment, il n'est pas question de sexe. Warburton te demande en mariage et tu, enfin Isabel refuse. Il y a peu, à ma connaissance, dans toute la littérature romanesque, de scènes aussi scandaleuses que ce chapitre douze. Quand bien même le lecteur averti se doute qu'il est trop tôt, il est forcément choqué par la fermeté de l'héroïne, son incompréhensible dédain devant la proposition si alléchante qui lui est faite. Il faut tout le détachement de Ralph, dans les pages suivantes, pour mettre des mots sur sa propre indignation, au lecteur : « Bien sûr, si tu épousais notre ami, tu aurais quand même un avenir – un avenir décent, en fait, un brillant avenir. Mais relativement prosaïque. Définitivement tracé à l'avance ; manquant d'imprévu. Tu sais que j'adore l'imprévu, et, maintenant que tu as gardé le jeu entre tes mains, j'espère que tu le joueras pour nous de manière exemplaire. »

Cette conclusion en forme de défi, Ralph la tire des bribes d'explications fournies par sa cousine : elle connaît si peu Warburton, il est trop parfait. Au passage, elle s'assure que Ralph n'a pas l'intention, pour son compte, de la demander en mariage, lui qui semble si content de la savoir encore libre. Nous avons eu, nous aussi, une espèce de conversation au sujet de Charlie, mais bien plus tard. Tes raisons sont aussi floues et solides que celles d'Isabel. En gros, tu n'étais pas amoureuse, mais le jour où tu me l'as finalement raconté comme ça, je n'étais plus du tout dans la situation de Ralph, et toi, tu étais déjà mariée à Gilles. Il y a des différences avec le livre, d'accord. Je suppose que le sexe fait une grosse différence, aurait pu faire, en tout cas, entre vous. Ou alors, justement pas. Tu as renoncé en toute connaissance de cause, et bien qu'il soit une vraie affaire au lit, je sais de quoi je parle. Parce que tu n'étais pas amoureuse. De lui, pas plus que de Bruno.

J'avais oublié, entre autres, la métaphore utilisée par Ralph pour décrire la situation : le jeu de cartes, le choix d'Isabel de le « garder ». Si James avait pratiqué le tarot, il aurait sûrement dit « garder contre ».

Je n'ai pas envie d'aller plus loin. Je ne vais pas m'endormir tout de suite non plus, même si ma baignade (mes deux baignades en fait, j'ai récidivé) m'ont épuisée. Je vais confronter mes souvenirs au récit maladroit de Nick. Pas si maladroit d'ailleurs, c'est ainsi, dans l'ensemble, que s'est passée notre réécriture du chapitre douze. J'étais probablement comme Isabel, c'est vrai, comme d'ailleurs la majorité des filles trop jeunes, qui ne tombent amoureuses que s'il y a un risque maximal d'échec. Si l'autre ne les regarde pas, ne les rappelle pas. Parce qu'il est si doux, au fond, de pleurer devant un téléphone qui ne sonne pas. Rien de mieux pour se sentir exister. C'est ce que je croyais. Avec l'âge, lorsque le téléphone se met à sonner pour annoncer des horreurs (et je ne parle même pas, ou pas seulement des attentats terroristes), on change. Enfin, moi j'ai changé. Comme Isabel encore, peut-être. Sauf qu'elle n'a pas eu de seconde chance, elle. Personne pour modifier ses cartes, orienter différemment la partie.

J'ai sombré très vite et rêvé de la maison. Ça m'est arrivé souvent, pendant toutes ces années où j'étais loin, de rêver d'ici, mais c'est la première fois depuis que je suis revenue. Je rêve très souvent de maisons, qui n'ont qu'un vague rapport avec les lieux réels. Mais que j'identifie pourtant, quand je les traverse en dormant, remarquant au passage des modifications, les enregistrant comme un architecte, un maître d'œuvre curieux de mesurer les améliorations apportées par ses nouveaux propriétaires à un édifice qu'il a conçu lui-même, jadis, pour d'autres. Ce sont des rêves qui résistent assez bien au réveil, en général, et je me rappelle ces décors-là comme si je les avais vraiment visités.

Cette nuit, c'était essentiellement le paysage, autour, qui avait bougé : la plage était beaucoup plus loin et la mer à des kilomètres. Depuis la véranda, on se serait cru en Normandie, là où j'ai passé pas mal d'étés, petite, avec mes parents, à l'autre bord de ce même océan. « Le plus grand marnage d'Europe », m'étais-je vantée en arrivant ici la première fois, ravie de trouver enfin, dans l'inventaire comparé des grandeurs européenne et américaine, grandeurs au sens propre j'entends, un domaine où me montrer chauvine, et « marnage », en plus, Ralph et Charlie ignoraient ce que c'était. J'adorais leur faire la leçon. « Différence de hauteur entre marée haute et marée basse. Chez moi, » (en fait, ce n'était pas chez moi, mais chez une cousine de ma mère, qu'est-ce que ça pouvait leur faire ? ma mère, la pauvre, qui détestait y aller, passait ses journées à traîner dans le village sous prétexte de faire des courses, pouvait donc me signaler l'arrivage de cahiers grands carreaux à la maison de la presse avant même le pont du 15 août), « chez moi elle bat des records. » Je marquais enfin un point.

J'attends pour me lever que se fixent dans ma mémoire les détails de ce lieu hybride – quelquefois mes maisons rêvées reviennent une autre nuit, mais pas toujours, il faut que je retienne celle-là, le mélange me plaît bien. Et tandis que je joue avec l'intégration de cette vue vaste et vide, familière elle aussi, mais si ancienne, dans l'encadrement de ma fenêtre présente, je sens frétiller quelque part dans mon thorax – pas dans mon cerveau, non, c'est étrange qu'on situe les émotions là-haut, moi, je pense avec mon ventre, on dirait – une certitude d'avant le sommeil, d'avant même les quelques pages de *Déjà-vu* parcourues avant de m'écrouler : j'ai quelque chose à faire aujourd'hui. Sensation qui s'est raréfiée avec les années, c'est ça que je ne supporte pas dans la vieillesse, la disparition de cet aiguillon du matin, qui vous fait envisager une journée singulière, cette promesse d'aventure. Je souris et me parle tout haut : « Plunkett. Cassette. Debout. »

Martha m'a donné un numéro à Edgartown qui ne répond pas. « Will doit être en mer et il n'a jamais eu de téléphone de bord, pas même de portable ! Non.

Jamais. » Elle l'a répété d'un air entendu, bien que je n'aie pas répliqué, pas eu le sursaut escompté. Sans sourciller, je lui ai demandé si elle savait ce qu'était devenu le lecteur de cassettes audio du salon, et c'est elle qui a eu l'air déconcertée. Elle a dû croire qu'elle avait éveillé chez moi une méditation sur les techniques modernes, c'est le seul lien qu'elle ait pu trouver, j'imagine, entre les deux sujets de notre conversation – la plus longue peut-être depuis que je la connais. Le gros machin rouillé, oui, elle s'en souvient très bien : il a fait disjoncter l'installation électrique, une après-midi, elle avait six ou sept ans et accompagnait sa mère, venue aérer un peu la maison. Il faisait déjà sombre à l'intérieur, c'était en avril pourtant, elle le sait parce qu'elle venait seulement de commencer à répéter le spectacle de danse de fin d'année, et elle s'était aventurée seule dans le salon, approchée, intriguée, de l'appareil massif posé sur la table, derrière le canapé, elle ne comprend toujours pas ce qui lui a pris, mais elle a voulu tripoter les boutons et les lumières du hall, dans son dos, se sont éteintes brutalement, en même temps que s'interrompait le ronflement de l'aspirateur, à l'étage. Elle a trébuché contre les meubles houssés de blanc, dans le noir du rez-de-chaussée, couru vers l'escalier, elle était tellement terrifiée que sa mère, dévalant à sa rencontre, ne l'a même pas grondée. Le machin, lui, a fini à la déchetterie, pour ce qu'elle en sait.

C'est la première fois que Martha est si prolixe. Je me rends compte que je ne dois pas l'encourager beaucoup, d'habitude, et qu'elle est peut-être plus bavarde que je ne l'ai cru. Qu'elle a ses souvenirs à elle, ici, qui peuvent, la preuve, compléter les miens. Ça me fait plaisir, bien que je n'aie pas mesuré jusque-là combien la solitude de la maison, toutes ces années, m'attristait. Comme un bateau qui doit naviguer, les perles être portées, il faut une présence, de temps à autre, pour qu'une maison vive. C'est à quoi j'ai pensé en roulant vers Edgartown, les clefs de l'*Anyway* et la pochette de kraft avec les cassettes posée à côté de moi sur le siège passager – simple : pas besoin de Will, je n'ai qu'à monter à bord pour écouter de la musique –, à toutes ces années que j'avais évité d'imaginer, une éternité d'ombre pesant sur la maison sans que jamais une voix humaine résonne dans les couloirs, qu'un regard se croise dans un miroir ; grâce au récit de Martha, je l'ai sentie se ranimer, une connexion s'est établie entre passé et présent, extérieure à moi.

Échec, humiliation totale. J'ai réussi à déverrouiller la porte et à descendre dans la cabine, mais jamais à trouver comment brancher le système électrique. C'était toujours Nick qui s'en chargeait, Will bien sûr avant-hier, je n'ai pas osé appuyer n'importe où, rendue prudente par la mésaventure de la petite Martha. Mais j'étais furieuse. Pour me calmer, je suis remontée m'installer dans le cockpit et j'ai allumé une cigarette. Je tournais le dos au ponton et n'ai pas entendu arriver le vigile. Non seulement j'ai dû m'interrompre après seulement deux bouffées, mais il a voulu me coller une amende. J'ai essayé d'argumenter, en retrouvant mon pire accent français, mais ça ne marche plus aussi bien que quand j'avais vingt ans, et j'allais m'énerver vraiment quand j'ai eu l'idée d'utiliser mes relations : et Will Plunkett, il fumait bien dans l'enceinte du port, lui ?

Déjà-vu (4)

James ne dit pas grand-chose des maisons ni de ceux qui les aiment. Ce sont des décors, assortis à leurs occupants, à leurs moyens financiers, quelquefois aussi à leur état d'esprit. Mais manifestement il ne sait pas, ou ignore encore, à l'époque où il écrit Portrait de femme, *qu'on peut s'attacher à une maison plus fort qu'à une personne. Dans les dernières lignes du roman, quand Isabel reconnaît dans le jardin de Gardencourt le banc sur lequel elle était assise déjà, au chapitre douze, et repoussait Warburton, elle se dit bien qu'il s'agit d'un banc « historique », et qu'il a peut-être un conseil à lui donner. Mais elle n'éprouve en le revoyant aucune émotion particulière et je soupçonne James de ne prêter soudain attention à un détail de ce jardin que pour assurer une symétrie relative au roman – qui ne conclut pas, comme tu sais, mais qui a au moins la politesse de se refermer là où il s'était ouvert.*

Je me demande si tu sauras un jour ce que c'est, si tu auras, où que tu décides de t'installer plus tard, cette chance, cette compensation suffisante pour affronter la mort, d'aimer comme moi des pierres, des planches fragiles peut-être, vouées aussi à la destruction, mais pas tout de suite, pas à l'échelle d'une vie humaine, même plus longue que la mienne. Ou alors, comme Isabel, comme James, tu resteras trop intello pour ça.

Moi, ici, je suis différent. C'est pour ça que je me suis installé sur l'île, en plein hiver, loin du cabinet du Dr. Leonard, sans doute définitivement. Je serai le premier Chancellor à y mourir. Mon père n'a pas voulu. On aurait pu. Il n'y a d'obstacles à rien quand on est si riche. Il aurait pu faire venir à lui toute la tuyauterie et le personnel médicaux nécessaires. C'est lui qui a demandé à rentrer à New York. Je pense qu'il avait peur. Qu'il n'avait pas renoncé. Qu'il croyait vaguement à un miracle civilisé, moderne, que seule la chambre d'un hôpital suréquipé permettrait. Qu'il espérait revenir ici debout.

Acte II : Isabel a donc refusé d'épouser Warburton et son avenir immédiat, celui que Ralph ne vit plus que pour observer à distance, est momentanément suspendu à l'agonie de son oncle. Après l'escapade touristique à Londres, dont, tu l'as compris, notre semaine caniculaire à New York, Juliette, Charles, toi et moi, constituait l'équivalent, Isabel retrouve Gardencourt. C'est l'automne, évidemment (même un génie comme James sacrifie parfois aux clichés, mort de l'oncle Touchett = météo sinistre) et tandis que sa tante et son cousin s'affairent au chevet du mourant, elle rencontre Madame Merle. Serena Merle. Pour nous, dans notre histoire : Marie.

Marie a débarqué une semaine après notre retour de New York, ton engueulade avec Juliette, ta rupture avec Charlie. L'ambiance s'était passablement dégradée. Je ne me souviens plus bien des détails, je passais trop de temps avec ma mère, à organiser le transfert de mon père, et avec lui aussi, pour suivre vos tractations, réconciliations approximatives. Mais Juliette et Charlie se sentaient de trop, probablement. Je suppose que c'était une bonne idée : elle ne lui en voulait plus du tout, maintenant que tu lui avais dit que c'était fini entre vous, et sa proposition de l'emmener finir l'été chez des copains, à Houston, faire enfin un peu d'investigation sur le terrain, tombait à pic.

Je me demande ce qui se serait passé si Juliette était restée. Si elle avait assisté à ta rencontre avec Marie. Aucune idée. Cela n'aurait peut-être rien changé. Elle avait peu d'influence sur toi après tout. Mais c'est une question d'ondes, je ne sais pas, je n'ai pas compris sur le moment ton coup de foudre, il n'y a pas d'autre mot, pour Marie. Ce qui est sûr, c'est qu'on se serait écartés du schéma prévu par James. Parce que, quand Isabel découvre Madame Merle, attirée d'abord par la musique de Schubert qui s'échappe du salon de Gardencourt, l'observe, de dos, subjuguée par sa silhouette aristocratique, Henrietta Stackpole, sa copine journaliste, a provisoirement dégagé de la scène romanesque. Indice supplémentaire. Validation de ma théorie.

Je n'étais pas là quand tu es tombée sur Marie. Mon père ne dormait presque plus, jamais d'un long et vrai sommeil, et je restais le plus possible dans sa chambre, il avait visiblement envie de parler. Il était un peu incohérent, tantôt optimiste, tantôt résigné. Il était dans une de ses phases de résignation le soir de l'arrivée de Marie, d'humeur testamentaire plutôt que « prochain pique-nique à Chappaquiddick ».

C'est ma mère qui a demandé à Marie de venir. Pour te tenir compagnie, je suppose. Il faut reconnaître qu'elle est l'invitée idéale. Heureusement : c'est quasiment son seul métier. Invitée professionnelle. Je suis un peu dur, d'accord, après tout, moi aussi j'ai été amoureux d'elle. Mais je ne remplissais pas les conditions. J'étais trop jeune pour elle, et pas un investissement intéressant, trop court terme.

Tu t'es sans doute, comme Isabel avec Madame Merle, trompée sur sa nationalité, au premier abord. Marie n'est pas plus américaine que Madame Merle n'est européenne, même si toutes deux font parfaitement illusion. Mais l'accent, la silhouette filiforme et bodybuildée, les cheveux toujours propres et lisses, l'élégance un peu apprêtée et adaptée à la fois – très côte est, quand elle est arrivée à la maison, je n'y faisais plus attention, mais elle devait porter une de ses petites robes blanches, trapèze, très Jackie Kennedy. Je me demande dans quelles circonstances exactement tu l'as vue la première fois, si elle contrefaisait une attitude, une occupation qui t'a induite en erreur aussi facilement que les dons de pianiste de Madame Merle égarent Isabel.

Je me demande ce qui pourrait en tenir lieu : comment, avec quelle activité typiquement de chez nous t'a-t-elle séduite ? Je n'arrive pas, quand je pense à Marie, à me souvenir l'avoir jamais vue inactive. Pas à la manière de ma mère – comment pouvaient-elles bien s'entendre, ces deux-là ? –, pas survoltée du tout, toujours calme au contraire, disponible, même si elle donnait aussi l'impression, toujours, qu'on l'interrompait au beau milieu d'une tâche mystérieusement indispensable.

Il n'y a pas de Schubert sur les cassettes de Nick. Et, à ma connaissance, Marie n'était pas musicienne.

Lorsqu'un Français se rebelle contre un représentant de l'ordre, c'est en général pour lui signaler un autre contrevenant. J'ai bien le droit de commettre une infraction, puisque tout le monde le fait, y compris le Président. Vieux réflexe que j'ai adopté, ma cigarette fumait toute seule au bout de mes doigts, je ne voyais pas comment m'en débarrasser réglementairement, pas question de la jeter dans l'eau du port, et le cendrier de bord était resté à l'intérieur, sur la table à cartes. En impliquant Plunkett, en le désignant à la vindicte du vigile, qu'est-ce que j'espérais ? Probablement rien de spectaculaire, au mieux quelque chose comme : « O. K. Si vous êtes une amie de Will, ça ira pour cette fois », la confirmation du statut que je lui prêtais vaguement, de vieux loup de mer intouchable, de star locale. Le moins qu'on puisse dire, c'est que ça n'a pas marché. Le mec n'a pas daigné répondre, m'a juste tendu la contravention, impénétrable dans son uniforme trop chaud et sous ses lunettes fumées d'aviateur. « Éteignez-la. » J'ai descendu aussi dignement que possible les échelons vers l'intérieur de la cabine et écrasé ce qui restait de ma cigarette. Je ne savais pas s'il attendrait que je ressorte, et je suis restée bêtement à guetter ses jambes qui s'encadraient seules dans l'ouverture, c'est comme ça que j'ai décidé, pour me donner une contenance, d'appuyer au hasard sur quelques boutons, histoire de passer mon irritation. Je déteste plus que tout au monde être prise en faute, alors en flagrant délit ! J'avais déjà inséré une cassette dans le lecteur, avant de renoncer et de me consoler en commettant le crime qui me valait maintenant de me dérober, comme une gamine, devant l'incarnation de la Loi.

Il a suffi que j'effleure une touche pour que la musique jaillisse, assez fort pour confirmer au vigile (s'il était toujours là, je ne regardais plus, je tremblais trop) que j'étais décidément une vieille folle. Fumeuse, et fan d'un style de musique qu'il n'avait sans doute jamais entendu auparavant. Démodé, mais agressif. Je ne saurai jamais combien de temps il est resté planté là dehors. Je ne regardais plus. Je tremblais. Je me rendais compte que je ne pouvais pas écouter ça comme ça, sur le bateau, à jeun, avec le risque d'être surprise, interrompue encore. Et pourtant je ne pouvais pas arrêter. Pas avant de trouver un moyen de continuer ailleurs, seule, bourrée. J'ai attendu la fin du premier morceau, incapable de réfléchir, maudissant seulement Nick de n'avoir pas prévu que le progrès technique m'interdirait de faire ça tranquille sur la véranda, les baffles comme autrefois tournées vers l'extérieur, un verre à la main. Lorsque les derniers accords se sont envolés, j'ai entendu des voix, juste au-dessus de moi, tout ce que je redoutais, des témoins, des intrus. J'ai éteint, reniflé inélégamment et gravi les marches trop étroites, vieux crabe que je suis devenue, pour découvrir Plunkett sur le ponton, engagé avec le vigile dans une discussion animée. Ils ne faisaient pas du tout attention à moi, au fond le rock qu'affectionnait Nick dans les années 1980 est peut-être encore audible, je suis une gourde, rien que de très classique finalement, dans ses goûts.

Ils se connaissaient bien sûr. J'avais eu tort de cafter, comme me l'a expliqué Will quelques minutes plus tard en dévissant méticuleusement le magnétophone de la paroi d'acajou et en débranchant quelques fils. Maintenant, Robin se méfierait davantage. Il suffisait de guetter les moments où il abandonnait son poste pour aller pisser. Toutes les deux heures environ. Il ne m'a pas demandé pourquoi je voulais absolument écouter de vieilles cassettes, à onze heures du matin. Il m'a tendu l'appareil, s'est assuré que je saurais le réinstaller chez moi, m'a gentiment montré comment raccorder les fiches à un ampli normal. C'est tout. Pas proposé de reprendre rendez-vous pour une sortie en mer. Et moi, je m'en foutais, je ne pensais qu'à rentrer, me mettre en condition et écouter la suite, non d'ailleurs, reprendre au début, préparée cette fois à ce truc qui ne rate jamais, je l'avais oublié, je n'aime pas tellement la musique, sauf pour ça : parce que même dans les plus mauvais morceaux il y a cette puissance d'évocation qui m'avait clouée sur place dans la cabine, ça ne m'arrive plus jamais, je n'écoute plus la radio d'habitude, ne sais pas s'il existe des stations qui diffusent les airs de ma jeunesse. Quel temps perdu, si j'avais su, si plutôt j'avais voulu, ranimer en quelques secondes telle après-midi d'été, telles mains sur moi, telle sensation si précise : avoir dix, ou dix-sept, ou vingt-deux ans, retrouver exactement ce que ça fait d'avoir dix, dix-sept ou vingt-deux ans.

J'ai attendu le plus longtemps possible. D'abord parce qu'on est mercredi et que le mercredi Martha reste toute la journée, pour le linge. Du coup, j'ai enfreint le principe que je m'étais fixé, garder *Déjà-vu* pour le soir, et j'ai repris ma lecture dans ma chambre. Et puis, sans même regarder ma montre, au seul scintillement particulier des vagues quand le soleil décline plus vite, indice que je connais par cœur (Nick se trompe, j'aime les maisons, j'en rêve souvent, même si mes rêves les recomposent, et j'ai retrouvé d'emblée dans la sienne le souvenir de celle où je passais mes vacances enfant, su me repérer, deviner l'heure dans les infimes variations lumineuses à la surface de l'océan, à un quart d'heure près) j'ai compris qu'il était temps.

Je suis descendue, j'ai vérifié que Martha avait disparu. J'avais laissé mon magnéto dans la voiture, peut-être pour ne pas l'effrayer, je l'ai branché dans le salon, ouvert en grand les portes-fenêtres. J'ai décidé que l'occasion justifiait du champagne. La première cassette est finie maintenant. Pas de Schubert. Je ne saurais pas d'ailleurs identifier avec certitude la plupart des chansons. J'ai fumé cinq cigarettes. J'ai vingt-trois ans, et, oui, ça m'aide à me souvenir de ce que faisait Marie la première fois que je l'ai vue.

Elle ne portait pas de robe blanche. Mais une tenue assortie au décor, ça oui, et aussi à ce qui l'occupait. Je remontais de la plage, seule, quand je l'ai vue, assise sur un large coussin, dans l'ombre de la véranda, dans une posture incroyable, de loin on aurait dit qu'elle lévitait. Je me suis arrêtée au milieu de la pelouse. Elle ne me tournait pas le dos, comme Madame Merle lorsque Isabel la surprend au piano, mais je pouvais voir à travers mes lunettes de soleil qu'elle avait les yeux clos, ce qui m'a permis de l'observer un moment. Elle était bien en blanc (j'ai compris plus tard ce que veut dire Nick quand il souligne son sens très adaptable de l'élégance, en Californie elle arborait des couleurs beaucoup plus vives, des imprimés) mais pas en robe. Un sarouel et une chemise de lin, c'est ça qu'elle mettait pour faire son yoga, ici en tout cas.

Je n'ai jamais su son âge, mais elle avait l'air beaucoup plus jeune que ma tante, et, oui : j'ai pensé immédiatement qu'elle devait être Américaine, impossible de dire pourquoi. Quant au coup de foudre, c'est une drôle d'idée qu'a eue Nick. Comment qualifier ce qui s'est passé, cette après-midi-là et les jours qui ont suivi ? Je n'avais jamais eu d'amie plus âgée. Il y avait encore dans mon esprit cette distinction absurde, cette distance d'avec les « grandes personnes », au rang desquelles je ne me comptais pas. Marie n'était pas une mère, une adulte certainement, mais qui m'offrait son amitié comme si nous étions à égalité.

J'ai repris l'ascension de la pelouse, gênée soudain qu'elle ait pu me voir l'épier à travers ses cils drus – elle ne se maquillait jamais dans la journée et je n'ai su que plus tard qu'elle était capable de se métamorphoser sans problème en Américaine ripolinée dès que l'occasion s'en présentait. Quand je suis arrivée au pied des marches qui montent à la véranda, elle a poussé un long soupir silencieux et dénoué ses membres, ouvert les yeux et m'a adressé son premier sourire, extrêmement chaleureux, et américain, mais qui n'avait rien de mécanique même s'il révélait une cinquantaine de dents plus blanches que sa chemise en lin.

Je ne me souviens plus de ce qu'on s'est dit, des premiers mots exactement. Elle m'a identifiée tout de suite et s'est présentée sans doute. Marie. Je me sentais un peu minable dans mon maillot de bain trempé, avec ma serviette de plage souillée de traînées de sable humide et mon paquet de cigarettes à la main. Mais elle a très vite parlé de boire un verre, sans me suggérer de monter d'abord me changer, ce que je n'avais pas l'intention de faire de toute façon, avant de l'apercevoir – ce que je voulais, c'était finir de me sécher au soleil, fumer une clope, et, oui, j'espérais vaguement que Nick ou sa mère descendrait bientôt proposer un apéritif. J'ai plié ma serviette de bain sur une marche, me suis assise dessus en attendant qu'elle aille chercher du vin blanc.

La bouteille était presque vide quand elle a décrété qu'elle allait se rhabiller pour dîner. J'avais complètement oublié mon propre accoutrement, il faisait très chaud ce jour-là et j'ai filé moi aussi dans ma chambre. J'étais étonnée que Nick n'ait jamais parlé d'elle. Des quelques invités qui étaient passés à la maison pendant l'été, Marie était pourtant de loin la plus intéressante. En une heure, elle avait déjà eu le temps de me raconter quelques bribes de sa vie, de me donner sa version de sa jeunesse dissipée. Comme moi elle avait quitté la France à vingt ans, mais pas pour un asile doré comme celui des Chancellor. Elle avait gagné un peu d'argent en travaillant comme jeune fille au pair à Washington, après quoi elle avait traversé le continent à moto avec des copains, fréquenté des communautés hippies, tout un folklore qui me laissait presque incrédule – à la même époque exactement ma mère me conduisait tous les matins en loden bleu marine dans une école religieuse, c'est tout juste si elle ne me tenait pas par la main.

J'étais subjuguée, c'est vrai, et davantage encore quand je l'ai vue redescendre, une demi-heure plus tard. Je venais d'arriver dans le hall quand j'ai entendu des voix sur le palier du premier. Elle parlait toujours anglais avec Nick, mais j'ai reconnu, malgré l'accent qui le modifiait, tant il sonnait juste dans cette langue qui lui avait été autrefois étrangère, son timbre grave et sensuel. Ils sont apparus en haut de l'escalier et elle lui a tourné le dos avec grâce, désignant la fermeture éclair de sa robe, encore ouverte jusqu'aux omoplates sur sa nuque bronzée. Il l'a remontée avec – oui, j'y ai pensé aussitôt quand j'ai lu la scène chez James, des années plus tard – avec « la courtoisie excessive d'un homme qui n'était plus un amant ». J'ai su aussi nettement qu'Isabel ce qui s'était passé entre eux, en surprenant ce geste. Et que c'était du passé.

Je comprenais encore moins pourquoi Nick avait gardé le silence. J'ai eu l'occasion d'en reparler avec lui plus tard. Elle portait une robe grise ce soir-là, sans doute en harmonie intentionnelle avec l'atmosphère déjà endeuillée de la maison. Les jours suivants, Nick était trop absorbé par le transfert de son père. J'évitais, Marie et moi nous évitions de traîner à l'intérieur, par peur de troubler le calme nécessaire au malade. Précaution absurde, la maison est immense et mon oncle n'aurait pas pu entendre nos bavardages ni nos rires.

Comme Isabel, je suis devenue une riche héritière au moment de la mort de mon oncle. Sauf que ça ne s'est pas du tout passé comme dans *Portrait de femme*. Nick n'a pas suggéré à son père mourant de me léguer une fortune, comme Ralph dans le livre, qui est donc responsable au fond du destin malheureux de sa cousine, convoitée par des parasites. D'ailleurs, *Déjà-vu* évite le sujet j'ai l'impression. La réalité est beaucoup moins romanesque et innocente Nick pour tout ce qui est arrivé après. Moi, j'ai simplement reçu, enfin !, une grosse enveloppe de courrier que j'avais chargé ma mère de me faire suivre en Amérique, ce qu'elle avait négligé jusque-là – elle avait dû passer tout l'été à grimper sur des chaises pour éviter les souris qui la terrifiaient beaucoup trop pour qu'elle ait le courage de les tuer.

Il y avait quelques mots de condoléances, des propositions publicitaires (ma mère n'avait rien trié) et puis la lettre de la banque me prévenant, pour l'assurance-vie de mon père. J'étais soudain riche. Je n'avais pas autant d'argent que les Chancellor, loin s'en fallait, mais beaucoup plus que je n'aurais jamais cru mon père capable de m'en laisser. Je ne l'ai dit à personne sur le moment. Ça ne paraissait pas très approprié de parler d'héritage avec Nick et sa mère, ou plutôt, c'était trop de circonstance, pléonastique, avec ce qu'ils s'apprêtaient à vivre. Juliette et Charlie étaient déjà partis quand j'ai reçu la lettre, et je ne connaissais pas assez Marie, à ce moment-là.

Elle a appris mon héritage en même temps que les autres, quinze jours plus tard. Après l'enterrement. Je ne peux pas la soupçonner de m'avoir séduite, séduite, oui, par intérêt. Elle avait déployé tout son charme quand je n'étais encore rien. M'avait même déjà parlé de Gilles. Son meilleur ami. Non, c'est un peu tôt pour ouvrir le chapitre Gilles. Nick n'y a fait qu'une allusion dans *Déjà-vu*. Et il a raison sans doute. Comme chez James, c'est la rencontre avec elle, avec Marie qui a compté. Isabel non plus ne serait pas tombée amoureuse de Gilbert Osmond si elle n'avait pas d'abord fait la connaissance de Madame Merle, je veux dire, bien sûr que dans les deux cas c'est elle, l'amie, la femme mûre qui organise la rencontre, mais ce n'est pas seulement ce rôle d'entremetteuse, cette fonction purement pratique qu'elle assure. Gilles-Osmond a déjà presque gagné la partie simplement parce que c'est Marie-Madame Merle qui le présente à moi-Isabel. J'entends par présenter ce qui précède en fait les présentations proprement dites. Pour ça, il faut attendre dans le roman qu'Isabel les retrouve à Florence. Et moi, il a fallu que j'attende aussi d'arriver en Californie. Non, l'homme que me présentait Marie bien avant que je le rencontre bénéficiait d'emblée de l'aura qu'elle communiquait à tout ce qui figurait, à tous ceux qui apparaissaient dans ses innombrables anecdotes. J'étais cuite.

Déjà-vu (5)

Il neige depuis deux jours sur l'île. Nous ne venions jamais dans la maison l'hiver du vivant de mon père, et depuis sa mort, tu le sais, ma mère s'est définitivement repliée en Californie. Comme Mrs. Touchett, la mère de Ralph chez James, la mienne s'est toujours plainte du climat de la côte est. Pour être plus précis, dans le livre, c'est l'Angleterre qui est dédaignée au profit de l'Italie. Les inversions géographiques continuent et corroborent ma théorie : de même que ton installation en Amérique reflète l'exil européen d'Isabel, ton départ pour la côte ouest après la mort de mon père reproduit celui des personnages de James pour l'Italie. Mais j'anticipe. Je ne suis pas pressé pourtant, je me sens normalement en forme. J'ai le temps. Je ne suis pas pressé. D'en venir à l'apparition de Gilles dans ta vie sans doute.

Je préfère m'attarder sur ta rencontre avec Marie. Mais la neige m'abrutit un peu. Et m'absorbe. C'est la première fois que je vois le décor ainsi modifié. Lorsque je vais sur la plage avec Zedog et que je regarde vers la mer, tout est si bleu et lumineux qu'on pourrait se croire en plein mois d'août, à condition d'oublier mon accoutrement de skieur. Mais quand je me retourne vers l'intérieur des terres, tout est blanc : les dunes, les pins, le toit de la maison. Les vagues dessinent sur la plage des ondulations gelées, là où elles se sont arrêtées, qui délimitent l'amplitude des marées et mes pas laissent moins d'empreintes sur le sable que d'habitude : une couche de cristaux blancs le protège sans être assez épaisse pour que mes semelles s'y enfoncent.

C'est en revenant d'une promenade au sud, jusque là exactement, tu te souviens ?, où le phare disparaît derrière la pointe, en me retournant vers la maison, que je me suis rendu compte qu'il y avait des gros paquets de neige aussi sur l'auvent, au-dessus de la véranda. On peut y accéder depuis le premier étage, mais je ne suis pas sûr d'être assez vaillant pour me risquer à déblayer. En même temps, la charpente n'est pas très solide et j'ai peur que les gouttières soient gelées aussi.

À travers les portes-fenêtres du salon (j'y ai transféré mon ordinateur depuis que Bennett a ramoné la cheminée, j'écris par terre, sur le tapis, devant le feu, comme dans tant de films américains, ceux que tu avais vus avant de débarquer, d'après lesquels tu t'étais fait une certaine idée de l'Amérique : tant de scènes ridicules disais-tu, où les héros font l'amour par terre, sur un tapis de fourrure, devant une véritable rôtissoire, le fantasme hollywoodien de base, tu te moquais, jusqu'au jour où), bref, à travers les vitres verglacées, je vois maintenant de temps en temps des blocs tomber, arrachés par le vent je suppose, parce que la température a encore chuté, on est loin du dégel. Par moments, il me semble même que les piliers de la véranda, ceux qui supportent l'auvent et qui paraissent plus blancs sous la neige (nus d'habitude ils laissent voir le bois, la peinture s'écaille par endroits) craquent sous les rafales. Je devrais appeler Bennett avant que la météo ne se gâte vraiment, si la ligne de téléphone est coupée, j'aurai l'air fin.

Qu'est-ce que ça peut bien te foutre, le temps qu'il fait aujourd'hui ? Ou bien, au contraire, est-ce devenu pittoresque, exotique, cette évocation de la neige, à l'époque où tu me liras. Sans doute, si j'insiste, temporise, procrastine comme tu dirais, c'est encore pour repousser le moment de raconter la mort de mon père.

Alors, Marie ? Tu m'as reproché de ne jamais t'avoir parlé d'elle avant votre rencontre. Tu m'as demandé si je me l'étais tapée. James, pour décrire l'état des relations entre Ralph et Madame Merle à l'époque où Isabel fait leur connaissance, emploie un terme ambigu : Ralph manifeste envers elle la prévenance de l'homme qui n'est plus un « lover ». Amoureux ? Donc soupirant, probablement éconduit, mais sans regrets désormais. Ou amant ? On ne peut vraiment pas compter sur James pour lever le doute. Il l'instille. Marie et moi ? Je vais faire comme James, ce coup-ci : à toi de voir. Et pourquoi ne pas lui poser la question à elle ? Elle vit peut-être encore, après tout elle est plus jeune que ma mère et c'est à ce moment-là, quand ma mère mourra, que tu prendras possession de la maison et de mes papiers. Moi, je ne te dirai rien. D'ailleurs, ça n'a vraiment aucun intérêt. Restons-en à l'essentiel, que formule le roman : quoi qu'il se soit passé entre eux, c'est terminé.

Il faut que je résiste davantage à la tentation de te faire marcher. Ce n'est pas l'objet de ce récit-là. J'ai d'autres cartouches... Je te vois d'ici, curieuse, tes antennes dressées, cherchant déjà une piste : calme-toi, on a tout le temps. Enfin, toi, tu as tout le temps de jouer la partie que je t'ai destinée.

Non, je vais raconter la mort de mon père. Pas dans les détails, tous les détails, les miens, enfin, ceux que je savais sur le point de m'être révélés quand toi tu évoquais Sienne, le jean trop chaud de Juliette, le garde italien et muet. Les miens, tu les connais. Ceux que je t'ai donnés à mon tour quand tu nous a rejoints à New York pour l'enterrement. Je m'en tiendrai, en tout cas je vais essayer, à ce qui cette fois (tu vois, je suis parfaitement honnête, j'admets qu'il y a des différences) modifiait la version du roman.

Mon père ne souffrait pas. Je devrais dire, ne souffrait plus. On avait augmenté la morphine, un peu, mais de toute façon il a eu de la chance, ce qui a fini par le tuer provoque aussi une forme d'insouciance, de distance psychique. Il était assez présent encore, et j'aurais très bien pu avoir la même idée que Ralph, lui suggérer de te léguer de l'argent. Je suppose que ma mère aurait été d'accord, elle ne s'est jamais tellement intéressée à son fric. Bien sûr, elle ne crachait pas sur sa fortune, mais ce n'est pas pour ça qu'elle a épousé mon père.

Je n'aurais pas eu plus de mal à le convaincre de te laisser un tas d'or que Ralph avec son père, dans le roman.

Je n'aurais même pas eu besoin d'expliquer ce que je croyais (ce que Ralph croit aussi et démontre à Mr. Touchett) : que ça valait la peine de voir ce que tu deviendrais, la question de l'argent réglée une fois pour toutes, ta vie, ce que tu en ferais. Il y aurait eu là un côté expérimental. Je m'ennuyais. Mais tu n'as pas été mon cobaye. Pas cette fois. D'ailleurs j'exagère. Je ne me suis pas servi de toi pour animer mon existence, comme Ralph avec Isabel. Je suis intervenu dans ta vie, c'est vrai, tu le comprendras peut-être un jour, mais dans notre intérêt à tous les deux.

Si tout s'était passé comme dans le roman, Marie se serait chargée de te révéler la vérité, avant ma mort. Elle aurait deviné que c'était ma faute, elle. Que j'avais conseillé à mon père ce legs in extremis.

Edwins, le notaire, se serait sans doute montré circonspect. Il est d'ailleurs venu pour de vrai à l'hôpital régler des détails du testament, et il aurait trouvé ça un peu précipité, un peu louche, cette idée de donner tant d'argent à une vague parente étrangère. Même les détails anodins qu'il était là pour arranger, il pinaillait je m'en souviens. Il voyait bien que ça n'allait pas traîner, que mon père n'en avait plus que pour quelques jours – même si ses médecins continuaient de regarder dans le vide, pile quelques millimètres à droite ou à gauche de nos têtes, à ma mère et à moi, effleurant à peine l'oreille, et n'arrivaient pas à seulement prononcer le mot de « mort ». Comme si ça risquait de porter malheur aux autres malades hospitalisés dans le service.

Bref, je ne suis pour rien dans l'héritage que tu as fait, quand même, à cette époque – tu m'accorderas que le résul-

tat est très comparable, dans ce cas la réalité s'est contentée d'être plus vraisemblable que le roman. Aujourd'hui (je veux dire, aujourd'hui que tu me lis), c'est différent : oui, je suis responsable de ce dernier legs, ma mère est morte à son tour, elle a réparti les milliards restants entre ses vrais neveux. Quant à toi, j'ai veillé à ce que tu conserves la maison. Et le bateau. Et les boîtes.

C'est là que se termine la première partie de Portrait de femme. *Mr Touchett meurt, Isabel se découvre riche. Madame Merle la regarde un peu de travers, semble la soupçonner d'avoir bien manigancé son coup. Et puis quitte la famille Touchett pour se rendre à Florence et préparer Gilbert Osmond à séduire l'héritière.*

Qu'est-ce qui diverge d'autre, dans notre version, que la source de ta fortune ? Ah oui. Bruno n'est pas venu. Ton « Goodwood » à toi, ton amoureux fidèle laissé sur l'autre continent. Il a téléphoné une fois, à New York, ce devait être quelques heures après l'enterrement de mon père. Il savait très bien ce qui se passait, Juliette l'avait prévenu. Il est tombé sur moi, je me suis présenté, lui aussi. Il ne m'a pas dit un mot. C'est drôle non ? Pas une phrase, même convenue, même horriblement conventionnelle, comme « on ne se connaît pas mais je suis désolé pour vous ». Un philosophe ! Quelqu'un qui est censé savoir trouver la bonne formule et n'avoir pas peur de la mort. Muet. Gêné en plus. À moi de le mettre à l'aise. Super. Je te l'ai passé, me suis discrètement éclipsé et ne sais pas ce que vous vous êtes dit. Je devine. Tu avais toutes les raisons maintenant de rester en Amérique. C'est un excellent pays où dépenser son argent. Ce n'est pas mal vu ici.

Je suis retourné aider ma mère à accueillir les quatre cents invités qui avaient assisté à la cérémonie et qui débarquaient par grappes, sur leur trente et un. J'avais trop bu. Depuis une semaine, soyons francs, j'étais constamment un peu ivre mais ce soir-là il n'y avait plus aucune raison de me modérer. Plus rien à faire.

Je t'avais dit que je t'épargnerais les détails que tu connais déjà et je m'aperçois qu'il y en a plein d'autres, indicibles sur le moment, et qui avec les années surnagent malheureusement, les hématomes partout sur ses poignets massacrés par les perfusions, les fémurs qui crevaient presque les draps, les mèches de cheveux rebiquant sur l'oreiller, et je me demande si je dois t'imposer ça, s'il faut vraiment que tu reviennes à la fin, quand ce sera mon tour. Isabel le fait. Mais ce n'est pas la seule raison.

Si j'ai envie que tu sois là, c'est pour toi. Tu verras, c'est plus facile quand on a assisté à tout. Désagréable au début : le seul moyen d'admettre la mort, c'est de se repasser la dernière bobine, et comme je viens de te le dire, il y a des trucs pas jolis. Mais très vite c'est préférable. Je ne cherche pas à me convaincre que j'ai bien fait de le voir mourir, j'avais le choix de toute façon, j'aurais pu rester sur l'île avec Marie et toi. Ou bien rentrer à New York mais me contenter d'une ou deux visites par jour. Mais je ne regrette pas.

Il y deux cassettes et chacune est suffisamment longue et hétéroclite pour me faire plein d'effets différents. Je n'écoute plus de musique depuis des lustres. Quand j'étais petite, on ne pouvait pas lui échapper, elle sortait l'été des voitures, toutes vitres baissées. Et puis il y a eu l'air conditionné, et surtout les minuscules oreillettes que trimballaient mes étudiants sur le campus, on les voyait à peine, les entendait encore moins. Je ne sais pas très bien ce que c'est devenu, s'il y a encore des points communs entre ce qui fait danser les gens et ce qu'il y a sur les cassettes de Nick. Ce que je sais, c'est que même à moi les arrangements, les rythmes paraissent un peu basiques, dépassés. Mais ce sont les miens et j'ai retrouvé souvent en les passant, le soir, sur la véranda, jusqu'au souvenir intact des pochettes de trente-trois tours que je possédais aussi mais avais laissés derrière moi à Paris. Les Stranglers par exemple, qui m'ont tétanisée sur place la première fois sur l'*Anyway*, il y avait un chat, rouge sur fond noir.

Je suis maintenant convaincue que la boîte « Divers » m'est entièrement, intentionnellement destinée. Je suis partagée : il y a quelque chose d'un peu sadique dans le soin qu'a pris Nick de compiler les musiques les plus associées à notre premier été. Si tante Françoise était morte des années plus tôt, si j'avais découvert les boîtes quand il me manquait encore chaque jour, comment aurais-je supporté d'entendre tout ça ?

En plus des documents, il y a dans la boîte ce truc qui m'intrigue : le jeu de tarot. Ce n'est pas celui avec lequel nous jouions, dont je me souviens que les cartes collaient de plus en plus, à mesure que l'été avançait et que nous les battions avec les doigts poisseux de beurre de crabe ou mouillés de *Long Island*. C'est un jeu neuf, l'emballage est impeccable. Simplement, il manque les trois « bouts ». Les trois cartes les plus chères, les plus importantes (« Interdit de prendre sans au moins un bout », première règle édictée par Nick, vigoureusement approuvée par Charles) : ce sont le « petit », c'est-à-dire le un d'atout, le plus gros, le « 21 », et l'« excuse », cette carte blanche, aux sens propre et figuré ; elle semble plus pâle que les autres et peut être jouée quand on veut, pour se désister en quelque sorte. « Je m'excuse » était l'une des phrase sibyllines que je détestais chez mes voisins de café, avant d'arriver ici et d'apprendre. En fait, d'après Nick, le secret du tarot, c'est de savoir justement quand placer son excuse. Mais de toute façon, dans ce jeu-là qu'il m'a légué, pas d'« excuse », ni de « petit », ni de « 21 ».

Qu'est-ce que ça veut dire ? Je commence à me demander si Nick, en plus de m'avoir réservé cette immersion complète dans notre passé commun, ne me destine pas une sorte de chasse au trésor bizarre. Du coup, je me dis qu'il s'attendait peut-être à ce que je cherche les pièces manquantes, en l'occurrence les « bouts ». Ça m'excite encore plus que la lecture de *Déjà-vu* et ça fait trois nuits de suite que j'ai du mal à m'endormir. Je ne pense pas que les cartes soient cachées quelque part dans la maison. Elle est bien rangée, ce n'est pas moi, avec mes quelques affaires, qui ai changé quoi que ce soit à son ordre préservé et puis ça ne rimerait à rien, de retrouver juste les bouts, éparpillés à droite à gauche. Je ne comprends pas encore les règles de ce jeu-là, mais je me doute que c'est plus compliqué que ça. Je n'ai qu'à rester aux aguets, prête à repérer ce qui pourrait avoir un lien avec cette énigme.

Je me découvre vraiment occupée. D'abord les boîtes, et puis le bateau. Will Plunkett s'est mis en tête de m'apprendre à le conduire. Je suis nulle. Je ne comprends toujours pas d'où vient le vent mais je fais semblant de persévérer, ça me permet de sortir une ou deux fois par semaine et je crois qu'il commence à s'apercevoir de ma flemme. Mais il ne se décourage pas. Je barre, ça j'ai toujours su plus ou moins, il suffit qu'on m'indique le cap et je me débrouille, par beau temps. Je débouche le champagne et je furète un peu partout à l'intérieur. J'y ai retrouvé un autre jeu de cartes, pas neuf celui-là. On a dû jouer quelquefois aussi à bord, avec Charles et Nick. Il n'y manque aucune carte. Quand Will m'a surprise en train de le vérifier, il m'a demandé si je savais y jouer. J'ai dit que oui, enfin, mieux que naviguer en tout cas. Je ne lui ai pas avoué combien d'heures (des centaines sans doute) j'ai passé jadis à y jouer seule, devant l'écran de mon ordinateur. C'était après la mort de Tom. Gilles ne jouait pas. À rien. Je me cachais plus ou moins de lui pour ça. Quand je me retirais dans mon bureau, il ne venait pas me déranger. Je m'étais acheté un logiciel pas très au point. Mes partenaires virtuels étaient mauvais, en plus d'être sommairement dessinés et de porter des noms débiles. Il y avait deux femmes, Mademoiselle Blonde et Comtesse Rouge et un homme, Monsieur Bleuet. Pendant des mois, c'est surtout lui que j'ai affronté. Je ne sais pas pourquoi je désirais tellement le battre, ou du moins me mesurer à lui. Un substitut. J'avais même fini par me convaincre qu'il lui ressemblait.

Bref, Plunkett sait jouer au tarot. Improbable. Miraculeux. À deux, évidemment ce n'est pas possible, mais il connaît un couple qui adore ça. Ce soir, ils viennent tous dîner. Des *lobster rolls* vite fait et une soirée entière de tarot. J'ai pris le jeu qui traînait à bord. Je n'en ai pas vu d'autre, à la maison, à part celui que Nick m'a laissé incomplet.

Déjà-vu (6)

Je vois maintenant, en relisant la première partie de mon truc, à quel point le livre de James est noir. Ce n'est pas seulement d'avoir évoqué la mort de mon père – j'aime dire « mon père », même si ça paraît solennel, je me souviens de tous ces gens ridicules qui, après, me parlaient de lui en disant votre « papa », des étrangers qui l'avaient à peine ou même pas du tout connu mais croyaient sans doute exprimer ainsi une vague note consolatrice, m'imposaient sans me demander mon avis une régression paradoxale, au moment précis où, plus personne au-dessus de moi, passé en première ligne, j'étais plutôt préoccupé par mon nouveau statut de grande personne. Et une grand personne, ça n'a pas de « papa ».

Dans le livre déjà, la mort prend toute la place : ça commence avec l'entrée en scène d'une orpheline ; le tuteur qu'elle se trouve, l'oncle Touchett, est enterré en deux cents pages – un des seuls personnages secondaires véritablement sympathiques – ensuite c'est le tour du bébé (excuse-moi, je serai bien obligé d'en reparler plus tard, à ma manière) et puis Ralph, moi, dans les dernières pages : un livre sur la mort, le deuil, pas seulement des personnes mais de tout le reste, les souvenirs, les illusions, le paradis entraperçu au chapitre un.

Et pourtant, on ne s'en rend pas compte dès la première lecture, grâce à la personnalité d'Isabel, héroïne malgré tout, peut-être aussi grâce à sa disparition, à la façon dont elle nous tourne le dos à la fin sans nous dire où elle va. Et puis il y a la partie centrale, les collines de Florence où se nouent le complot et aussi (mais ça la première fois on n'y croit pas encore, surtout quand on le lit, comme moi, à dix-neuf ans) le destin ordinairement décevant des histoires d'amour. On est optimiste, la Toscane est si belle et Gilbert Osmond si intéressant. On oublie la mort parce qu'on quitte l'Angleterre, la pluie qui tombe sur les pelouses de Gardencourt, les pièces froides de la maison de Londres.

Nous aussi on est partis. De l'île, de New York. Sans entrer dans les détails, je te rappelle que, dans le livre, Isabel et sa tante font d'abord étape à Paris, puis rejoignent Ralph qui soigne ses poumons du côté de San Remo, avant d'arriver à Florence, où elles retrouvent Madame Merle, qui a déjà eu le temps de parler d'Isabel à son vieil amant, Gilbert Osmond, planifie leur mariage ; un mariage qui assurerait matériellement l'avenir de la petite Pansy, l'adolescente bizarrement soumise à son père dont on finira par apprendre que Madame Merle est la mère clandestine.

Secret parfaitement mélodramatique que seul James peut oser : on se demande comment elle a caché sa grossesse, puis abandonné l'enfant à son père. Et la première Madame Osmond, qu'est-ce qu'elle foutait à cette époque-là ? Pour une fois que James condescend à échafauder une intrigue, c'est du grand n'importe quoi ! Il ne recommencera plus, d'ailleurs. Dans les livres suivants, le mystère restera prudemment dilué, obscurci, désincarné.

Qu'est-ce que je vais en faire, moi, de ce secret ? Ralph ne l'apprend pas dans le livre. Isabel préfère ne rien lui dire, il est en train de mourir après tout et ce ne serait pas bien de troubler ses derniers instants en lui révélant que tout le fric qu'il lui a procuré n'a servi qu'à la jeter dans les pattes d'un couple de tordus et à la lier pour toujours à une jeune fille, Pansy, dont elle se sent apparemment responsable. Qu'est-ce que je vais faire de la fille de Gilles, moi ? Qu'est-ce qu'elle a pu devenir, ta petite Alabama ?

Vous vous êtes arrêtées comme Isabel et sa tante, ma mère et toi (tu remarqueras que je dis aussi « ma mère » : je sais que je ne l'enterrerai pas mais je suis sûr que personne, même si elle mourait avant moi, ne me parlerait d'elle en l'appelant « votre maman », ça ne lui irait pas du tout), avant d'arriver à San Francisco. À Washington : visite de la Maison-Blanche, du Capitole tout ça. Sans moi. Mais avec Juliette, qui vous y a retrouvées. Comme dans le livre, l'épisode parisien, entre Gardencourt et l'Italie. Juliette qui s'y lie progressivement d'amitié avec une vague connaissance de Charles, un Texan. Comme Henrietta avec Bantling, dans le livre : non, tu vois bien que je ne rêve pas, il y a beaucoup trop de coïncidences.

Et puis San Francisco. L'équivalent de Florence dans le livre. Ta rencontre avec Gilles. Je n'ai jamais compris pourquoi tu étais tombée amoureuse de lui. J'étais là pourtant, mais je n'ai rien vu, rien anticipé. Depuis que je te connaissais, c'est-à-dire trois mois, tu avais déjà largué deux mecs, Bruno, ton Français, et Charlie. Je n'étais pas inquiet. C'est d'ailleurs, relis les pages concernées, à peu près l'opinion de Ralph. Gilbert Osmond fait la cour à sa cousine sous ses yeux et il attend tranquillement la suite, persuadé que le défilé ne fait que commencer, bien content au fond, comme moi, d'observer ta vie amoureuse, lui qui, comme moi, n'en a pas.

Je n'ai jamais aimé Gilles. Je l'avais rencontré plusieurs fois chez ma mère, à San Francisco, et j'étais sidéré par la satisfaction démesurée qu'il tirait de son extraordinaire insignifiance. Physiquement, je ne sais pas. Il n'est pas mon type, ça c'est sûr. Je préfère les blonds. Mais c'est surtout cette manière qu'il a de se prendre pour un artiste, lui qui a eu la chance – non, d'accord, il a eu du flair, et je m'étais promis de ne pas y aller trop fort avec Gilles, je n'ai aucune raison de l'enfoncer, au point où vous en êtes – la chance, oui, excuse-moi, le coup de bol effrayant d'avoir acheté pour pas cher des œuvres à un tas de jeunes mecs qui se sont empressés de mourir du sida. Avec le peu qu'il leur donnait, ils ont eu de quoi financer une agonie médicalisée, eux qui n'avaient aucune couverture médicale. Un sacrément bon investissement – O. K., un sacrément bon investisseur.

Pas plus ambitieux que ça apparemment : il en vendait une ou deux par an et ça suffisait à payer la location de ce truc grotesque, sa cabine de bain aménagée en atelier, si pittoresque, maintenant j'ai compris que ça avait dû jouer dans ta fascination initiale, cette maison sur la plage. J'y suis allé une fois. On se serait cru dans ce mélo de Minnelli franchement démodé, où Liz Taylor, en prêtresse hippie, fait craquer Burton (un directeur d'école marié et tout ce qu'il y a de rigide) avec des paréos à fleurs invraisemblables, immondes, je ne me souviens même plus du titre, quelque chose « des sables » peut-être ? Désolé, je n'y arrive pas, penser à Gilles m'énerve.

Qu'est-ce qu'il avait d'autre comme frais ? Les boulons, les bouts de fer qu'il bricolait dans son « atelier », il devait les récupérer dans une décharge. Bon rendement, ça aussi. Il avait suffisamment de copains à San Francisco pour qu'on les expose de temps en temps, ses machins. En échange de quoi il acceptait de leur vendre un des trucs valables, faits par d'autres, qu'il entreposait au milieu de ses merdes à lui, ne me dis pas que la première fois que tu es allée là-bas avec Marie tu n'as pas fait la série de gaffes à laquelle il devait d'ailleurs être habitué, et que, miracle de l'aveuglement ou de la paranoïa, il encourageait pourtant, en exhibant pêle-mêle ses horreurs et des trucs vraiment intéressants, ceux de ses potes enterrés en deux ans, squelettes décharnés déjà avant de mourir pour de bon : tu as dû faire comme tout le monde, non ? Tu ne connais pas grand-chose à l'art contemporain, mais tu es suffisamment maligne, cultivée, pour faire la différence entre un fil de fer prétentieux et ses quelques trésors – excuse-moi, ça ne devrait pas me faire rire, mais je ne peux pas résister, j'imagine la scène. Toi : « Et ça, c'est de toi ? » Lui : « Non, c'est un Duschmoll, très doué vraiment. C'est sa dernière sculpture. Il serait mort jeune de toute façon je crois. Il était très doué aussi pour l'autodestruction. » Toi (plus prudente, désignant un tas de boulons apparemment pas fini, posé à côté d'un tube de colle sur un bout de carton) : « Et celui-là, tu es en train d'y travailler ? » Lui (sourire énigmatique et œillade provocatrice) : « Non, je dirais même que c'est probablement mon œuvre la plus achevée. C'est ce que disait en tout cas le catalogue de ma troisième expo. » En fait, je suis convaincu qu'il écrivait lui-même les textes de ses catalogues, il ne fallait sans doute pas trop en demander aux galeristes obligeants qui présentaient ses merdes prétentieuses. Je les entends d'ici : « Vraiment, Gilles, tu feras ça mieux que nous. » Et il devait le croire en plus, que son « œuvre » était trop exigeante pour qu'il en laisse le commentaire à d'autres. Bref, le tube de colle s'avère faire partie de « l'œuvre », en être même, comme le dit probablement aussi « le catalogue », c'est-à-dire l'auteur, « l'essence paradoxale », ou « l'élément de signification faussement fonctionnelle », « la matérialité transcendante », quelque chose dans ce goût-là. Et toi d'enchaîner, un peu déroutée, te raccrochant à une valeur plus sûre, constatant de nouveau que tu es tombée à côté, normalement consciente au bout d'un quart d'heure que Gilles est un collectionneur avisé (oui, je sais, c'est déjà pas mal) mais un artiste totalement raté.

Non, ça ne s'est peut-être pas passé comme ça. Après tout, tu es si peu sûre de toi dans ce domaine, tu n'as peut-être rien demandé. Et puis il y a aussi ce que j'ignore, qu'il est impossible de raconter, que James ne raconte pas non plus du tout d'ailleurs, ce qui s'est passé entre vous de spécial – et qui a eu lieu, je le sais, j'ai bien compris que tu étais amoureuse pour la première fois. Je ne t'ai jamais demandé de détails, même plus tard, quand tu es tombée amoureuse pour la deuxième fois. Je ne veux pas savoir, au fond, vous avez peut-être fait l'amour dès cette première visite, ah non, c'est vrai, il y avait Marie, disons la seconde, au milieu de l'atelier, sur son vieux divan si « Montparnasse 1920 », nus, à même la laine tissée multicolore, fanée, pleine de trous, toi parfaitement indifférente à la qualité relative des objets qui vous entouraient.

J'exagère quand je dis qu'il vivait au fond confortablement. Il y avait Alabama. Qui lui coûtait cher sûrement, même si l'institution où elle résidait n'était pas luxueuse. Alors, ton argent, oui ça a dû compter.

Quand je parle de Gilles, ou plus exactement quand je parle pour lui, je mets des guillemets partout, moi qui ai horreur de ça. Je me souviens que tu nous avais donné le terme scientifique pour l'usage des guillemets lorsqu'ils n'encadrent pas une citation (ce qui d'ailleurs n'est pas toujours le cas lorsque je singe le jargon de Gilles, il y a aussi des citations, un peu déformées, j'avoue, d'un de ses catalogues, tu peux vérifier). Mais impossible de le retrouver, cet échantillon de votre jargon.

Comme je ne suis pas débordé en ce moment (litote : à part t'écrire ce truc, je suis absolument, depuis et pour toujours en vacances, surtout maintenant que la neige encercle la maison) je me suis dit que je pourrais faire des recherches. Malheureusement, il n'y a toujours pas de connexion internet ici et je n'ai pas la moindre envie d'utiliser l'un des cybercafés d'Edgartown, qui doivent pulluler d'adolescents en rut arrimés à des sites pornos. Les Bennett ne sont pas équipés non plus, mais j'ai une autre piste : ils m'ont promis de m'envoyer un type qui possède une pelleteuse et qui doit venir cette après-midi déblayer la terrasse. S'il est sympa, je pourrai m'inviter chez lui et aller voir s'il y a des grammairiens, des gens dans ton genre, qui déversent sur le net des informations précieuses concernant les figures de style (les « tropes », c'est comme ça que tu dirais, non ? là les guillemets, c'est parce que je te cite, pas par... ? merde, ça va peut-être me revenir, ton foutu terme technique pour désigner ceux que je mets partout quand je pense à ton mari).

« Tu lui ressembles un peu. »

C'est comme ça que tout a commencé. Will est arrivé pile à l'heure, avec sa pêche de l'après-midi dans un grand panier rond. Pendant que la famille de Japonais qu'il avait emmenée en mer s'ébrouait sur une dune de Chappaquiddick, il avait trouvé le temps de grattouiller quelques rochers. Chez nous, je suppose qu'on appellerait ça des amandes mais de toute façon les dimensions n'ont rien à voir, ici elles sont mutantes, on en case à peine deux par assiette. Il avait apporté aussi du persil qui pousse apparemment dans son jardin (et dément donc les pronostics définitifs de tante Françoise, qui justifiait les vagues pelouses sablonneuses autour de la maison en prétendant qu'il ne servait à rien, sur l'île, de planter quoi que ce soit). Il a ouvert les coquillages, j'avais décidé de ne pas attendre nos partenaires pour déboucher du champagne, et je l'ai regardé confectionner un impressionnant beurre persillé, en garnir les amandes et allumer le four comme s'il connaissait parfaitement les lieux, et son affaire en tout cas en matière de cuisine.

Je ne sais pas pourquoi on n'a pas abordé tout de suite le sujet : est-ce qu'il était déjà venu dans la maison ? Qui lui avait appris à jouer au tarot ? À se servir de l'antique four à gaz ? N'importe quoi qui m'aurait fait comprendre ses liens avec Nick. Non, sans doute grâce à notre première journée à bord de l'*Anyway*, à cette proximité immédiate qu'on établit dans un espace comparable, mettons, à une cabine d'ascenseur (américaine s'entend, c'est-à-dire capable de contenir vingt-cinq personnes, le bateau de Nick est très vaste), mais ouvert sur l'infini, donc propice aux sourires hébétés, gavés de perspectives naturelles et naturellement métaphysiques, bref on avait partagé bizarrement, en si peu de temps, la promiscuité efficace (sans cesse pousser une fesse pour laisser le skipper tirer sur un bout, tendre en urgence une manivelle, rattraper au vol un sandwich) et les soubresauts émotionnels (souvenirs différents, perso mais compatibles, d'autres journées à croiser au large de l'île, pour lui comme pour moi) qui lient les vieux couples.

Du coup, pas de mondanités, de conversations insignifiantes et conventionnelles entre nous. L'essentiel, d'une certaine façon, à l'image de sa première question, hier soir : « Tu vas t'installer ici ? » Aucune idée. Je ne dirais pas que je n'y avais pas encore réfléchi, mais pas comme ça. Après tout, l'été ne faisait que commencer, et j'ai toujours la configuration mentale d'une écolière de huit ans, j'ai comme seul projet, invariablement, entre juin et septembre, de profiter de mes vacances. Retraite ou pas. C'est à peu près ce que je lui ai expliqué. Il n'a évidemment pas le même calendrier intime que moi, lui se repose l'hiver, quand il ne navigue pas au loin, c'est-à-dire plus souvent maintenant qu'il vieillit. Sans rire. Un gamin que j'aurais pu avoir comme étudiant, en tout cas les premières années où j'enseignais : je lui ai demandé son âge, à cause de ça, de ses prétentions indues à l'âge mûr, il a exactement vingt ans de moins que moi. Tant pis pour la suite, j'assume.

Je ne dirais pas non plus qu'il n'y avait pas quelque chose de familier, de peut-être prometteur, dans ce que j'ai ressenti en me posant à côté de lui sur une chaise longue, à cette heure-là la terrasse est en plein soleil, il est assez bas pour balayer toute sa profondeur, nos flûtes remplies à ras bord, chacun une cigarette au bec, exactement comme autrefois avec Nick. Nick et moi. Nick et lui, donc, aussi, mais ça je ne le savais pas encore. Il ne manquait qu'un peu d'herbe. Il y a longtemps que c'est devenu rare dans ma vie, mais j'y ai pensé quand même, quelques secondes à peine avant qu'il sorte de la poche de son jean une petite boîte et du papier à rouler, et me demande si ça me dérangeait. Il n'y a plus de revues, ni de *coffee-table books*, comme disait Charles, un peu méprisant pour les goûts littéraires de ma tante, mais Will a roulé le joint directement dans sa main, je suppose qu'il a l'habitude en mer, même si ça n'a pas figuré au programme de nos premières sorties.

Pendant qu'il officiait, je suis allée dans le salon mettre de la musique. Je n'étais pas vraiment pressée que ses amis joueurs débarquent, je ne savais pas du tout à quoi m'attendre, à quoi ils pouvaient ressembler. Des gens d'Edgartown sans doute, amateurs de tarot, c'était la seule certitude dont je disposais. En fait, ils avaient déjà une bonne demi-heure de retard, mais je ne m'en étais pas rendu compte avant que le téléphone sonne – ce qui était rarissime depuis mon arrivée, personne n'appelait jamais sur la ligne fixe, j'ai sursauté en entendant la sonnerie surannée, personne à part Martha : c'était précisément Martha. Will n'ayant pas de persoc, c'est le seul moyen qu'avait trouvé Linda pour nous prévenir qu'ils ne viendraient pas. J'ignorais totalement qui était Linda, et la suite des explications de Martha, à savoir que sa sœur était sur le point d'accoucher, « alors, évidemment ! » ne m'éclairait pas davantage. Je me suis dit que je devenais trop sensible au champagne, avec l'âge, l'ai vivement remerciée et j'ai rejoint Will sur la terrasse, munie de cette information étrange, mais lui a su quoi en faire. Linda et Bob, ses copains joueurs, sont les parents du mari de la sœur de Martha, la même qui ces jours derniers cherchait en effet un prénom, ça me revenait maintenant, dans les vapeurs de la première bouffée du joint tendu par Will. Bref, les quatre futurs grands-parents devaient probablement faire le pied de grue, à l'heure où nous parlions, dans une coquette salle d'attente de la maternité d'Egardown, à l'affût des premiers vagissements de leur petite-fille.

Pas de tarot ce soir, des tonnes de *lobster rolls* à écouler, je me suis raccrochée à l'immédiat, au matériel, je n'aime pas laisser flotter dans mon esprit des images de jeune accouchée, de nourrisson. Mais ça n'a pas marché. Will a dû le voir sur mon visage, il a aussitôt changé de sujet. La musique que je venais de choisir a fait l'affaire. Pour sauver la conversation, c'était inespéré, j'ai pu respirer un bon coup et me concentrer sur cette nouvelle surprise : Will donc jouait au tarot, fumait de l'herbe et partageait les goûts musicaux de Nick, malgré toutes leurs années d'écart. C'était habile aussi, de sa part : un second morceau venait de succéder au premier, que j'avais complètement négligé d'écouter, absorbée par le coup de fil confus de Martha, et m'a de nouveau violemment projetée dans un passé beaucoup plus confortable que les souvenirs déclenchés par l'évocation du nouveau-né.

J'ai fini par lui en parler, de mon bébé, bien plus tard dans la nuit, dans la lumière tamisée de mon ancienne chambre. C'est là que je l'ai emmené, instinctivement, pas question de faire ça dans la nouvelle, c'est-à-dire celle de Nick. On raconte vite sa vie, à mon âge encore plus, mais déjà quand on est jeune, au lit. J'avais bu, fumé aussi, je ne me cherche pas d'excuses, je suis une grande fille et Will n'est pas exactement mineur, il aurait pu être mon étudiant, c'est vrai, il a seulement été celui de Nick, informel, initié en même temps au tarot, à l'herbe, à la musique, à la cuisine et même, je l'ai constaté en rigolant, à des lectures invraisemblablement romanesques pour un marin entre deux âges qui ne connaît du monde que les ports, leurs bordels je suppose et leurs monnaies étrangères. Mais rien ne serait arrivé s'il n'avait pas soudain, après avoir avalé une quantité délirante d'amandes et de *lobster rolls*, déclaré que je lui ressemblais. Je suis restée muette. Il a fallu qu'il précise. À Nick. À mon cousin.

Après coup, bien sûr, je me suis dit que c'était parfaitement logique : pour être aussi attaché à l'*Anyway*, et avec seulement une vingtaine d'années de moins que Nick, il pouvait bien l'avoir connu autrefois. Mais sur le moment, la seule chose que j'ai trouvée à lui répondre, c'est que Nick n'était pas mon cousin. Il m'a observée attentivement, la tête penchée sur le côté, et a insisté. Si, il y avait vraiment un air de famille, il l'avait vu tout de suite, et pas à cause de l'accent légèrement teinté de français de Nick, plus accusé chez moi. Non, c'était dans le rythme même des phrases, les expressions. Je me suis sentie incroyablement heureuse. Personne ne m'a jamais dit ça, ces mots qui sont pourtant les seuls vraiment consolateurs, quand on a vu mourir quelqu'un de proche, jetés à l'improviste, en réaction à une mimique, à une tournure de phrase, par un interlocuteur qui ne croit pas si bien faire, mais qui, en soulignant cette ressemblance fugitive, cet éclat du disparu réincarné en vous, donne tout d'un coup un sens à votre survie. Alors oui, si quelque chose de lui subsiste en moi, et que d'autres peuvent le voir, la mort n'existe pas.

Will n'a pas attendu que je lui demande des explications, il a remis à plus tard le récit de leur rencontre, a compris qu'il se passait quelque chose de spécial mais rien ne pressait. Il a caressé mon visage en répétant doucement : « Oui, une manière de sourire pour toi-même, il faisait exactement pareil, qu'est-ce que ça peut foutre si c'est juste du mimétisme, je te crois, vous n'étiez pas cousins, qu'est-ce que ça change ? » Tout. Mais ça ne le regarde pas, pas encore. J'ai retenu sa main contre ma joue, reconnaissante, infiniment, qu'il l'ait connu, et reconnu en moi. Après, ça s'est enchaîné.

Au cas où j'aurais eu des regrets ce matin, en me réveillant dans le lit vide, plus inquiète de ma première tasse de café que de son absence, rassurée par l'odeur dès que j'ai commencé à descendre l'escalier, la lecture du chapitre suivant de *Déjà-vu*, reprise cette après-midi après le départ de Will, et la promesse d'une nouvelle sortie sur l'*Anyway* demain auraient achevé de me réconforter. Cette fois, j'en suis vraiment sûre, ma vie obéit à un plan.

Déjà-vu (7)

« Connotation autonymique ».

Ça a fini par me revenir. Pas de doute, ça en jette. Heureusement que ma mémoire fonctionne encore, je n'aurais pas pu compter sur l'installation informatique de George Plunkett, le géant charmant envoyé par les Bennett pour enlever la neige et rafistoler les piliers de la terrasse. Il est venu trois jours de suite, accompagné de son fils Will, qu'il m'a présenté et auquel il s'adresse, bien qu'il ait presque vingt ans et mesure plus d'un mètre quatre-vingts, uniquement en l'appelant « le petit ». Je suppose qu'il dirait la même chose s'il n'était pas lui-même d'une taille extravagante, parce que c'est comme ça qu'on parle au fils, dans sa famille. Je n'ose pas lui demander si son propre père l'appelait aussi « le petit », et s'il était plus grand encore, ou si au contraire ça pouvait prêter à rire, cet hypochoristique (non, tu vois, ça non plus je n'ai pas oublié), à la génération précédente.

C'est très distrayant de les voir grimper aux piliers et se hisser sur l'auvent pour dégager les congères, ils sont beaux tous les deux, et je perds pas mal de temps à les observer depuis le salon, à regarder leurs membres démesurés danser dans le froid, leurs silhouettes se découpent sur le ciel, on entend moins la mer que d'habitude, comme si la neige en étouffait aussi le bruit, il n'y a plus que le crépitement du feu dans mon dos, ils ont obligeamment regarni le panier à bûches, Bennett a dû leur dire que je m'économisais. Quand ils ont fini – la nuit tombe tôt – ils ôtent leurs lourdes bottes en cuir et s'installent en chaussettes dans la cuisine, où je nous sers du whisky et des tartines de saumon. Je les aime bien, dommage qu'ils aient bientôt fini, même si je perds un peu de temps en leur compagnie, du temps que je devrais consacrer à t'écrire, combien m'en reste-t-il ?

Bref, ils sont, père et fils, très indifférents aux moyens de télécommunication contemporains. Chez eux, ils ont le téléphone, un seul poste, avec un cadran à l'ancienne et un fil, le genre d'appareil qui n'incite pas aux longues parlottes, auquel on reste nécessairement ligoté, debout, je n'imagine pas qu'ils aient même une chaise installée à côté. Je n'ai pas été invité, ce que j'en sais, c'est par eux, il n'y a pas de télévision, et donc encore moins de connexion internet. J'ai fini par comprendre, bien qu'ils ne s'étendent pas sur le sujet, que la mère a disparu dans la nature, sur le continent plus exactement, il y a des années déjà. Peut-être une femme à la maison aurait insisté pour plus de confort moderne, je n'en sais rien, d'accord, traite-moi de macho, tu as raison, elle ne s'est sans doute pas enfuie loin de l'île parce que les mâles avec lesquels elle vivait sont contre la télé.

J'ai retrouvé « connotation autonymique » tout seul, et j'ai même appelé Charlie pour lui en parler, tellement j'étais fier de moi. Il a proposé de regarder sur internet la définition exacte, ne m'a pas demandé pourquoi je me prenais la tête avec la grammaire ni pourquoi je ne m'étais pas adressé à toi. C'est l'un des rares inconvénients de notre situation actuelle, ce qui a changé, depuis que j'ai enfin compris ce qui t'arrivait, depuis que j'ai relu le livre pour vérifier, depuis que j'ai pris ma décision, c'est que je ne peux plus être tout à fait sincère avec Charles, je ne lui dis plus toute la vérité, comme autrefois. Il m'a lu au téléphone le résultat de ses recherches : ça correspond idéalement à ce que je pratique quand je parle de Gilles, c'est vrai, les guillemets, tu auras remarqué que je n'en abuse pas ailleurs. Le site spécialisé qu'il a consulté et que tu connais probablement (auquel tu as peut-être même collaboré ?) dit ceci, à peu près : la connotation autonymique permet au locuteur de prendre ses distances par rapport aux mots qu'il emploie. C'est exactement ce que je fais avec Gilles, je prends mes distances, et pas seulement avec les mots grotesques qu'il utilise pour commenter son « travail ».

J'ai recherché dans le livre comment Ralph parle de lui. C'est assez violent, assez drôle, je suis très en dessous (ça m'a soulagé) de la haine méprisante et réciproque que

James leur prête. Du point de vue de Ralph – c'est-à-dire le mien, mais franchement édulcoré – Gilbert-Gilles pourrait être « un prince déguisé, un prince qui aurait abdiqué dans une crise d'exaspération, et en resterait éternellement furieux ». Je ne vois pas mieux pour décrire l'autosatisfaction humiliée de ton mari. Relis le livre, j'ai du mal avec le portrait de Gilles, je le reconnais, même maintenant. Je serais plus inutilement mesquin que Ralph, qui a pour laisser libre cours à son antipathie des excuses que je n'ai plus.

*Je préfère te parler des Plunkett, père et fils. Le « petit », Will, a fini le collège. Il passe tout son temps à l'école de voile d'Edgartown, tournicote sur les pontons et a depuis longtemps repéré l'*Anyway*. Malgré le froid, il m'a timidement proposé de faire un tour avec moi. Il a bien compris que seul je n'aurai plus le courage, je vais y songer sérieusement. En fait, c'est surtout la longueur du trajet en voiture jusqu'au port qui m'arrête. S'il pouvait contourner l'île et l'ancrer là, en face de la maison, peut-être. En attendant (de toute façon il fait vraiment encore trop froid pour moi et le dégel n'est pas annoncé), je vais lui confier toutes sortes de petits bricolages ici, il y a de quoi faire et sa compagnie me plaît.*

Assez digressé : puisque je ne peux évoquer ton idylle avec Gilles qu'avec distance, autant revenir à la forme sommaire que j'ai utilisée plus tôt pour résumer les épisodes du livre que ta vie rejoue.

Acte III : à Florence, Isabel tombe mystérieusement amoureuse, sous les yeux incrédules de ses amis, d'un parasite vaniteux, Gilbert Osmond. Lord Warburton a beau revenir à la charge, Goodwood, son fiancé américain, traverser l'Atlantique pour la convaincre de changer d'avis, rien n'y fait. Elle s'apprête à l'épouser, sans se douter que Madame Merle a espéré et anticipé ce mariage qui garantira l'avenir de Pansy, la fille d'Osmond (et la sienne, mais ça personne ne s'en doute encore, sauf le lecteur un peu retors), Pansy que son père maintient en enfance, cloître hors du monde dans un couvent romain.

De toute façon, je n'y étais pas. Je veux dire, à ton mariage. Avant, oui, à San Francisco, quand tu as commencé à fréquenter l'atelier au nord de la ville, près du parc de séquoias, à rentrer de plus en plus tard, puis à passer tes nuits là-bas, revenant seulement de temps à autre avec la mine ahurie, les lèvres mordues, impossible de te parler, surtout de lui. J'étais à Los Angeles aussi, qui a rempli dans ton histoire le rôle de Rome dans celle d'Isabel : c'est là, parenthèse touristique au milieu du séjour florentin, au centre exact du livre, qu'elle retrouve tous ses comparses et que se noue vraiment sérieusement sa liaison avec Osmond.

Au fond, il était logique que L.A. remplace Rome, ça aussi, c'est une parfaite coïncidence de vos parcours, mais inversés. L'héroïne de James découvre l'Europe et sa traversée des lieux touristiques la mène du plus moderne, l'Angleterre incarnée en Warburton, le lord progressiste, militant pour l'abrogation de ses privilèges nobiliaires (imbaisable, autrement dit, pour cette gourgandine éprise de pittoresque Ancien Régime), au plus vieux, les vestiges antiques de Rome, en passant par la Toscane de la Renaissance. Toi, tu as visité l'Amérique dans l'autre sens, je veux dire que tu as quitté la civilisation relativement ancienne de la Nouvelle-Angleterre (je sais, je sais, la maison, ta maison désormais si ma mère a bien tenu compte de mes dernières volontés, n'a guère qu'un siècle et demi, mais ici ça suffit amplement à en faire un monument historique) pour San Francisco d'abord, encore un peu rétro aussi, avec ses maisons victoriennes et même ses bords de mer hippies très « beat generation », pour atterrir finalement au milieu des échangeurs autoroutiers de cette ville atroce où tu t'es installée avec Gilles et Alabama, quelle idée. Au moins Isabel, on peut comprendre, le palais Roccanera, à Rome, où on la retrouve dans la dernière partie du roman est un vrai caveau, mais avec du cachet au moins. Votre cube en verre perché sur les collines est aussi sinistre, mais moche en plus, excuse-moi, je me répète, tu sais ce que j'en pense et quoi que tu décides, à la fin, quand je mourrai, comme Ralph dans le dernier chapitre, et que tu quitteras l'île, mais munie du livre et de mes recommandations, « Garde contre », oui j'espère que tu n'y retourneras pas. Ou alors, juste le temps d'annoncer à Gilles que tu te barres, où tu veux, avec Alabama sans doute, après tout, maintenant que tu l'as adoptée, je suppose que tu as des droits sur elle. Alors que dans le roman, si on imagine (ce qui est possible, James l'autorise en ne disant rien) qu'Isabel (lorsqu'elle disparaît de la scène romanesque, déterminée, mais à quoi ?) renonce à tout pour rentrer à Rome auprès de son imposteur tyrannique, c'est sans doute pour prendre soin de Pansy, ce qu'elle ne pourrait pas faire en divorçant.

On n'en est pas là. Je parlais de ton mariage. Du fait que je n'y étais pas. Qu'est-ce que j'aurais pu faire d'ailleurs ? Vous avez quitté l'hôtel sans prévenir dans sa décapotable pourrie, et une semaine après vous reveniez de Vegas avec un bout de papier malheureusement légal et une sérieuse gueule de bois. Et pourtant, avant votre départ, entre une visite aux studios Universal et une baignade à Malibu, on avait tous eu l'occasion de te mettre en garde, ma mère et moi bien sûr, pas assez nettement, on n'y croyait pas, mais aussi Charlie qui nous avait rejoints un week-end, Juliette, que ton état horrifiait plus encore que nous, et même Bruno qui s'en est mêlé (oui, vraiment tout concourait à reproduire l'invraisemblable convergence des personnages du roman, dans ce chapitre romain central) : je sais, Juliette me l'a dit à l'époque, que Bruno (sur ses conseils à elle, Juliette, d'ailleurs) t'a téléphoné de Minneapolis, où il passait des entretiens (il postulait à une chaire d'histoire de la philo, dans n'importe quelle fac du pays, mais cette année-là c'est à Minneapolis que se déroulait la procédure de recrutement). Il t'a secouée, je le sais, pas relancée (il avait bien compris que c'était fini entre vous), mais engueulée, te rappelant que toi aussi tu es une universitaire et que la vie, même quand on est très riche, ne peut pas se résumer au tourisme et au sexe. Moi aussi, je m'attendais à ce que tu décroches un poste quelque part, j'aurais préféré la côte est, de toute façon tu t'étais donné un an pour voir venir mais j'étais comme Bruno, convaincu qu'il fallait que tu t'y remettes.

Tellement convaincu déjà. Je ne me cherche pas d'excuses, ce que j'ai fait bien plus tard je l'ai fait d'abord pour moi, O. K., mais dans ton intérêt aussi. Tu en jugeras un jour peut-être, si tu devines.

Bref, tout ça s'est écroulé quand je vous ai vus surgir au bord de la piscine du Château Marmont, toi radieuse malgré ta gueule de bois, Gilles un peu défraîchi mais toujours aussi content de lui, avec votre certificat grotesque, le temps de nous annoncer la nouvelle, avant de vous retirer dans votre bungalow – l'air franchement stupide des couples qui baisent encore toute la journée : personne ne les a donc prévenus que ça ne durait jamais ?

Et Marie là-dedans ? Dans le livre, Madame Merle semble se tenir en retrait, une fois Isabel présentée à son ex. Elles font un long voyage toutes les deux avant le mariage, autour de la Méditerranée, mais James ne nous dit pas s'il est encore nécessaire à ce stade qu'elle intervienne, on ignore même si Isabel se confie à elle. En réalité, tu n'as pas eu besoin de t'éloigner de Gilles avant de prendre ta décision, vous êtes allés beaucoup plus vite, maudites lois du Nevada, mais Marie m'a semblé observer la même discrétion que Madame Merle. Elle avait suffisamment préparé le terrain sans doute lors de votre rencontre et de votre séjour sur l'île, profité que ma mère et moi nous étions occupés à soigner mon père, brossé le portrait irrésistible de son ami esthète, artiste, fauché mais digne, j'imagine le baratin. À San Francisco, elle s'est contentée de t'accompagner la première fois que tu lui as rendu visite sur sa plage, après, je ne me souviens plus bien, en tout cas elle ne participait pas à notre excursion à L.A. (pas plus que Madame

Merle dans le livre). Sinon, je suppose que tu aurais compris à quel point ils étaient liés tous les deux, et pas seulement parce qu'ils avaient couché ensemble autrefois, ça tu le savais et tu t'en moquais, avec raison, ça ne veut rien dire. Non, ne rêve pas, je ne te dirai pas si moi aussi. L'essentiel, c'est que ce qui s'est passé ou pas entre Marie et moi nous ait définitivement éloignés, ce qui n'était pas le cas avec Gilles, j'en suis sûr, bien qu'ils ne m'aient jamais pris pour confident, heureusement.

Nick a raison. Pas sur toute la ligne : Gilles valait mieux que ça, comme collectionneur en tout cas. Mais sur les débuts amoureux, en général et en particulier avec mon ex-mari. C'est toujours la première fois. On est prêt à jurer que jamais, avant, ou pas pareil, pas à ce point. Avec Will c'est différent. Je suis trop vieille de toute façon pour me laisser aller tout à fait, même si je crois comprendre qu'il fait partie de mon héritage, que Nick l'a conditionné, formaté pour m'offrir ce dernier été indien. On est en juillet, d'accord, mais je dis indien parce que j'ai mon âge. J'ai pas mal roussi, tout tombe, mais Will a l'air de s'en foutre, il est un peu bigleux et du coup on fait ça aussi en plein jour, je m'arrange juste pour ne jamais me déshabiller entièrement, il y a des limites, comme disait ma mère pour se moquer de moi quand je gardais mon paréo sur la plage de ma jeunesse, celle dont le marnage surpasse de loin celui d'ici, histoire de camoufler mes fesses parfaites, « tu as raison », elle disait, « on a vu assez d'horreurs pendant la guerre ».

Le père de Will a fait la guerre, au Vietnam. Il s'en est plutôt bien sorti, d'après ce qu'en dit un fils avec qui il n'en parle pas tant que ça. Physiquement intact, et discret sur ses éventuels traumatismes. Une fois revenu, il a épousé une amie d'enfance devenue institutrice, la mère de Will, qui n'est pas partie, comme le suppose Nick, parce qu'elle voulait un écran haute définition, mais pour un autre, un veuf, le père d'un de ses élèves, venu sur l'île pour quelques mois, ingénieur je crois, elle est s'est enfuie du jour au lendemain, avait oublié elle aussi sans doute qu'il y a un temps limité pour tout, y compris pour les adultères passionnés, d'après Will elle a dû regretter par la suite, s'enferrer dans un sentiment de culpabilité tel qu'elle ne l'a jamais revu. Je déteste la culpabilité, ça ne fait faire que des conneries. Tout ça, Will me le raconte par petits bouts, on se voit presque tous les jours. Il a ancré l'*Anyway* en face de la maison, je n'ai qu'à nager quelques brasses pour aller m'y installer et l'y attendre, non, ça ne me dérange pas qu'on fasse l'amour à bord, les souvenirs, c'est fait pour être superposés.

Moi aussi je lui raconte ma vie. Comme lui, je procède par fragments, les menus détails de ce que nous partageons nous évoquent telle anecdote isolée, qui réclame aussitôt d'être mise en contexte, entraîne un exposé un peu plus large, de ce que nous faisions, pensions, vivions alors, ça s'enchaîne et se combine dans le désordre, on fait connaissance. La lecture de

Déjà-vu me ramène plus particulièrement aux premières années de mon mariage, à Gilles, à tout ce que Nick (il exagère) prétend n'avoir pas compris. Bien sûr, je ne me comprends plus moi-même tout à fait, mes cellules ont dû presque toutes se renouveler depuis et je ne suis plus, ni biologiquement, ni en rien la Lise de cet hiver-là, mon premier sur la côte ouest.

Pas plus que Will n'est resté le jeune colosse que Nick a formé pour me tenir compagnie, ni le jeune navigateur enthousiaste qui prenait le départ pour son premier tour du monde et rencontrait à bord la petite coéquipière canadienne à la fois robuste et potelée qu'il a épousée et qui lui a fait une fille, Stella, celle qui vit à Chicago. Il m'a montré des photos, elle doit ressembler à sa mère au même âge, je ne retrouve rien de lui, mais de toute façon j'ai du mal à le mémoriser vraiment physiquement. Chaque fois qu'il débarque – ou embarque, plus exactement, c'est presque toujours comme ça qu'on se retrouve, sur l'*Anyway*, on finit ensuite sur la terrasse, je n'ai aucune envie de dormir à bord, j'ai passé l'âge des matelas étroits et des oreillers humides, même le grand luxe, en mer, a des limites – chaque fois il me faut du temps avant de me réhabituer à ses traits un peu grossiers, marqués par toutes ces années à ronfler contre les parois incurvées de bateaux bien moins confortables encore en attendant de prendre son quart, de garder les yeux ouverts dans le vent, la grosse thermos de thé cognant à ses pieds dans les angles du cockpit, à ses cheveux trop longs mais soyeux, moins fournis sans doute qu'à vingt ans quand il a commencé à les porter comme ça, aux épaules, à ses mains, petites pour sa taille, et toutes douces, il a toujours mis des gants pour manœuvrer, comme une fille, il dit, et il s'en fout. C'est pour ça qu'il n'était pas sur l'île quand Nick est mort. C'était l'année de son premier tour du monde.

Gilles. La dernière fois qu'on s'est vus, à L.A., il y a quoi, deux ans, deux ans et demi ? c'était plutôt sympa. Non, sympa n'est pas le mot, rien de ce qu'il dit, ni fait, ni est, n'est sympa. Mais sans tension. Une formalité, presque un déjeuner d'affaires. Dans un restaurant pour déjeuners d'affaires en tout cas. Un machin prétentieux dans un nouveau hôtel design, bourré de vieux comme nous, je devais être la seule à n'être pas liftée. Gilles, lui, doit en être à son quatrième, mais c'est bien fait, et, même sans, il serait encore très beau. Là, oui, Nick exagère. Pas son type, je veux bien, pas un athlète comme Charlie, pas la dentition publicitaire, le torse imberbe, les mèches dorées comme des céréales bio, non, trop européen peut-être, mais indiscutablement séduisant.

Il s'agissait d'argent, mais pas ce que Nick aurait imaginé. Gilles n'a jamais dépendu de moi, ni pendant ni après notre mariage. Si j'ai investi dans sa première galerie, c'est parce que j'avais confiance en lui et j'avais raison. Maintenant, il en a quatre dont deux en Europe en plus de celle de L.A., dont je possédais la moitié – c'était pour ça, le déjeuner, se mettre d'accord sur la cession de mes parts. On a évité les sujets qui fâchent (en gros : Alabama), je l'ai regardé picorer sa demi-feuille de salade et ses *alfafas sprouts*, l'ai écouté gentiment me détailler son régime (il ne mange plus que du vert et du blanc, ne boit que de l'eau chaude, sa dernière femme pareil et pourtant elle a à peine trente ans la pauvre) et nous nous sommes quittés de bonne humeur, tous deux très soulagés de n'avoir plus aucune raison de renouveler l'expérience, maintenant que je lui ai vendu mes parts.

Mais je l'ai aimé, ça c'est sûr. Comme Isabel dans le roman. Parce que, même si James n'est pas vraiment un expert du sentiment amoureux, il sait très bien que ce mariage n'est pas seulement, peut-être même pas du tout un deal. Sinon ce ne serait pas intéressant, et s'il concède au lecteur une clef délirante (je suis d'accord avec Nick, l'intrigue est carrément invraisemblable) ce qu'il raconte au fond c'est une histoire d'amour foireuse, comme la mienne avec Gilles. La mort du bébé, ça oui, bizarrement je me dis que James pressentait combien ça joue dans la mort d'un couple. Et pourtant, à son époque, c'était plus banal.

Je me suis longtemps posé la question après avoir lu le livre, après en avoir d'abord étudié toutes les autres coïncidences avec ma vie. J'ai dû repousser ce moment, comme je fuis toutes les occasions de me souvenir de la mort de Tom – et je suis douée, très douée pour éviter de repenser aux trucs moches. Mais ça a fini par venir : pourquoi James introduit-il ce petit garçon, mort à six mois, dans les premières années du mariage d'Isabel – celles justement que le récit ne couvre pas, laissant le lecteur frustré de ce pan si important, reprenant après une longue ellipse, mais indirectement, déléguant le point de vue à des personnages extérieurs qui observent l'apparente dégradation du couple Osmond sans en comprendre les ressorts.

Le seul événement mentionné, de cette période, avant qu'Isabel retrouve la parole et décrive confusément, par une accumulation de métaphores, un enfer conjugal somme toute ordinaire, c'est la perte de son bébé. On l'apprend par un dialogue entre Madame Merle et le jeune Rosier, au tout début de la dernière partie – le petit Rosier, tiens Nick n'en a pas encore parlé. J'avance lentement, exprès, dans *Déjà-vu* – mes journées sont plus remplies, il faut dire – mais je suis certaine qu'il a identifié la personne qui, dans ma vie, joue son rôle. Et qu'il a remarqué, encore une, la coïncidence : Rosier, c'est trop fort ! Dans le roman, c'est un jeune oisif, un double d'Osmond au fond, qui tombe amoureux de la petite Pansy, mais n'est pas de taille, maintenant qu'Isabel a assuré sa fortune, n'a pas la moindre chance de l'épouser.

Bref, il vient sonder Madame Merle, l'amie de la famille, tout ça se passe dans un charmant petit intérieur romain où elle entasse ses vieux bibelots, je me demande si Nick considère que le deux-pièces loué par Marie à Beverly Hills en faisait un substitut honorable. Et ils évoquent l'enfant perdu par Isabel. Il s'agit surtout de savoir si les Osmond envisagent d'en avoir un autre ou si Pansy restera leur seule héritière.

Ça permet aussi à James d'entrouvrir au lecteur une petite perspective, de lui laisser craindre que les fiancés euphoriques du chapitre précédent (séparé de celui qui commence par un blanc typographique, mais aussi, dans la chronologie romanesque, par plus de trois années) se sont pas mal refroidis. Elle peut encore en avoir d'autres, dit à peu près Madame Merle. Je connais cette phrase. Pas que je l'ai souvent entendue depuis la mort de Tom. Les gens font gaffe, mais je pouvais facilement la lire dans leurs regards gênés. Je me moque, mais moi aussi le sujet me gêne. Et pourtant, je peux l'évoquer tant que je reste concentrée sur le livre, sur ses liens avec moi. Pourquoi, donc, James mentionne-t-il le bébé, cette première fois, puis, une seconde, quelques chapitres plus loin, lorsque, maintenant toujours le lecteur à distance, lui laissant prendre seul la mesure de l'abîme qui sépare désormais Isabel de son mari, il donne la parole à Ralph ? Qu'en dit-il exactement ?

Pour la première fois depuis que je suis ici, j'ai eu besoin de me reporter au livre. Avant, je me fiais aux seuls commentaires et citations qu'en fait Nick dans *Déjà-vu* pour me rafraîchir la mémoire. Là, je vais vérifier. Mon exemplaire est toujours là-haut, sur la table de nuit de mon ancienne chambre, et j'ai hésité à en parler à Will, chaque fois qu'il est resté dormir, mais je redoute ou espère, je ne sais pas encore, que de ça aussi Nick lui ait parlé. On verra plus tard.

J'aurais voulu le relire à bord, mais je ne vois pas comment l'y emporter à la nage sans le mouiller. Cette après-midi, je vais donc rester sur la véranda plus longtemps que d'habitude. Je retrouve facilement le passage. Voici ce que James, via Ralph, est capable de dire de la mort d'un enfant, un sujet que même un romancier aussi imaginatif, aussi doué pour décrire la vie, à laquelle il a pour sa part, joies et drames tout ensemble, renoncé, ne se risque pas à approfondir : « Elle avait perdu son enfant ; c'était une peine, mais une peine dont elle parlait rarement ; elle en avait plus long à dire sur ce sujet qu'elle n'en pouvait avouer à Ralph. C'était d'ailleurs un fait du passé, survenu six mois plus tôt, et elle avait déjà quitté le deuil. »

Cela ne me suffit pas. Je suis intriguée – non, intriguée est faible, j'ai beau filtrer mes propres souvenirs, leur substituer un épisode de fiction, je suis fiévreuse, désarmée – et me raccroche, vieux réflexe professionnel, à un problème linguistique : quel terme anglais ce « d'ailleurs » traduit-il, dans mon édition française ? Je quitte la terrasse, vais fureter dans la bibliothèque du salon où cohabitent les vestiges dépareillés des lectures de mon oncle (quelques bouquins sur la région, les bateaux, des romans d'espionnage où l'économie intervient trop souvent pour que j'y comprenne quoi que ce soit), de ma tante (pas grand-chose pour être honnête et donner raison à Charles, qui se montrait plus que dubitatif, nonobstant son amitié et son respect pour elle, sur ses goûts : en fait, je lui attribue les quelques livres à la mode démodés, prix littéraires français oubliés qui traînent sur l'étagère du haut, mais je ne suis même pas sûre qu'elle les ait seulement ouverts) et de Nick : les plus nombreux, je ne m'étais pas posé la question avant, mais je me dis maintenant que la plupart de ses livres, tante Françoise a dû les transporter ici lorsqu'elle a vidé son appartement new-yorkais et qu'ils font donc partie, eux aussi, de mon héritage (encore une petite divergence d'avec le roman, dans lequel Ralph lègue toute sa bibliothèque à Henrietta Stackpole, et James souligne d'ailleurs bizarrement que ça ne prive pas du tout Isabel, qui a désormais cessé de s'intéresser à la littérature, quelque chose comme ça, qui ne me correspond pas : je suis restée une lectrice après la mort de Nick, et comment ! j'ai même commencé par ça, suivant ses dernières volontés à la lettre, me plongeant dès le soir de son enterrement dans le livre). Je n'ai aucun mal à retrouver sa vieille édition Norton de *The Portrait of a Lady*, celle sans doute sur laquelle il travaillait à l'époque où il a rédigé sa fiche de lecture : « She had lost her child; that was a sorrow, but it was a sorrow she scarcely spoke of; there was more to say about it than she could say to Ralph. It belonged to the past, moreover; it had occurred six months before… »

« Moreover » : voilà l'adverbe anglais que la traduction française rend par « d'ailleurs ». J'en profite pour regarder ce qui précède, qui est moins suggestif, moins suspect que dans mon édition : James ne laisse pas entendre qu'Isabel a quoi que ce soit à « avouer » concernant la mort de son enfant, ni à Ralph, ni à quiconque. Il se contente, très précisément, de ce commentaire : « Il y avait davantage à dire là-dessus qu'elle n'en pouvait dire à Ralph. » Isabel n'est pas le sujet de la phrase. Ce n'est pas elle qui a du mal, c'est le sujet qui est intraitable. Pour l'écrivain. Qui l'avoue ici simplement, et ces lignes, je le vérifie dans les notes (l'édition Norton est très complète), sont parmi les rares à n'avoir subi aucune retouche lorsqu'il a complètement remanié son roman, une vingtaine d'année après sa première publication. Autrement dit, pas de repentir tardif, le romancier confirme son impuissance, il est toujours, si longtemps après, incapable de trouver des mots pour dire ça.

Et c'est justement du temps écoulé qu'il est question dans la phrase qui suit. Traduit littéralement, ça donne : « Cela appartenait au passé, moreover ; c'était arrivé six mois plus tôt et elle avait déjà quitté ses vêtements de deuil. » Là je tique encore. On peut aussi rendre « moreover » par « en outre », mais ça ne change pas grand-chose. L'état dans lequel je suis aujourd'hui, si longtemps après la mort de mon petit garçon, en est la preuve : pas de « d'ailleurs », pas le moindre « en outre » ne justifie le silence d'Isabel. Six mois ! six mois ont passé avant que Ralph l'ait revue, et James évoque ici des retrouvailles vieilles de plus d'un an, celles au cours desquelles Isabel s'est tue. Lorsqu'ils se reverront, quelques pages plus loin, elle continuera de se taire. Mais pas, « moreover », parce que c'est du passé. Rien ne passe, d'un deuil comme celui-là, sauf les vêtements, ces vêtements que la mère a déjà cessé de porter six mois après la mort de son bébé, sans doute était-ce le tarif, à l'époque : six mois pour un enfant, moins que pour un parent ou conjoint, il n'y a qu'à relire *Autant en emporte le vent*, c'est très bien expliqué au début, quand Scarlett devient veuve à seize ans. Je digresse, je digresse, « moreover », je ne fais que ça, moi, avec mon deuil, depuis bien plus de six mois.

Je n'ai jamais abordé la mort du bébé, quand j'ai fini par faire un cours sur ce roman. Tout le reste, les coïncidences, d'accord Nick, d'accord, et surtout le rôle qu'il a joué dans nos vies, j'ai pu l'affronter devant un public d'étudiants. Mais pas ce qui concernait Tom. Je suis pourtant la reine de la mise à distance, de la neutralité pédagogique (il fallait voir, quand j'enseignais, le mal que je me donnais pour me déguiser en rien, en personne, le « no look », c'est moi qui l'ai inventé pour ces occasions), mais je n'ai pas réussi (et pourtant il aurait fallu, à un moment ou à un autre) à poser la question : pourquoi ce bébé mort ? pourquoi ? alors même que plus jamais par la suite, lorsque enfin James nous donnera accès aux pensées d'Isabel, pétrifiée, engluée dans l'analyse de son naufrage conjugal, il ne sera mentionné. Ou bien alors – je m'excite soudain, non, devant des étudiants, impossible, mais maintenant, seule, oui, je m'excite, mais ça va, je voudrais juste que Will m'ait laissé un peu d'herbe, ce serait le moment idéal pour fumer – ou bien alors : si le bébé a disparu, disparu dans la réalité (celle du roman et la mienne) mais disparu aussi de la conscience d'Isabel, est-ce parce que James admet, voire souligne ainsi qu'inventer un point de vue, révolutionner la fiction occidentale comme il le fait au chapitre quarante-deux de *Portrait de femme*, quelques pages après l'extrait qui me met dans cet état, c'est se heurter à l'indicible, rendre au personnage son opacité à lui-même. Je me calme et je me résume, comme si j'avais vraiment affaire à un séminaire de troisième année : si Isabel n'évoque jamais l'événement le plus douloureux de son existence, ce n'est pas parce que James est un insensible macho, mais un écrivain, un romancier, qui prête à sa créature (et là, le prince du non-dit, l'exaspérant spécialiste du « il y a toujours plus à en dire que ce que vous lisez » est tout simplement un visionnaire, un as de la vraisemblance psychologique) les mouvements retors que nous, les humains, nous imprimons à nos pensées pour les empêcher de traînasser là où ça fait le plus mal. Moi, en tout cas, qui bifurque presque toujours à ces carrefours-là de ma mémoire. « Moreover », stop ! C'est l'heure de ma baignade.

Déjà-vu (8)

Je n'ai pas encore vraiment parlé d'Alabama – et pourtant c'est en partie grâce à elle que j'ai tout compris. Je te l'ai déjà dit, le déclic s'est produit ce jour d'août où je les ai observés depuis la fenêtre de la cuisine, Charles et Alabama remontant de la plage, lui penché gentiment vers elle pendant qu'elle s'ébrouait en babillant. Je devais tourner autour depuis un moment pour avoir déduit soudain de cette scène familière, anodine, que ta vie répétait le roman de James.

Dans le livre, la petite Pansy apparaît dès le début de la seconde partie, on la découvre en même temps que son père, Osmond, lorsque Madame Merle leur rend visite là-haut, sur leur colline toscane. Le dialogue est jamesien. Moins dans ce livre relativement précoce que dans les pavés illisibles qu'il a fini par écrire, mais je me demande si j'aurais deviné quoi que ce soit la première fois que je l'ai lu, sans le résumé, au dos de mon édition, qui en disait très long, pas tout, mais beaucoup tout de même sur la duplicité diabolique (quelque chose comme ça, je ne me souviens plus) des deux comparses. Non, même sans, je suppose qu'on comprend assez bien ce que trame Madame Merle, comment elle prépare son ex à séduire la pauvre Isabel. Et aussi la nature de son intérêt pour Pansy, la petite couventine quasi muette dont elle évalue les progrès avec une froideur étudiée, et qui, devine-t-elle, ne l'aime pas. Est-ce que j'ai su tout de suite qu'elle était sa fille ? Impossible d'en jurer, il y a trop longtemps.

Je te l'avoue, et c'est peut-être pour ça que je n'étais pas pressé d'en arriver à Alabama, ma théorie achoppe sur elle. Bon, reprenons : dans le livre, Isabel n'apprend la vérité que dans les dernières pages, de la bouche de sa belle-sœur, la comtesse Gemini, qui la lui balance – pour son bien, ou seulement pour faire chier son frère ? – et, aussi invraisemblable qu'elle paraisse (encore une fois, une bâtarde, une filiation clandestine du côté maternel, je suis désolé, ça coince), Isabel y croit. Le lecteur aussi d'ailleurs, il a tellement envie de se mettre sous la dent un bon vieux complot, tout, n'importe quoi plutôt que la décevante réalité des histoires d'amour. Mais au fond, quelle preuve a-t-on ? La comtesse Gemini est elle-même malheureuse en ménage, pas très maligne, et décidée à séparer Isabel, qu'elle aime bien, de son frère qu'elle déteste. Vrai ? Pas vrai ? De toute façon, Isabel n'en dit rien à Ralph, qu'elle rejoint aussitôt après en Angleterre, juste à temps pour le voir mourir. Oui, maintenant j'y vois plus clair, James ne se moque pas seulement des attentes conventionnelles du lecteur, en lui jetant cet imbroglio à ronger : il rend possible la chute du roman, le retour de son héroïne à Gardencourt, sur cette même pelouse où elle est apparue pour la première fois, la répétition symétrique du décor aux premier et dernier chapitres. C'est la confidence de la comtesse Gemini qui décide Isabel à braver l'interdiction de son mari et à rentrer en Angleterre auprès de son cousin. O. K. Je vois mieux les ficelles.

Isabel ne dit rien à Ralph de ce qu'elle vient d'apprendre. Or, si ma lecture du roman est exacte, si sa fin abrupte s'explique par la fonction dévolue à Ralph, c'est-à-dire si le récit épouse strictement son point de vue à lui et s'achève donc nécessairement, logiquement, avec sa mort (et je tiens à mon interprétation, même si elle me condamne, comme lui, à ignorer ce que tu vas devenir après moi), je ne saurai jamais s'il y a quoi que ce soit de comparable dans les origines d'Alabama. Si, comme Pansy, elle est la fille secrète de Marie.

*C'est possible, au moins autant que dans le livre, et même plus. Gilles et Marie se connaissaient déjà à l'époque de sa naissance, et menaient une vie très différente alors. Gilles a toujours prétendu que la mère d'Alabama était morte d'une overdose, dans un squat, à Venice Beach. Ça constitue un équivalent fin XX*e *siècle plausible à la version jamesienne (où la prétendue mère de Pansy serait morte en accouchant). Personne, que je sache, n'a jamais confirmé sa version, à part Marie justement. Qui nous dit qu'Alabama n'est pas sa fille, en réalité ? Je t'entends déjà protester : pourquoi l'aurait-elle abandonnée à Gilles ? Et pourquoi pas ? Nous la connaissons bien tous les deux, moi* *mieux que toi. Pas une fibre maternelle évidente, trop occupée d'elle-même, peut-être convaincue à l'époque que la charge d'un enfant, handicapé de surcroît, ne l'aiderait pas à atteindre son but. Parce que les communautés hippies, tout ça, je veux bien, je ne dis pas qu'il n'y avait que du bluff dans ses confidences pittoresques qui t'ont embobinée, oui, elle a pas mal roulé sa bosse au début quand elle a débarqué en Amérique, mais elle a vite compris que les guirlandes de fleurs dans les cheveux vieilliraient mal, que, passé un certain âge, dealer de l'herbe ne vous offrait plus de quoi vous laver tous les jours. C'est pour ça qu'elle s'est mise à fréquenter des gens comme ma mère. Comme moi.*

Je suis condamné à ignorer la vérité sur les origines d'Alabama. Peu importe, d'ailleurs. Elle a déjà suffisamment de points communs avec Pansy. James ne fait pas d'elle une handicapée. Son éducation catholique suffit sans doute à ses yeux à expliquer son immaturité, sa docilité inquiétantes (entre nous, je me suis toujours demandé si Osmond n'était pas un père incestueux – mais pour une fois, je t'assure, je ne fais aucun parallèle avec la vraie vie, je déteste Gilles, mais je ne le crois pas capable de ça, promis). De nos jours, pour qu'Alabama remplisse les conditions, mes conditions, il en fallait plus. C'est horrible ce que j'écris, on dirait que c'est moi le responsable, mais non, ce n'est pas comme si j'avais rendu Alabama… comment dire exactement ce qu'elle a ? Comment faites-vous, Gilles, toi, pour la décrire dans des termes politiquement corrects ? À ma connaissance, il n'y a jamais eu de diagnostic précis, médical j'entends. Retardée ? Débile légère ? Ou, plus vaguement : inadaptée ? Différente ?

Je l'aime beaucoup, tu sais. J'espère vraiment que tu vas la sauver. De toute façon, je ne sais pas ce que Gilles s'imagine, s'il rêve, comme Osmond dans le livre, de la marier à Charles-Warburton, mais je ne le crois pas. Qu'il en rêve. Que Charles ait des idées pareilles, non plus, même s'il l'adore aussi, ta belle-fille. Mais là, je suis formel. Je sais que Charles n'y a jamais pensé. Pourvu qu'Alabama soit heureuse avec ses « rosiers ». Oh, oui, je sais que tu y auras pensé toute seule, c'est trop beau pour être vrai ! Le petit Édouard Rosier qui réapparaît au début de la troisième partie du roman, le vieux copain d'Isabel, pas très riche, pas assez pour Osmond en tout cas, si épris de Pansy, vraisemblablement aimé en retour, autant qu'on puisse en juger, elle est si réservée, qui se fait jeter comme un malpropre tout ça parce qu'un meilleur parti traîne dans le secteur... Alors oui, la passion d'Alabama pour les fleurs, le job que tu lui as trouvé à San Francisco, sa patronne, cette vieille Molly, qui est en train de devenir grâce à elle la fleuriste la plus cotée de la côte ouest, pourvu que Gilles laisse faire. Parce que l'amour, Alabama, ça risque d'être compliqué. À quel adulte parfaitement normal confier sa petite bouille d'ange, son corps de danseuse, son perpétuel sourire ? Non, elle ne me fait pas vraiment penser à Marie – je ne perds pas de vue ma théorie – mais, même si dans le livre elles sont blondes toutes les deux je crois, James ne mentionne jamais une quelconque ressemblance entre Madame Merle et Pansy.

De toute façon, ça fait partie du jeu. Tout ce que je ne saurai jamais. Pas seulement ce qui dans ta vie continuera de se rapporter au roman, qui confirmera ou invalidera mes hypothèses. Ralph meurt au tout début du dernier chapitre ; ce qui suit immédiatement, la réapparition de Warburton, mais déjà fiancé à quelqu'un d'autre, et surtout celle de Goodwood, l'Américain qui embrasse alors Isabel avec une fougue telle qu'il provoque sa fuite (c'est en tout cas une piste que James nous offre, celle d'une héroïne terrorisée par le sexe que ce baiser déciderait à retourner près d'un mari glacial), tout ça, Ralph n'est plus là pour le voir. Est-ce que ton Bruno va par exemple sortir de son trou (l'université du Dakota où, à ma connaissance, il continue d'enseigner Descartes) pour venir à mon enterrement ? Peu vraisemblable. Quant à Charles, sa liaison sera, je l'espère, enfin devenue officielle, et lui, oui il sera là, et te racontera peut-être ses amours, comme Warburton annonce à Isabel son prochain mariage avec une lady adéquate. Et tout le reste, tout ce qui suivra, avant que ma mère meure, que tu reviennes sur l'île et lises ceci ?

Dans le roman, lorsque Isabel, atterrée par les révélations de la comtesse Gemini, traverse l'Europe en train pour assister à ma mort, pardon, à la mort de Ralph, elle se demande pourquoi tout a si mal tourné, pourquoi tout ce que la vie et son entourage semblaient lui promettre a si lamentablement échoué. Elle envisage l'avenir aussi : « Elle se voyait, dans un temps éloigné, comme une femme qui aurait encore sa vie à vivre. » C'est comme ça aussi que je te vois, dans un avenir lointain où, sans moi, tu auras conservé une étincelle de vitalité, une faculté à jouir au moins de ce que je projette pour toi : cette maison, le bateau, les bains de mer, la musique, les souvenirs, ce texte. Mais entre les deux, quoi ? C'est bien ce qui arrête les pensées d'Isabel et les miennes, l'intervalle : « Alors les années intermédiaires l'enveloppèrent à nouveau. » Comment seront les tiennes ? Que feras-tu de la liberté que, sur mon lit de mort, (si tu reviens, si j'ai finalement le courage de te demander d'être là), je te conjurerai de reprendre ? Comme disait Marie à l'époque où je l'ai rencontrée, avec son optimisme, de façade en tout cas, « la période quarante-soixante ans, bien gérée, ça peut être formidable ». Je me demande si elle estime avoir bien géré la sienne, ce qu'elle est devenue, si elle vit encore aujourd'hui, je parle de ton aujourd'hui, de ce moment, ton présent, où tu lis mes élucubrations. Idem pour les autres, Charles, Gilles, Alabama, Juliette. Il n'y a que ma mère dont je suis certain qu'elle sera morte à l'heure où tu me lis, puisque sa mort, comme je prévois les choses, doit être la condition de ton retour sur l'île, et de ta lecture.

Ces drôles d'adverbes qu'ils ont en anglais. « Moreover » me trotte sans cesse dans la tête et me rappelle cette discussion avec Nick et Charles, la première fois qu'ils m'ont emmenée à bord de l'*Anyway*. Je m'interrogeais sur son nom, sur la meilleure manière de le traduire en français.

Nick prétendait se souvenir que ce choix (il n'avait que treize ans) était la conclusion d'un débat familial animé, probablement au cours d'un apéro sur la véranda comme celui qu'on y a servi le soir de mon arrivée, j'imagine parfaitement la scène, je l'imaginais déjà le jour où il me l'a racontée. Difficile, pour un adolescent qui vient de passer un hiver entier à l'hôpital, obligé de considérer sa vie comme une rémission dont les médecins étaient incapables de prédire la longueur, et à qui un père désormais privé d'héritier, empêché tout du moins de se rêver une postérité autre que financière, fait ce cadeau disproportionné, même pour un fils de milliardaire, difficile de baptiser son bateau, son cadeau, d'un nom qui évoque quoi que ce soit de positif, de joyeux. Les propositions avaient toutes rencontré, sans que personne en dise mot, cet obstacle de sa vie suspendue. Comment choisir le prénom d'un enfant quand on sait qu'on ne le verra pas grandir ? Je me souviens de ce faire-part de décès, dans la feuille de chou locale que Martha me dépose consciencieusement dans la cuisine tous les lundis, qui mentionnait les deux filles du défunt, dont l'une, déjà pourvue d'un prénom, doit naître dans quatre ou cinq mois, tout ça était précisé, ce devait être dans celui de lundi dernier, j'ai regardé le carnet parce que Martha avait laissé le journal ouvert à cette page, elle voulait sans doute que je lise l'annonce de la naissance de sa nièce – ils l'ont appelée Amy, pour finir. Il faut que j'arrête de penser à des bébés qu'on ne verra pas grandir. Revenons au bateau. Rien n'était sorti de cette conversation où chacun butait en silence sur le temps compté à Nick, et, comme souvent lorsqu'une conversation s'enlise – c'est je suppose la fonction, la destination d'un adverbe comme ça – mon oncle Dick avait avalé la dernière gorgée de son whisky et lâché : « Anyway… » Autant dire, pas grand-chose. Un truc qui n'engage à rien même s'il est lourd de sens, dans ce cas-là il l'était, et Nick s'en est aussitôt emparé, ravi ou faisant semblant.

On avait cherché longtemps, la première fois que je suis montée à bord avec Nick et Charles, ce devait être deux ou trois jours après mon arrivée en Amérique, comment rendre le mot en français. Ou alors ça nous a paru long seulement parce qu'on avait un peu fumé et que l'herbe enroulait et déroulait nos répliques en jolis rubans emmêlés, entortillés et parfois, j'avoue, filandreux. C'est moi qui ai trouvé finalement, parce que contrairement à eux, même s'ils sont parfaitement bilingues, je connais aussi quelques expressions régionales, normandes essentiellement. Quand je passais mes vacances chez la cousine de ma mère, on l'employait souvent pour imiter les gens du coin qui le disaient, c'est vrai, mais moins souvent que nous : « D'un sens comme de l'autre. » Une illustration linguistique parmi d'autres de la proverbiale neutralité des Normands, reprise par des Parisiens en vacances pour se moquer de leur femme de ménage ou de leur jardinier. Je ne percevais pas à l'époque leur conviction erronée de mieux manier le langage, eux qui ne lisaient jamais, faisaient j'en suis sûre plus de fautes d'orthographe que ceux qu'ils snobaient. Au contraire, j'étais fascinée par « d'un sens comme de l'autre », au point presque d'y voir les contours d'un véritable système philosophique. J'étais très contente de mon équivalence laborieusement découverte, entre le nom du seul bébé que Nick baptiserait jamais (il y a des photos dans la boîte, du baptême, et l'anecdote, une des préférées de la famille, m'est revenue, de Nick se coupant la main en sabrant la bouteille de champagne, et mêlant un peu de son sang aux bulles qui éclaboussaient la coque) et ma devise d'enfant.

Les pages de *Déjà-vu* que j'ai lues ce matin (je n'ai plus d'horaire maintenant réservé à mes lectures, j'improvise, me cale sur d'autres rendez-vous, les après-midi à bord, les soirées avec Will), je pourrais leur répondre par cette même idée, pareillement exprimée dans « anyway ». Ce que je suis devenue après Nick, les années intermédiaires entre sa mort et mon retour ici, maintenant, ce regain de vie qu'il m'a concocté pour l'arrière-saison : d'un sens comme de l'autre… Nous avons tous vieilli. Quelques-uns sont morts. Anyway.

Est-ce qu'il a vraiment joué à les imaginer, nos années intermédiaires, lui qui avait tout prévu sauf que je meure avant sa mère ? Le connaissant, je pense qu'il s'est moins appuyé sur le livre, qui laisse tous les survivants en suspens, que sur ce qu'il connaissait de nous, les personnages réels, pour inventer la suite. Serait-il surpris s'il pouvait comme moi regarder en arrière et savoir ce qu'ils sont devenus ? Gilles picorant des herbes bio avec sa troisième femme, mais mâchant prudemment pour ne pas faire craquer ses liftings.

Ou Alabama. Elle s'en est vraiment bien sortie, Alabama, le peu qu'il en dit dans *Déjà-vu* prouve qu'il avait vu juste. Cela fait longtemps qu'elle ne travaille plus à la boutique, il y en a plusieurs maintenant, y compris sur la côte est, mais c'est toujours elle qui conçoit les collections (oui, elle a fait de la sympathique échoppe de Haight Ashbury une chaîne de fleuristes très sélects, dont les véritables sculptures végétales, renouvelées chaque saison, sont copiées dans le monde entier). Quant à l'amour, c'est surtout pour Gilles que ça n'a pas été simple. Son anticonformisme affiché, son côté *gay-friendly* s'est craquelé aussitôt qu'il a compris ce qui se passait entre Alabama et sa patronne, cette vieille Molly. Et pourtant, Nick a raison, c'était difficile de faire confiance à un adulte sain d'esprit pour accepter et protéger Alabama telle qu'elle était. À part Molly, je ne vois pas.

Quant à Marie, si elle est bien sa mère clandestine, elle est restée incroyablement discrète sur le sujet – autant que je sache, je l'ai très peu revue après la mort de Nick, croisée par hasard chez des amis communs, je sais que Gilles a de ses nouvelles, elle nous a bien fourni six minutes de conversation la dernière fois que j'ai déjeuné avec lui. Elle est retournée vivre en Europe, ils s'appellent de temps en temps. Elle prétend habiter un hôtel luxueux, dans une quelconque station thermale allemande, mais Gilles pense qu'il s'agit d'une maison de retraite, pas forcément reluisante, que comme d'habitude elle enjolive. Elle ne s'est pas manifestée au moment de la mort de tante Françoise. Mais de toute façon, mon mariage avec Gilles les avait brouillées ; ma tante, comme Mrs. Touchett dans le livre, n'a pas pardonné à Marie de me l'avoir présenté. Au fond, je n'en sais guère plus que Nick sur ses années intermédiaires.

J'ai joué à ça moi aussi avec mes étudiants, quand je me suis enfin décidée à mettre *Portrait de femme* au programme d'un de mes séminaires, couplé avec *Madame Bovary*. On a travaillé entre autres sur leur dénouement respectif, souligné le zèle de Flaubert, qui règle minutieusement dans les dernières pages le sort de tous ses personnages, va jusqu'à doter artificiellement le pharmacien d'une vie éternelle grâce à cette ultime phrase, au présent. Chaque fois qu'un lecteur, aujourd'hui, demain, dans trois siècles, referme le livre, c'est sur cette information, indéfiniment actualisée : « Il vient de recevoir la croix d'honneur ».

James, de son côté, se fout du monde comme on sait. Alors on s'était amusés, avec mon groupe de troisième année, à imaginer la suite. Mes étudiants étaient loin de deviner ce que ça représentait pour moi, de les entendre divaguer, élaborer des retournements de situation improbables. Il y avait de tout dans leurs copies : Isabel donne sa fortune aux bonnes œuvres et rejoint Pansy au couvent, elle tue Osmond et laisse Madame Merle être accusée du crime, se marie avec Goodwood et lui fait douze enfants, etc. Bien sûr, comme d'habitude, Dolores s'est montrée plus maligne que les autres. Elle a compris qu'il n'y avait pas d'autre fin possible et en a souligné la nécessité au terme d'une longue dissertation qui passait en revue pour mieux les exclure des dénouements pourtant plus probables que ceux élaborés par ses camarades. Je l'avais déjà repérée depuis longtemps et ce n'est pas ce devoir en particulier qui m'a convaincue de ses mérites. Elle ne m'a jamais déçue et c'est elle qui m'a finalement succédé quand j'ai pris ma retraite. Tout le monde était d'accord sur son dossier et je me réjouis de la savoir maintenant installée dans le bureau que j'ai occupé toute ma vie – professionnelle j'entends. Maintenant, façon de parler : elle passe comme d'habitude l'été chez ses grands-parents au Mexique avec son mari et sa fille. J'ai eu de multiples occasions de constater les ratés du rêve américain depuis que je suis là, mais Dolores, non, c'est un parcours exemplaire. Ses parents ne parlaient pas un mot d'anglais quand ils sont arrivés clandestinement du Mexique, alors une fille prof à Berkeley…

Que penserait Nick de ce que nous sommes réellement devenus les uns et les autres ? Il ricanerait sans doute méchamment du retour de Marie en Europe, y verrait une punition équivalente à celle que James inflige à Madame Merle, résignée inversement à s'exiler en Amérique. Il était trop riche et il est mort trop jeune pour compatir à ce qu'elle doit endurer aujourd'hui (Gilles a sûrement raison) : une maison de retraite tout juste confortable, les repas pris en commun avec d'autres vieillards dont elle compare les handicaps croissants avec les siens, les carafes et les verres en Duralex, les lits étroits, les soirées bingo, elle qui n'a jamais aimé que les demeures luxueuses, la conversation des gens jeunes, le cristal, les *king-size beds* et le bridge. Je la plains, mais pas au point de me réconcilier avec elle, et, pourquoi pas, de l'inviter à me rejoindre ici. Je dis réconcilier, mais le terme est trop fort. Nous nous sommes éloignées. Il n'y a pas eu entre nous la scène d'explication finale qu'on trouve dans le roman. Je ne saurai jamais moi non plus si elle est la mère d'Alabama.

Bien sûr, j'ai étudié cette possibilité après la mort de Nick, après la lecture du livre. J'ai du mal à envisager qu'on puisse abandonner ainsi un bébé. À l'époque de James, à la rigueur, et à condition d'adhérer à l'invraisemblable vérité de la naissance de Pansy, parce que les conventions sociales étaient peut-être réellement assez puissantes pour empêcher Osmond et Madame Merle d'officialiser leur liaison – et encore : ils sont suffisamment marginaux pour n'avoir rien à perdre. Mais Marie et Gilles ? Même une petite fille attardée comme Alabama (c'est ça que je dis : « attardée », mais seulement pour moi-même, à personne d'autre) n'aurait pas dissuadé un milliardaire d'épouser Marie, si l'occasion s'était présentée – de toute façon, non, il devait y avoir une autre raison pour qu'elle soit restée seule toute sa vie. Une raison que je ne connais pas. J'ai pour principe de considérer que les gens sont responsables de leur destin – sentimental en tout cas. Notamment les célibataires, je suis toujours convaincue qu'ils l'ont choisi. Chez Marie, ça ne concorde apparemment pas avec tous les efforts qu'elle faisait pour s'intégrer, pour plaire, mais c'est juste qu'il me manque une pièce du puzzle, que je ne posséderai jamais, pas plus que Nick, « anyway ».

Il y a autre chose, dans la dernière scène entre Isabel et Madame Merle, autre chose que la certitude acquise par Isabel, toujours aussi dérangeante, même si certitude quand même, que Madame Merle est bien la mère de Pansy. Autre chose que la dernière phrase de sa rivale, annonçant avec résignation qu'elle cède la place, retourne en Amérique. Autre chose qui lui assure un relatif triomphe sur l'héroïne : la révélation que c'est Ralph qui a fait d'elle une riche héritière et donc provoqué sa perte. Non, Isabel ne s'en était jamais doutée. Oui, ça semble lui causer un choc.

Rien de tel entre Marie et moi. C'est la mort de mon père qui a fait ma fortune, pas l'intervention de Nick auprès du sien agonisant. Je me demande pourquoi *Déjà-vu* ne souligne pas cette défaillance dans sa théorie. Il a l'honnêteté d'admettre que mon indépendance financière ne doit rien aux Chancellor, père ou fils, mais il ne cherche pas, pas pour l'instant en tout cas, au stade où j'en suis de ma lecture (et, « j'y penserai demain », comme dit ma chère Scarlett, mais j'ai déjà beaucoup avancé, mon stock commence à s'épuiser, des réflexions mi-rigolotes mi-délirantes de Nick sur les coïncidences qui me lient à un personnage de fiction), il ne cherche pas un équivalent de substitution à l'influence occulte que Ralph exerce dans le livre sur la vie de sa cousine. D'ailleurs, je suppose que si Nick, comme son modèle romanesque, avait manigancé quoi que ce soit en ma faveur, décidé, « d'un sens comme de l'autre », du cours de mon existence, j'aurais eu le temps de m'en rendre compte, sinon avant sa mort, au moins après, depuis toutes ces années.

Je n'ai pas très envie de penser à Marie de toute façon. Il est presque trois heures et je vais me mettre en maillot. J'ai besoin de me secouer, la petite boule dans ma gorge menace de grossir. Est-ce d'avoir évoqué sa silhouette, aujourd'hui alourdie, ou restée sèche grâce à ses années de yoga, ou décharnée, ou même immobilisée dans un fauteuil roulant (elle ne l'aurait jamais avoué à Gilles), devant un plateau-repas en plastique marron, dans un réfectoire sonore, un grand écran de télévision interdisant de le faire aux rares pensionnaires encore capables de communiquer, peut-être pire, alitée, oubliant à chaque fois, entre deux cuillerées, d'ouvrir la bouche, lorsqu'une aide-soignante pas trop débordée prend le temps de lui donner la becquée, haricots verts en boîte, compote industrielle ? Pourquoi ne pas la croire, moi qui préfère toujours la version optimiste, l'imaginer au bord d'une piscine d'eau thermale, un peignoir impeccable ceignant sa taille de jeune fille, faisant de l'œil à des veufs distingués pardessus un cocktail coloré ? Je ne sais pas, je n'y crois pas et oui, penser à elle dans ce que je crois vraiment être la réalité m'a un peu déprimée. Au moins cela lui a-t-il été épargné, à Nick, ce contact, ne serait-il qu'hypothétique, avec la déchéance de ses contemporains.

Ou bien mon coup de blues vient-il des morceaux qui se succèdent depuis une heure sur la face B de la cassette que j'écoute, et qui sont tous beaucoup trop mélancoliques, trop pour aujourd'hui en tout cas, déjà la première fois que je les ai réécoutés, j'en ai voulu à Nick de cette série, et même pleuré un peu heureusement j'étais seule, c'est de penser à lui, d'accord, qui me fait du mal, là, maintenant, et je sais que ça ne va pas durer. Je ne vais pas cesser de penser à lui mais la plupart du temps ça me fait du bien. Pas aujourd'hui c'est tout. Plutôt aller m'installer sur le bateau. Will s'est enfin décidé à gonfler l'annexe, comme ça je pourrai aussi embarquer de quoi lire en l'attendant. Est-ce que je vais contrevenir à toutes les règles que je me suis fixées et emporter *Déjà-vu*, deux tranches de lecture en une seule journée, est-ce bien raisonnable ? La liasse diminue, il m'en reste à peine un quart, et après ? En même temps, je ne peux pas traîner là-bas la boite « Divers », je risquerais d'abîmer ce qu'il y a dedans, elle n'entrerait pas dans mon sac à dos imperméable et le fond du canot est toujours humide.

Je poursuis aussi son exploration, à mon rythme. Au rythme plutôt que me suggère la lecture du texte de Nick. J'ai très vite compris en m'y replongeant d'où venaient ses citations de Gilles. Il y a en effet un catalogue, dans les « Divers », pompeusement rédigé par lui, avec aussi des photos qui m'ont laissée songeuse. Non, je n'avais pas vraiment d'avis à l'époque, j'étais trop amoureuse puis trop malheureuse pour ça. Aujourd'hui je dois reconnaître que ça n'était pas fameux. Mais Gilles a été assez lucide, contrairement à ce que croyait Nick, pour arrêter sa propre production dès que la galerie s'est mise à très bien marcher. Au fond – je règle comme ça le vague à l'âme, la culpabilité qui m'ont prise en pensant à Marie – il pourrait très bien l'aider, lui. Après tout, c'était d'abord son amie à lui. Ouais, ça ira pour aujourd'hui, cette justification un peu lâche. Maillot de bain. *Déjà-vu* à bord de l'*Anyway*, sans musique je devrais y arriver. À ne pas me laisser trop envahir. Je suis d'accord pour qu'il y ait des moments d'attendrissement un peu durs, ça fait partie du cadeau. Merci Nick quand même, tu avais sûrement prévu aussi ma gorge serrée et je ne peux pas t'en vouloir de ça, au moins je ressens quelque chose, cela faisait longtemps.

Déjà-vu (9)

Je me souviens de ce passage de Jane Austen dont tu m'avais parlé un jour, un de ces jours où tu daignais abandonner ton personnage de dilettante assommée par les discussions littéraires pour partager un peu tes connaissances et même tes enthousiasmes avec des non-professionnels, en l'occurrence Charlie et moi. C'est à la fin d'un roman dont j'ai oublié le titre – j'ai beau avoir des goûts très peu virils, Austen, j'avais dû te l'avouer ce jour-là, c'est trop, je ne peux pas. Mais j'avais bien aimé ce truc dont tu m'avais parlé, à la fin de..., non désolé ça ne me revient plus. Elle dit (je n'ai jamais été vérifier, je ne dois même pas en avoir un seul d'elle) quelque chose comme : le lecteur peut aisément deviner, étant donné ce qu'il lui reste à lire (on est à l'avant-dernière page et les deux héros sont apparemment séparés sans espoir par des parents cruels et insensibles), que l'auteur va faire fissa, et trouver un moyen expéditif de réunir les tourtereaux. Elle n'est pas James, elle, elle pratique systématiquement la fin heureuse, par principe. Évidemment, elle gagne en ironie, en intelligence, en finesse, ce qu'elle perd en humanité, en restitution honnête des fiascos humains : et, oui, je trouve comme toi ce clin d'œil admirable, cette attention attirée soudain sur le privilège que possède le lecteur de roman : rien à faire, il saura toujours à quelle distance il se trouve du dénouement. L'auteur n'a plus (quand il n'est pas aussi prévisible – à dessein, d'accord, Austen s'en fout) qu'à essayer de le surprendre par le contenu (comme James dans le livre). La quantité, impossible, le lecteur sait.

Si je me et te rappelle tout ça, c'est que je t'imagine voyant venir le terme de mon étrange testament. Et après, te demandes-tu ? Chacun sa croix : moi aussi, je m'en suis déjà suffisamment plaint, à toi qui n'y peux rien, je suis condamné à me poser la question, et après ? Qu'est-ce que tu feras de tes journées, de tes soirées, quand tu auras fini de me lire ?

Là il charrie. J'arrête. Même s'il a toujours exactement pénétré mes pensées, ça va trop loin. Je ne joue plus.

Déjà-vu (10)

Tu m'en veux un peu, hein ? Et pourtant tu continues. Parce que ça te fait plaisir aussi que je te devine. Tu as toujours aimé ça. D'ailleurs, tu ne devrais pas rester fâchée trop longtemps. Même s'il ne te reste plus beaucoup de pages à lire, tu te doutes que ce seront les plus gaies. Tu n'y apprendras plus grand-chose, mais je sais que ça te fera plaisir que je ravive ces souvenirs-là. Même si ça te rend triste aussi, mais ça c'est le risque, c'était déjà le risque à l'époque.

O. K. Il a gagné. De toute façon, je me vante, impossible de m'arrêter là. Je sais trop bien ce qui va venir et oui, j'ai envie d'entendre sa version, de la réentendre plutôt, on a tellement comparé, des nuits entières, nos versions de notre histoire, nos versions respectives de ce qui l'avait fait déraper. Et puis je me suis piégée toute seule, en emportant son texte à bord. Ou alors il aurait fallu que je dose soigneusement les feuilles que je m'autoriserai à lire cette après-midi, que je compte, mesure, économise, décide de m'accorder chaque fois tant, ou tant de pages. Incapable. Comme avec l'argent. Impossible. D'ailleurs Will vient de m'appeler, il a accepté au pied levé une excursion avec une famille qu'il connaît, qu'il aime bien, qui vient tous les ans, bref il ne sera pas là avant le dîner. Il apporte le dîner, promis, sa pêche, je n'aurai rien à faire, il cuisine bien mieux que moi. Tant pis pour la posologie, les restrictions, je m'installe à l'ombre de l'auvent de toile que Will a installé pour que je n'aie pas trop chaud quand le bateau reste à l'ancre, qu'il n'y a pas de voiles pour m'abriter du soleil. Je me suis servi une coupe. Je suis prête à tout liquider d'un coup aujourd'hui, champagne et *Déjà-vu*. Ou pas. Qui sait si je ne préférerai pas me baigner dans une heure ? Il est libre aussi le lecteur – mais ça Austen ne le dit pas – de remettre à plus tard les toutes dernières pages, de différer le moment des adieux. Mais si j'ai fini ce soir, tant pis. « Après tout, demain est un autre jour. »

Procrastination, j'avoue. J'ai beau faire la maligne, je temporise, je tourne autour du pot. Je laisse les feuilles rafraîchir mes cuisses nues (même sous l'auvent il fait chaud), parcours d'un œil vague les lignes sans les déchiffrer, je ne suis pas pressée. Je pourrais aussi faire la sieste, tiens, le champagne aidant. Non, c'est ma dernière simagrée d'avant le plongeon, je veux dire, la dernière digression que je m'autorise avant de me remettre à lire. La devise de Scarlett, là, à l'instant, pour me rassurer, envisager l'avenir, ce qu'il y aura après, quand j'aurai fini cette conversation posthume avec lui, m'a rappelé une intuition que j'avais eue à l'époque où je travaillais sur James avec mes étudiants. C'était un peu trop démago pour Dolores, elle n'avait pas apprécié, mais je leur avais suggéré un rapprochement entre *Portrait de femme* et *Autant en emporte le vent* : j'en mettrais ma main à couper, Margaret Mitchell avait lu James et elle s'inspire de cette fin ouverte, scandaleuse, frustrante, d'Isabel tournant le dos au lecteur, lorsqu'elle abandonne son héroïne au seuil de sa maison et, peut-être, d'une reconquête ultérieure de Rhett, sur cette réplique de légende (« Après tout », etc.) Et ils sont des millions, les lecteurs enragés, beaucoup plus nombreux qu'avec James, c'est sûr, à maudire l'écrivain qui les laisse en plan.

C'est bon, foin de comparatisme de bazar. J'y vais, maintenant.

Déjà-vu (11)

Tu es prête ? Oui ?

Je pourrais m'inspirer de Charlotte Brontë ce coup-ci. Pas très viril non plus Jane Eyre. *Pas vraiment un livre pour garçons. Mais, comme on se le répétait en rigolant, en rigolant d'autant plus à mesure que notre situation le démentait : j'ai toujours été un peu pédé.*

Je n'irai pas vérifier, et je ne me souviens plus exactement s'il s'agit du dernier ou de l'avant-dernier chapitre qui s'ouvre ainsi : « Lecteur, je l'ai épousé. » Elle est du genre Austen, Charlotte, elle aime les happy ends *(qu'on n'appelle pas comme ça en anglais, tu te souviens de ta surprise, de tes objections, de ta mauvaise foi de perdante, de mauvaise joueuse, quand je t'ai reprise et appris que* happy end *ça se disait* happy ending *en V.O., l'Américain c'est moi merde, et puis c'est marre ?).*

Et elle ne fait pas durer le suspense, Charlotte, elle préfère imaginer le sourire réjoui des lecteurs contre toute attente rassurés : oui, Jane Eyre va l'épouser, son Rochester, et même, (mais ça n'est précisé que quelques lignes plus loin) il va probablement guérir et retrouver la vue qu'il a perdue. Ils se marièrent, eurent au moins un enfant, et vécurent heureux.

Ça non, pour nous, interdit d'en rêver. Mais oui, lectrice, nous nous sommes embrassés. Nous l'avons fait. Cette question rituelle des jeunes, lorsque l'un d'entre nous s'éclipsait d'une fête en galante compagnie : « Alors, vous l'avez fait ? » Ça dépendait de notre taux d'alcoolémie et le plus souvent, vu la mauvaise qualité de la bière au tonneau qui inondait ces soirées de campus et l'herbe de meilleure qualité mais consommée en trop grande quantité pour se donner du courage, en vérité il était difficile, le lendemain, de se rappeler au juste comment ces pelotages tardifs sur les lits étroits de nos chambres d'étudiants avaient fini. En général, on se souvenait surtout si on avait vomi ou pas. Rien de tel entre nous.

Je vais faire comme Brontë, qui est obligée de revenir un peu en arrière après cette entrée en matière fracassante, d'expliquer comment ses héros, séparés plus définitivement en apparence que ceux d'Austen, se sont retrouvés, et m'efforcer de rester fidèle à mon projet, suivre le canevas de Portrait de femme *jusqu'au moment précis où, dans notre vie, tout a basculé pour s'en éloigner radicalement.*

Je m'étais arrêté à ton mariage avec Gilles, je crois. Ou plutôt à mes questions vouées à rester sans réponse sur vos destins à tous quand je ne serai plus là. Dans le roman,

Ralph voit peu sa cousine, les premières années. Une fois six mois après la mort de son bébé, puis de nouveau deux ans plus tard. Il vit en Angleterre, elle à Rome. Il déteste son mari, ça fait plein de bonnes raisons d'espacer leurs rencontres. Grosso modo les mêmes que pour nous : toi à Los Angeles, moi à New York, mon antipathie pour Gilles, on ne se retrouvait que deux fois par an, l'été quand tu venais sans lui, ici sur l'île, de plus en plus longtemps à mesure que ton mariage battait de l'aile (et sans que tu m'en dises rien) et quelquefois dans l'hiver, tu montais à San Francisco quand je séjournais chez ma mère. On a déjà eu l'occasion depuis d'évoquer longuement ensemble tous ces signaux microscopiques, ces doutes au début si fugitifs, cette progression imperceptible de notre intimité, le plaisir miraculeusement intact éprouvé à passer de nouveau des jours entiers sur la véranda, avec ou sans les autres, qui nous rejoignaient de temps en temps, ma mère, Charlie, Juliette, qui venait quelquefois, seule – Bob, son mari, bossait tout le temps et Peter, son fils, écumait les summer camps. *Alabama nous tenait compagnie durant toutes les vacances, pas plus dérangeante, intrusive qu'un très petit enfant, pas un tiers dans la conversation comme ininterrompue que nous renouions si facilement chaque fois. Je sais que comme à moi il t'a fallu beaucoup de temps pour comprendre que ces rendez-vous réguliers comptaient de plus en plus, pour identifier nos sentiments.*

En ce qui me concerne, j'ai été lent vraiment à admettre que seule ta présence réveillait ma passion pour les vieux murs de cette maison, que seuls le bruit de tes pas dans l'escalier le matin, ou, quand tu descendais avant moi, ta silhouette alanguie sur un transat, ta tasse de café vide pendant au bout du bras, donnaient une couleur non seulement à ces journées vides, délicieusement inoccupées, mais à toutes les autres, toutes celles qui se succédaient le reste de l'année sans toi. Mais j'aime l'amitié, toi aussi, et le ton pourtant de plus en plus tendre de nos tête-à-tête n'aurait probablement pas suffi à me décider. Il a fallu le livre. Il a fallu ce sursaut d'énergie quand j'ai enfin compris que, si nous n'y prenions pas garde, garde contre, nous passerions comme Ralph et Isabel à côté de l'essentiel.

C'était la veille de ton départ, à la fin août. Je détestais ces derniers jours avec fureur. Je comptais intérieurement chacune des minutes qui nous séparaient de l'heure des adieux, qui nous séparaient tout court, déjà, et rendaient en même temps plus intense encore notre désœuvrement ritualisé. Nous avions joué au tarot cette après-midi-là, et puis Charles et Alabama (qui avait appris très vite les règles, était bien meilleure que toi, c'est étonnant cette maladie qu'elle a, ses capacités intellectuelles si inégales) étaient descendus à la plage, nous laissant seuls dans la cuisine. Je sais maintenant que tu haïssais aussi cette échéance, tu m'as même confié depuis avoir songé au suicide chaque fois que tu montais dans l'avion. Tu exagérais bien sûr, il t'arrive assez souvent de friser le mélo mais même en revoyant tes déclarations à la baisse, j'imagine ton état, semblable au mien.

Je ne me souviens plus de quoi nous parlions, si d'ailleurs nous parlions. Seul est resté dans ma mémoire, parce qu'il a effacé et bouleversé tout le reste, le moment où j'ai vu, depuis la fenêtre ouverte de la cuisine, Charles et Ala-

bama remonter après leur bain de mer, venir vers nous sans se presser, sa belle tête à lui penchée vers elle pour mieux suivre son babillage enfantin, couvert par le fracas des vagues derrière eux, se redressant à mesure qu'ils s'en éloignaient. Une impression de déjà-vu. Il paraît que les neurologues l'expliquent très bien, il y a des synapses, ou quel que soit leur nom, des connexions cérébrales qui merdouillent soudain et nous convainquent que tel ou tel décor, dialogue, se présente dans notre vie pour la seconde fois. Dans ce cas-là, il faudrait plutôt dire « déjà-lu ». Mais ce n'est pas très étonnant, tant mes lectures ont intégralement façonné ma perception du monde. Je n'avais pas le choix, je savais que l'expérience, une expérience complète, une espérance de vie raisonnable me feraient défaut, je devais bien m'informer ailleurs, à d'autres sources. Je lisais des romans, apprenais d'eux la vie, en retrouvais l'illustration, la confirmation dans la réalité. Mais jamais à ce point.

J'avais lu Portrait de femme *plus de vingt ans, peut-être vingt-cinq, avant cette après-midi d'août. Je l'avais aimé, t'en avais sûrement parlé, savais que tu ne le connaissais pas, mais c'était un titre parmi les centaines que nous nous échangions sans pour autant toujours, une fois séparés, aller acheter et découvrir ce qui avait tant plu à l'autre. Je pense que c'était davantage des prétextes, tous ces « Comment ! tu n'as jamais ?... », suivis d'un long exposé, non pas tant des mérites du livre ou du film en question, mais des raisons pour lesquelles il nous avait modifiés, des détails futiles associés à sa lecture (où, à quel âge, recommandé par qui, etc.), des prétextes donc, parmi beaucoup d'autres, à nous parler de nous, à nous révéler, à longueur de digressions, à faire connaissance plus intimement, bien plus que des amants trop pressés, curieux, divertis par leur corps.*

J'étais persuadé, jusqu'à la fin de cet été-là, que nos corps ne comptaient pas. Ils nous étaient réciproquement familiers, au bout de tant d'années à nous baigner ensemble de soleil ou dans la mer. Mais je les croyais sincèrement incompatibles, je n'étais pas intéressé, toi non plus, tu me l'as dit depuis.

Sur l'instant, je suppose que cette impression de déjà-vu ne s'est pas manifestée dans tous ses détails, j'étais un peu soûl, le souvenir du roman s'était en partie effacé, mais je t'assure, je suis formel, ce n'était pas qu'une vague association d'idées amplifiée par l'ivresse, l'herbe, le vin blanc, qui m'a poussé dès le lendemain, après t'avoir accompagnée à l'aéro-club, à chercher le livre dans le foutoir de ma chambre pour vérifier. Ce n'était pas non plus, comme ça m'était déjà arrivé chaque fois que tu partais à la fin de l'été, pour prolonger indirectement nos échanges, compenser ton absence par quelque chose qui avait trait à toi (la musique notamment, les cassettes ne me servaient plus qu'à ça), pas un dérivatif absurde – inefficace en tout cas, on ne se distrait pas d'un manque en le comblant par ce qui y a trait, tout juste y trouve-t-on de quoi continuer à vivre, tromper la longue attente, tu sais de quoi je parle, tu m'as avoué les heures innombrables passées devant ton ordinateur à jouer au tarot en cachette de Gilles avec des partenaires virtuels dont l'un, vaguement brun, te faisait penser à moi.

Non, c'était plus fort que tout ça, le besoin de trouver dans un livre le courage de passer à l'acte, l'intérêt soudain excessif pour le malheur de Ralph Touchett, d'Isabel Archer, des créatures aussi peu réelles que les visages grossiers des joueurs dessinés dans ton logiciel de tarot, des spectres de papier, l'urgence ressentie, la découverte que James pouvait peut-être nous sauver, nous, en nous donnant à voir ce qu'il advient des êtres aveuglés sur leurs désirs. J'ai relu le bouquin d'une traite : la route était droite, comme il est dit à propos des intentions mystérieuses d'Isabel quand elle quitte la scène romanesque. Mais la nôtre allait dans la direction opposée. Ils s'aiment, nous aussi, mais merde on ne sera pas aussi cons. Je ne savais pas encore combien ton mariage allait mal, comme Isabel avec Ralph tu prenais soin de me le cacher, peut-être comme elle pour ne pas me donner raison, moi qui avais formulé de prudentes réserves dès que tu avais commencé à fréquenter l'atelier de Gilles, sans plus de succès que Ralph il faut bien dire. Mais ça n'avait aucune importance, au fond, ta vie avec lui, je n'y avais jamais cru et j'étais lucide désormais sur ce qui nous arrivait à nous.

Comme tu n'aimes pas les grands mots, je les évite. J'en chercherai d'autres, moins explicites. Formulation minimale, « litote », Madame la spécialiste : nous avons eu du bol. Une chance condamnée au court terme, comme ma santé, comme celle de Ralph, mais je refuse de croire que cette limite la rendait plus précieuse. Même si nous avions eu tout le temps devant nous, notre relation n'aurait rien perdu de son intensité – ça va, là ? tu ne me trouves pas grandiloquent ? Je respecte du mieux que je peux les scrupules qui nous ont toujours gardés des déclarations trop engageantes, (tu te souviens j'espère, quel que soit le nombre des années écoulées depuis ma mort, maintenant que tu lis ceci, de cette phrase rituelle, prononcée par toi la première, mais reprise souvent comme justement un exemple magnifique de litote, understatement *on dit chez nous : « Je ne suis pas mécontente de la tournure qu'a prise notre relation », au moment,* post coitum *pas du tout* triste *entre nous, où les autres amants préfèrent je suppose des trucs plus exaltés).*

Donc j'ai lu.

Oh si, je peux m'interrompre. Dans le petit sac à dos imperméable j'ai embarqué pas mal de trucs à bord aujourd'hui, grâce à l'annexe gonflée par Will : des cigarettes, la bouteille de champagne dans sa housse isotherme, en plus des dernières pages de *Déjà-vu*. Il m'en reste trop peu à lire pour que je me dépêche, et puis Nick est arrivé à un point de son récit qui réveille trop de souvenirs, j'ai besoin de faire une pause pour analyser les miens. Je me ressers un verre, allume une clope, va pour le ressassement, ici, sur le bateau, je devrais pouvoir m'y abandonner sans risque, de l'émotion oui mais pas de larmes, il n'y a que du bon.

Nos corps tout le temps collés. Nos corps qui s'aimaient bien, comme Nick l'a constaté à voix haute la première fois, après la première fois pour être exacte, en me retenant par les épaules, j'étais allongée sur lui, il m'a d'abord demandé si ça n'était pas trop inconfortable (cette mutuelle prévenance toujours entre nous, ce dialogue ininterrompu, nouveau pour moi, qui commentait nos caresses et faisait le lien avec la chasteté bavarde de notre relation d'avant, du coup, malgré tout ce qu'on découvrait l'un sur l'autre, sur nous-mêmes, subsistait quelque chose de familier, d'ancien, le ravissement des premières fois incluait aussi des réflexes excessivement civils de cousins, des blagues rituelles, des rires de vieux copains), non, j'étais bien au contraire, même si pas habituée à rester dans cette position, mais une fois les coudes appuyés de part et d'autre de son torse, il suffisait qu'il s'occupe de ma cigarette en même temps que de la sienne, et je pouvais tenir des heures, oui, des heures collés, c'est ça qui domine dans ma mémoire : « Nos corps s'aiment bien », lui aussi expert en litotes, il peut parler…

Je n'imaginais pas que ce serait si naturel, si évident. De mon côté aussi j'y pensais. Beaucoup. Mais convaincue qu'on n'y arriverait pas. Ce serait ridicule, rien que d'anticiper nos corps nus justement, un lit, sûrement ce serait à pouffer de rire. Le rire nous sauverait de justesse, la peur du ridicule, au mieux notre amitié n'en souffrirait pas, mais certainement non, je me disais, impossible absolument, pas question, forcément raté. Et puis cette chance dont parle Nick. La surprise, qui nous a fait rire aussi, mais de reconnaissance, de tendresse, après le plaisir. Comme ce personnage de vieille fille, une universitaire, dans un roman d'Alison Lurie, qui, après une première nuit plutôt improbable avec un plouc texan, parle de billet gagnant à la loterie : le gain, si rare, la rencontre miraculeuse entre deux enveloppes, leur peau même plus très jeune, leurs muscles déjà un peu ankylosés ; des heures collés, dans des positions bizarres, oui, quelquefois ça coinçait un peu, les muscles, les articulations, quand je reprenais ma liberté, juste le temps d'aller faire pipi, ou de nous resservir à boire, et encore, pour ça, j'ai le bras long, au sens propre, et sans qu'il se retire de moi j'arrivais aisément à remplir nos verres, me contorsionnant un peu, encore étonnée qu'il puisse regarder ma nudité si imparfaite avec tant d'indulgence – c'est moi qui y voyais, y vois encore de l'indulgence, lui dans ce domaine ne pratiquait pas la litote, multipliait au contraire les commentaires admiratifs, mais je restais malgré tout un peu empotée quand j'étais obligée pour tendre la main vers mon paquet de cigarettes, la bouteille, un livre traînant sur la table de chevet dont notre discussion me poussait soudain à lui lire un passage, obligée d'exhiber mes mouvements devant lui, à froid, empotée donc, craintive à l'idée que mon geste lui révélerait sûrement un détail répugnant de mon anatomie : il ne pourrait manquer de remarquer cette vergeture, sur ma hanche droite, cesserait certainement aussitôt d'avoir envie de moi. Mais non.

J'éteins scrupuleusement ma cigarette dans le cendrier avant de reprendre ma lecture. Je suis une irréductible fumeuse mais je respecte la mer quand même, et puis j'aime bien ce cendrier, c'est un vieux modèle, élégant, comme on en fabriquait exprès pour les yachts à l'époque du père de Nick, il est recouvert de cuir noir et il suffit de presser sur un petit bouton pour faire glisser l'une sur l'autre deux sections de métal qui s'ouvrent pour accueillir un nouveau mégot et se ferment ensuite hermétiquement, même s'il y a une forte houle, on ne risque pas d'en disperser le contenu. Il me rappelle des souvenirs aussi, y compris de mon premier été ici, mais surtout plus tard, quand il reposait sur son ventre ou le mien après l'amour, qu'on faisait souvent à bord, lorsqu'il n'y avait pas d'autres voiliers ancrés devant la maison.

Avec Will aussi on s'en sert. Ça fait partie du jeu je suppose, si Nick m'a bien destiné, volontairement, cette nouvelle, sans doute cette dernière aventure. Et oui, bien sûr que dans ce même décor, entourés des mêmes objets, tous les gestes de l'amour se ressemblent encore plus, même si je ne peux pas comparer : avec Will, les mots restent ce qu'ils sont, ne signifient rien de plus que « nos corps s'aiment bien » ou « je ne suis pas mécontente de la tournure qu'a prise notre relation ». Pas l'ombre d'une litote.

Déjà-vu (12)

Quand j'ai eu fini de relire le livre, tu étais déjà loin, retournée à L.A. auprès de Gilles, le compte à rebours avait repris, on ne se reverrait pas avant des mois, et moi je tournais en rond, obsédé par cette révélation tirée du livre, et que je pouvais utiliser, « garder contre » lui, à moins que… – tu verras, ma théorie est encore plus folle que ce que je t'en ai dit. J'ai fait ce que j'avais à faire.

On s'est retrouvés dès Thanksgiving – beaucoup plus tôt que prévu, mais quand tu m'as annoncé que tu avais enfin décroché un poste à Berkeley, que tu ferais le voyage une fois pas semaine pour assurer tes cours, logerais chez ma mère à San Francisco, j'ai sauté dans l'avion pour ne pas manquer ton premier séjour là-bas, on avait déjà perdu assez de temps. Si Charlie est venu avec moi (comme Lord Warburton dans le livre : je te rappelle qu'il accom-

pagne Ralph à Rome dans la dernière partie, foutant malgré lui la merde en passant pour un prétendant idéal aux yeux de Gilbert Osmond et de son ex, Madame Merle, qui comptent bien lui faire épouser la petite Pansy, quitte à mettre à contribution Isabel, bien qu'elle se trouve dans une situation un peu bizarre, face à son ancien prétendant), donc si Charles était là, ce n'était pas pour te reconquérir ni pour le plaisir de te revoir, même sans espoir (comme c'est probablement le cas de Warburton avec Isabel : il n'épousera jamais une divorcée, mais en faisant poliment la cour à Pansy, on comprend bien qu'il cherche surtout à tester sa propre constance ou une modification des sentiments d'Isabel, bref il se demande s'il y a encore quelque chose entre eux). Charles avait aussi des raisons personnelles de se rendre à San Francisco. Des raisons qui restent encore clandestines à l'heure où j'écris ces lignes. Peut-être le jour où tu me liras aura-t-il enfin pu officialiser sa liaison. Mais, au cas où, pardonne-moi, je suis obligé de conserver le secret.

Donc Thanksgiving.

Après la mort de Juliette, j'ai changé la sonnerie de mon persoc. Comme après celle de Nick. Mais j'ai conservé leurs numéros, ça ne me dérange pas de tomber sur le prénom de Nick quand je parcours mon répertoire, et celui de Juliette, son fixe, s'affiche encore quelquefois quand son fils m'appelle de Houston, ce qu'il vient de faire, ne m'interrompant pas à un si mauvais moment. Je sais ce qui va suivre.

Avec Alabama, Peter est ce qui me tient lieu d'enfant, à distance mais de toute façon en Amérique vos enfants finissent toujours par partir vivre à des kilomètres, comme Stella, la fille de Will. Peter s'en sort bien, il fait des études d'ingénieur en Angleterre, il revient régulièrement voir son père pour les vacances et préfère les passer au Texas, même l'été, tant pis pour la chaleur, c'est sa manière à lui de se rapprocher de sa mère morte, et puis le ranch est climatisé, je sais qu'il se contente d'en traverser les pièces toutes blanches et de poser les yeux sur les objets que Juliette a regardés et manipulés autrefois, il ne reste pas très longtemps et ne fait rien d'autre, me dit-il, que ça : s'imprégner de nouveau du décor où elle a vécu.

Il ressemble de plus en plus à son père, physiquement – je ne le vois plus depuis des mois que par écran interposé mais je remarque que son front se dégarnit, au même âge que Bob quand Juliette l'a rencontré. Quand ils vivaient tous à Houston, on ne se servait pas encore de la webcam et je traquais toujours sur le visage de Juliette, chaque fois qu'on se retrouvait (le plus souvent c'était elle qui venait me voir en Californie, j'aime bien Bob mais pas le Texas, Peter non plus d'ailleurs, c'était souvent lui qui insistait pour que sa mère organise des séjours chez moi) je traquais les signes de son vieillissement, d'une année sur l'autre, constatais leur absence et ça me suffisait pour évaluer les miens, le miroir qu'elle me tendait était réconfortant, jusqu'à la dernière année, la maladie a progressé très vite, et avant qu'elle finisse par m'inquiéter sérieusement, par me dire une partie de la vérité (on ne s'était pas vues depuis trois mois) et que je débarque à Houston, elle avait déjà perdu quinze kilos. Je n'étais pas près d'elle quand elle est morte, l'hiver suivant. Ça n'éloigne pas seulement les enfants adultes de leurs parents, les distances sur ce continent, ça isole aussi un peu les mourants. Mais de toute façon il y avait Bob et Peter, ils m'ont raconté leurs détails, comme dirait Nick, m'ont fait le pauvre récit de la fin, précisé les quelques lambeaux de phrases cohérents qui s'effilochaient d'heure en heure, pendant que j'étais dans l'avion, revivant en souvenir des moments comparables, lorsque j'avais rejoint Nick sur l'île, bien à temps heureusement cette fois-là.

Bien sûr je me suis sentie coupable dès que j'ai vu s'afficher le numéro de Juliette au ranch. Je n'ai même pas éprouvé le bref pic d'angoisse qui me saisit systématiquement à mesure que je vieillis quand sur le cadran apparaît le nom de quelqu'un que j'aime mais qui ne m'appelle pas très souvent, qui est donc susceptible de m'annoncer une mauvaise nouvelle. Non, je me suis souvenue instantanément qu'aujourd'hui est la date anniversaire de la naissance de Juliette, que j'avais oubliée, moi qui téléphone toujours à Peter ce jour-là. Il ne m'en a pas voulu du tout, ce n'est pas son genre, surtout quand je lui ai expliqué où j'étais. Je lui ai proposé de venir quelques jours ici sur l'île, mais comme prévu il a refusé.

Juliette n'a jamais su, pour Nick et moi. Je me demande pourquoi je le lui ai tu. Par égards pour Gilles sans doute dans un premier temps, et puis, après la mort de Nick, à quoi bon ? Il n'y a que Charles qui soit au courant. Nick a fini par le lui dire, ainsi qu'à sa mère, quelques semaines avant la fin, parce qu'il était devenu impensable et absurde de nous cacher, tant qu'il n'a pas eu besoin d'un lit spécial j'ai dormi avec lui, après tout c'était notre dernier été. Je me foutais de ce que pensait tante Françoise. Avec Charles, je me suis sentie un peu mal à l'aise au début, même s'il ne me regardait plus depuis longtemps, mais après, dans les semaines et les mois qui ont suivi, chaque fois qu'il venait à San Francisco (d'après *Déjà-vu* pour retrouver sa mystérieuse petite amie, dont il ne m'a jamais parlé, non, mais j'ai bien compris après coup qu'il y avait quelqu'un, puisqu'il a continué à venir aussi souvent qu'avant, sans Nick, sans le prétexte d'accompagner Nick) avec Charlie j'ai passé des heures ensuite à évoquer tous ces moments amoureux qu'on avait, d'un commun accord, tenus secrets sur le moment.

Il est toujours aussi beau Charlie. Il ne change pas. À l'enterrement de tante Françoise, ce printemps, je l'ai vu remonter l'avenue en direction de l'église, j'attendais sur le perron et il dominait la foule new-yorkaise soudain débraillée sous le soleil incroyablement chaud de cette journée d'avril, manteaux pliés sur le bras, sandwich à la main, se pressant la mine réjouie vers un square où pique-niquer : il les dépassait tous, n'avait rien perdu de sa taille ni de sa crinière dorée. Pas un cheveu blanc. Et ce n'est pas, comme Gilles, grâce à des soins cosmétiques coûteux. Né pour rester beau jusqu'à la mort, on le devinait déjà quand il avait trente ans. Il est à la retraite, vit pas très loin d'ici, dans le Connecticut. À lui je n'ai pas dit que je venais m'installer sur l'île cet été. Même si je ne regrette rien des confidences que je lui ai faites autrefois, sous le coup de la douleur et parce qu'il souffrait autant que moi, parce que nous étions les deux seuls à avoir autant aimé Nick, et à pouvoir assortir nos souvenirs de lui (avec tante Françoise je n'y arrivais pas, elle déteste s'épancher et qu'on s'épanche en sa présence, mais bien sûr elle l'aimait autant que nous, c'est juste qu'on ne partageait pas), je n'ai pas eu envie d'associer Charles à mon retour ici. Pas cette fois. Peut-être plus tard, si je décide de rester, ou à mon prochain séjour. J'ai eu raison puisque ce qu'a laissé Nick ici me concerne exclusivement : *Déjà-vu*, je suis sûre que Charles n'a jamais été au courant de l'existence du texte. C'est moi qui lui ai expliqué, après sa mort, la théorie délirante de Nick à propos de *Portrait de femme*. Il fallait bien, ne serait-ce que pour lui raconter comment tout avait commencé. À Thanksgiving. Après mon recrutement à Berkeley. Providentiel. Il y a eu le déclic qui obsède Nick, ce fameux sentiment de déjà-vu, sur la véranda, d'accord, je veux bien que ça ait joué un rôle décisif dans « la tournure qu'a prise notre relation », notre découverte que « nos corps s'aimaient bien ». Mais matériellement, concrètement, mon poste à San Francisco, ça a aidé.

J'ai trop chaud, je vais d'abord me baigner (tous ces jours derniers, quand je gagnais l'*Anyway* à la nage, j'étais suffisamment rafraîchie pour lézarder tranquillement sur le pont jusqu'à ce que Will me rejoigne, mais aujourd'hui, avec l'annexe, je suis arrivée toute sèche et puis Will ne reviendra pas, ou trop tard pour la baignade, de sa partie de pêche pour touristes) après je reprendrai ma lecture. Je me souviens par cœur de la phrase de Jane Austen, de ce clin d'œil repris par Nick dans *Déjà-vu* et qui m'a quelques secondes rendue enragée contre lui : « Le lecteur comprendra à la concision révélatrice des pages qu'il lui reste à lire que nous nous hâtons tous ensemble vers la félicité parfaite. » Nous aussi, nous nous hâtons. Mais je m'accorde encore une distraction, rien qu'une baignade.

Déjà-vu (13)

Ma mère n'a jamais aimé la dinde. Elle en fait toujours préparer quand même à Thanksgiving, pas par goût du sacrifice, ce n'est pas son genre, simplement elle respecte les traditions, fait semblant en tout cas lorsqu'elles sont américaines. Mais elle s'est toujours plainte que la chair était trop sèche et les accompagnements (elle ne rigole pas lorsqu'elle donne ses consignes en cuisine, il lui faut de tout : des marrons, des choux, des pommes de terre, de la purée de céleri, des confitures d'airelles maison, le grand jeu) trop bourratifs.

Moi, en général ça m'est complètement égal, mais cette fois-là je ne voulais pas pour le soir de nos retrouvailles, pour ce que je comptais en faire, d'un gueuleton qui s'éternise, je te voulais toi, ma dinde, pour moi tout seul, je te voulais bien un peu ivre, mais pas lestée de nourriture trop riche, ensommeillée et distraite, comme chaque fois que tu laisses libre cours à ta gloutonnerie, je te connaissais trop pour ignorer que tu m'écouterais mieux le ventre plat. Donc c'est moi qui ai insisté, tu te souviens, pour que tu arrives la veille.

Ma pauvre mère, elle n'a pas arrêté de râler finalement le lendemain, encore plus que d'habitude, en nous voyant tous les deux chipoter dans notre assiette, refuser qu'on nous resserve, elle a contemplé la sienne avec résignation et gavé le pauvre Charlie, qui nous jetait des regards pitoyables en mâchonnant sa troisième fournée, il n'a jamais su résister à ma mère et elle partait du principe que les hommes ont beaucoup d'appétit, beaucoup plus que les femmes (tu aurais repris trois fois de la dinde, si nous n'étions pas tous les deux si absorbés, nourris par notre première nuit, mais ma mère ne l'aurait même pas relevé, seuls les estomacs virils la stimulent) les hommes, dans son système de pensée, sont donc nécessairement plus importants, ce sont eux qu'il faut d'abord satisfaire, surtout quand ils sont gigantesques, c'était devenu une légende dans notre famille, les besoins alimentaires de Charlie, lui qui en vérité, trop bien élevé, ne cherchait qu'à faire plaisir à ma mère, ce qui en l'occurrence lui a coûté une sérieuse indigestion.

Je reviens à ton arrivée, la veille, comme je te l'avais instamment demandé. Je t'attendais à l'aéroport de San Francisco, il y avait du brouillard et ton avion avait du retard. J'ai traîné dans le terminal, au milieu d'une foule de voyageurs qui eux aussi patientaient devant les panneaux d'affichage, tous en partance pour d'autres dindes, aux quatre coins du pays, des bandes d'enfants déjà obèses assis sur les bagages de leurs parents un milk-shake à la main, la plupart portaient des vêtements inappropriés, trop chauds ou trop légers, en fonction de leur destination, une grand-mère à Buffalo ou une tante en Louisiane, je m'apprêtais à te raconter tout ce que j'aurais imaginé de leurs vies, à ces familles de plus en plus agitées qui guettaient l'annonce de leur vol, depuis des années tout ce que je vivais (ou plus exactement observais, je ne vivais pas encore) n'était que matière aux récits futurs que je t'en ferais.

Par moments, je me rappelais que j'avais autre chose à te dire cette fois, et que pour ça il faudrait que je te convainque de ne pas nous rendre directement chez ma mère, mais d'aller nous balader jusqu'au lendemain, j'avais réservé deux chambres (au cas où) dans un hôtel, à Yosemite Park, où je n'avais jamais mis les pieds mais dont la publicité me paraissait correspondre idéalement à tes fantasmes d'Européenne, un établissement vieillot qui avait connu des jours meilleurs dans les années trente, peut-être encore après-guerre, une sorte de gros gâteau à colonnades posé à flanc de montagne, entre les sapins, et où n'allaient que des couples en voyage de noces plus sensibles au pittoresque qu'au luxe moderne. J'imaginais et je savais que tu aimerais, si tu acceptais de venir, les interminables couloirs à la moquette inusable, les fausses plantes en pot devant chaque ascenseur, les fenêtres à guillotine encadrées de rideaux à fleurs et surtout, essentielle dans mon programme, la salle à manger au plafond hérissé de lustres monumentaux dont une ampoule sur deux manquerait, au-dessus de tables juponnées et de chaises en bois doré, avec au fond une estrade où un orchestre ringard jouerait des airs que même toi tu serais capable d'identifier. Finalement c'est toi qui as proposé de danser mais tu m'as juste pris de vitesse, moi aussi je m'étais dit que ça nous aiderait.

Un haut-parleur a annoncé que ton avion avait atterri. Quand les portes vitrées se sont enfin ouvertes sur toi, je n'ai pas su, toujours pas, si ton sourire signifiait que ce serait facile. J'étais heureux, toi aussi visiblement, mais après ? Tu as eu l'air un peu surprise quand je t'ai exposé mon plan, présenté comme une évasion nécessaire (ma mère survoltée, les odeurs de légumes dès le lendemain matin au réveil, le brouillard, qui se dissiperait forcément sur les hauteurs de Yosemite, et de toute façon Charles n'arriverait qu'au dernier moment, j'y avais veillé) mais je sais maintenant que tu étais prête toi aussi, ça tombait même idéalement, ma tardive tentative de séduction, cette espèce de kidnapping.

Tu étais très angoissée par les rendez-vous pris pour la semaine suivante avec tes futurs collègues de Berkeley, tu n'as parlé que de ça pendant tout le trajet, de ce poste qui t'était miraculeusement échu (c'est toi qui parlais de miracle, toi et ton incurable sentiment d'imposture), des cours qui commenceraient seulement au second semestre mais qui te tétanisaient déjà.

Je sais maintenant que tu avais compris et que tu étais d'accord, même sans ma démonstration littéraire, même si je n'avais pas attaqué, une fois attablés dans la salle à manger du Bride's Veil Inn (absolument conforme à mes prévisions, éclairage insuffisant et peu de clients, rien que des jeunes couples) devant un steak pour deux, en te parlant de Portrait de femme *et de ce qu'il fallait faire pour déjouer la malédiction jamesienne. Tu n'avais pas besoin de ce prétexte pour dire oui.*

« Tu n'est pas vraiment ma cousine. » C'est comme ça que j'ai commencé, dès que j'ai senti que ton premier verre de cabernet californien et une bouchée de viande te rendaient disponible. J'aime bien introduire mes histoires sous un angle bizarre. Et tu as beau t'y être habituée, ça ne rate jamais, tu m'as lancé un regard mauvais, sourcil haussé, tu as pris ton air « O. K., vas-y, j'en ai marre de jouer aux devinettes », mâtiné, avec un brin d'anticipation qui me prouvait qu'en fait tu étais mûre, d'une lassitude nouvelle, plus dédaigneuse, celle de la prof de Berkeley qui donne la parole à son étudiant le plus brillant tout en sachant qu'il va vouloir se faire mousser un peu à ses dépens à elle, ce qui le plus souvent nuit justement à son brio à lui.

Je ne me suis pas laissé intimider : des enseignants coriaces à qui on ne la fait pas, j'en ai connu plus que toi, à force de fréquenter les premiers cycles variés de toutes les facs dont le climat (météorologique ou social) m'attirait, je les énervais toujours un peu au début, avec mon cursus de parfait dilettante, je leur cachais soigneusement les raisons médicales de mon papillonnage universitaire, et certains finissaient par apprécier le zèle que je mettais malgré tout à m'initier chaque fois à une discipline différente, même si je m'en détournais l'année suivante.

J'ai suivi, imperturbable, le détour que j'avais amorcé, attentif aussi à ce que tu buvais, j'avais tout intérêt à affaiblir tes résistances, au cas où, et j'ai ajouté que dans les romans du XIXe*, pas plus d'ailleurs que dans la réalité de l'époque, le cousinage n'interdisait de coucher ensemble, mais que pour nous, forcément, ça aurait fait une différence. Silence toujours de ton côté. Tête penchée, mèche de cheveux enroulée sur ton index, attitude si familière, ton verre se vidait, je continuais. Le mariage non plus, évidemment, n'empêche rien. Même chez James l'adultère est un lieu commun.*

Là, je marchais sur des œufs (je te savais fidèle à ton mari, autant que tes confidences pussent être fiables et je n'étais pas certain d'avoir jamais cerné tes convictions sur ce sujet, à supposer qu'on puisse avoir, à ce sujet, des théories même les plus arrêtées que la vie ne soit capable, un jour ou l'autre, d'ébranler) mais à ce stade de mon exposé, c'étaient encore mes œufs à moi, et il faudrait bien les casser, parce que sans ça, pas d'omelette et j'attendais, guettant tes réactions. Je n'imaginais rien de précis, il faudrait d'abord parler, nous parler, comme d'habitude, rien ne marcherait si tu ne répondais pas, je n'avais jamais cherché à deviner comment ça se passerait après, si. Je n'y avais même pas pensé quelques minutes avant, en prenant possession de ma chambre, pas regardé le lit.

Le temps que je te résume l'intrigue de Portrait de femme *et les conclusions que j'en avais tirées, on avait fini notre steak, tes yeux s'étaient embués d'une légère ivresse dont je mesurais exactement le degré et l'orchestre du Bride's Veil Inn s'était mis à jouer. Tu as levé le doigt comme une bonne élève et j'ai acquiescé d'un air docte. Je ne m'attendais à rien de spécial, mais sûrement pas à ce qui a suivi. Et pourtant, comme toujours on jouait au ping-pong, une partie dont toutes les balles seraient liftées, rebondissant n'importe où, décrivant des trajectoires surnaturelles, toi aussi tu as le sens du suspense, dans la conversation, moi aussi je suis habitué à ce que tu répondes à côté.*

Tu as parlé d'une comédie sentimentale comme tu les aimes, une merde à mon avis, pour une fois je l'avais vue. Un film avec Julia Roberts et Rupert Everett, son meilleur ami pédé. À la fin, alors qu'elle vient d'échouer à empêcher le mariage de son ex, auquel elle assiste, résignée, dans (c'est toi qui le dis, moi et les robes...) un fourreau de satin lavande, elle est assise seule à table, au milieu de la foule d'invités qui commence à danser et son portable sonne. C'est Rupert, l'ami pédé, qui la console d'abord gentiment, « je pense à toi, ça ne doit pas être drôle », etc., se fait plus clairvoyant, « je te vois d'ici, prostrée devant ta coupe de champagne à moitié vide, pathétique », puis carrément extralucide, « tu tripotes machinalement une mèche échappée de ton chignon, recules ta chaise et retires tes escarpins pour poser tes pieds fatigués sur celle d'à côté » : là, Julia, dans le film, lâche précipitamment sa bouclette et remet ses escarpins, elle commence à se douter de quelque chose et jette des regards surpris autour d'elle. Quant à toi, tu mimes à mesure les gestes que tu décris, tournicotes de plus belle le bout de ta queue de cheval, recules ta propre chaise.

Rupert continue (on n'entend que sa voix, off, *on suit le cheminement mental de l'héroïne) : « Tu me cherches des yeux dans la foule, tu te lèves, tu es pleine d'espoir, ton sourire s'élargit et soudain… » L'image nous révèle enfin la silhouette craquante de Rupert, en smoking, tellement plus sexy que le marié convoité par Julia, qui traverse la piste dans sa direction. « … tu me vois ! » Il l'enlace et prononce la dernière réplique de ce chef-d'œuvre : « Avec moi, il n'y aura pas de mariage, il n'y aura même pas de sexe, mais de la danse, pour y en avoir, il y en aura ! » Rock endiablé – où sont passés leurs téléphones portables ? Mystère. The end.*

Moi : ??? Toi : Fais-moi danser, crétin. Moi : Je ne suis pas aussi pédé que Rupert, ni que son personnage. À part ça, je le trouve très mignon. Je me le ferais bien. Toi : Tais-toi et danse.

Je suppose qu'on peut appeler ça s'être parlé. À notre manière, il s'agissait d'une vraie conversation. J'avais raconté Portrait de femme *: déclaration d'intention. Tu avais cité Rupert Everett : demande d'informations supplémentaires, mais dont la réponse devait être corporelle. Je ne pensais pas vraiment que seule t'avait retenue, depuis le temps que nous nous regardions différemment, la conviction que je ne m'intéressais pas aux filles. Tu savais au moins pour Marie et je prenais soin d'en mentionner d'autres, réelles ou imaginaires, quand quelquefois tu me posais des questions sur ma vie sentimentale. Mais de toute façon, nos langues avaient été suffisamment déliées à table pour que ça aille très vite ensuite, sur la piste. On avait déjà eu l'occasion de danser ensemble, au mariage* *de Juliette justement, inénarrable fête texane, quelques années avant. On le savait déjà, au fond, que nos corps s'aimaient bien. Et, pour notre plus grande satisfaction, sur une pâle interprétation de* Roxanne, *notre relation a pris une certaine tournure.*

Tout comme avant. L'intimité, la même, entre nous, la confiance absolue, la certitude qu'il me connaissait, m'acceptait, parce que mes gesticulations, mes cris faisaient partie de moi, et qu'il y avait belle lurette qu'il avait décidé de m'aimer comme j'étais. Et réciproquement. Intuitions, réparties, jeux, se faire attendre, longtemps, le plus longtemps possible, jusqu'à ce que l'autre supplie. Comme avant dans nos discussions : stop, j'abandonne, dis-moi où tu veux en venir, tu as gagné. Désormais dans un lit (pas seulement dans un lit, je crois que ce premier soir on a dû le faire dans tous les coins de la chambre, de la salle de bains, par terre sur la moquette, pas tout à fait impeccable mais on était encore habillés, debout contre les murs accessibles, ceux qui n'étaient pas saturés d'aquarelles médiocres du sol au plafond dont nos coups de reins auraient risqué de briser les verres, assis sur le fauteuil de cuir, ployés en avant sur le lourd bureau d'acajou, dans la baignoire, partout), les mêmes taquineries à la fois verbales (on n'arrêtait pas de parler, je découvrais le sexe bavard) et érotiques : je t'aurai, c'est toi qui m'imploreras le(a) premier(ère). Tout comme avant – tant déjà, depuis des mois c'est vrai, moi aussi (je le lui ai dit tout de suite après cette première danse, on s'était jetés violemment l'un sur l'autre, pas sûr qu'ils aient jamais vu couple de jeunes mariés aussi voraces, au Bride's Veil Inn), tant déjà moi aussi je le désirais et réapprenais en le regardant bouger, sur le bateau, et même habillé, sur la véranda, tous les détails de son corps sous cet éclairage nouveau. Je le connaissais par cœur. Et puis, sans jamais impliquer nos partenaires passés ou présents, on s'était abondamment exprimés sur nos goûts, préférences. C'était sans doute un élément de notre longue dérive vers cette chambre d'hôtel, ces confidences sexuelles échangées dans l'ivresse, face à la mer, sur la véranda que je fixe maintenant, les toutes dernières feuilles de *Déjà-vu* serrées dans la main gauche.

Je me demande ce qu'il peut y raconter de plus. La suite, non seulement je l'ai vécue (comme, au fond, tout ce que j'ai lu jusqu'ici et que je pourrais compléter, dont je pourrais combler les lacunes, il n'y évoque de moi que ce que je lui ai confié, et nous étions si éloignés le plus souvent) mais je l'ai vécue avec lui et commentée avec lui. Je ne lui parlais jamais de ce que j'éprouvais entre nos rendez-vous – les vacances sur l'île, les retrouvailles régulières à San Francisco, sous le nez de tante Françoise qui ne voyait rien – de ma vie conjugale qui malgré tout continuait, de toute façon jamais Nick ne m'a demandé de quitter Gilles – j'avais compris que ce que nous avions ensemble lui suffisait, la tournure qu'avait prise notre relation, il n'en était pas mécontent, c'était le maximum de ce qu'il pouvait prononcer en fait de déclaration d'amour, et il était trop habitué à la solitude pour exiger plus (je suis convaincue même qu'il aurait pris, sinon la fuite, du moins peur si je m'étais montrée plus disponible, je le lui ai dit souvent mais il ne l'a jamais admis très fermement, il se bornait à hocher la tête et à répondre : « Peut-être, je n'en sais rien, en même temps je crois que tu es la seule personne avec qui je pourrais vivre, mais de toute façon je ne vivrai pas vieux, alors »).

Il n'a pas vécu vieux. *Déjà-vu* n'est pas daté, mais je suis sûre qu'il l'a écrit le dernier hiver, quand il s'est installé sur l'île, loin des médecins ; je pourrais vérifier, même si la neige tombait plus souvent à l'époque qu'aujourd'hui, il doit bien y avoir trace de cet hiver plus rigoureux que les autres. Mais je n'en ai pas besoin pour savoir qu'il m'en aurait parlé sinon, il n'aurait pas réussi à me cacher ce qu'il écrivait s'il avait commencé plus tôt. On ne s'est retrouvés que deux fois à San Francisco ce printemps-là et le temps passait trop vite, il y avait tant d'autres choses à dire.

Il n'a pas eu besoin de m'appeler au secours pour que j'assiste à sa mort, il a attendu l'été et mon arrivée prévue sur l'île. On a eu encore quelques belles journées. Will était parti pour son premier tour du monde et jamais Nick n'a mentionné son existence, jamais il ne m'a raconté comment il l'avait initié, ni expliqué qui avait eu l'idée d'ancrer l'*Anyway* devant la maison. Il n'avait plus la force de naviguer mais on y passait des heures l'après-midi, loin des autres. Nous avons eu de la chance que la fin vienne justement à ce moment-là, justement dans ce décor, sans précipitation, sans sonnerie de téléphone aux premières heures du matin dans ma chambre sinistre de Los Angeles, sans attente fébrile au guichet de l'aéroport, le premier vol pour New York ? Boston ? Providence ? Rien avant une heure. Sans le ventre noué, à des milliers de kilomètres de distance, le téléphone portable serré au creux de la main, résister, ne pas rappeler pour demander des nouvelles, à quoi bon ? Sans transfert ultime et désespéré loin de l'île, sa mère et moi recroquevillées dans la salle d'attente d'une clinique huppée mais impuissante dont les fenêtres auraient donné sur Central Park mais qui n'aurait su qu'accumuler des molécules dérisoires dans un sachet transparent, balancé à sa potence par le souffle de l'air conditionné, au-dessus de ses bras perfusés, couverts de bleus. Sans tout cet arsenal que j'ai mis tant d'années à effacer de ma mémoire et qui rattachait si provisoirement Juliette à la vie.

La première fois que je l'ai vu, c'était ici, accoudé à la balustrade de la véranda. Sur le moment bien sûr, je ne l'ai pas isolé du tableau général, idyllique, qu'il formait avec Charles et mon oncle, ombres bienveillantes entraperçues à contre-jour, dans l'éblouissement de cette fin d'après-midi qui étirait fantastiquement mon propre fuseau horaire, c'est bien plus tard que j'ai pu me reformuler l'histoire comme ça, sur le mode du coup de foudre. Ce stéréotype romanesque : « Leurs yeux se rencontrèrent », non, c'est vrai, je l'ai reconstruit.

La dernière fois aussi c'était ici. Il était alité bien sûr, depuis quelques jours, et il y avait une perfusion, mais seulement remplie d'eau. Assise à son chevet je pouvais regarder avec lui le scintillement de la mer, c'était mieux que les cimes des acacias ou des poivriers poussiéreux d'une grande avenue new-yorkaise. Il ne souffrait pas, pas beaucoup en tout cas. Moi je ne souffre plus. Je me suis suffisamment repassé la dernière bobine pour en épuiser toutes les aspérités et ne garder que ce qui était supportable, c'est-à-dire pas grand-chose, sauf qu'il était (lapalissade, « tautologie » comme aurait dit la petite bécasse prétentieuse que j'étais le premier été et qu'il a aimée quand même) sauf qu'il était encore vivant. Il est mort à l'heure de l'apéro. Précisément. L'apéro. Je me ressers. J'ai presque fini. La bouteille. Le manuscrit.

Déjà-vu (14)

James ne reparle jamais du chien. Celui qui accueille joyeusement Isabel lorsqu'elle apparaît au tout début du livre sur la pelouse de Gardencourt. On ne sait pas exactement qui est son maître : Ralph ? l'un de ses parents ? Peut-être est-il seulement le chien de la maison. Moi aussi, je me rends compte que j'ai oublié de mentionner Zedog, que tu détestais, dont tu avais peur sans doute. Quand je mourrai, si j'ai de la chance, tu seras là, nous serons ensemble, ici, et je me plais à imaginer que tu te prendras d'une affection tardive pour lui, que ta gratitude pour l'attachement qu'il me témoignera, sa détresse quand on aura enlevé mon cercueil, sera plus forte que tes appréhensions. Oui, voilà, je voudrais que tu finisses par aimer Zedog. C'est quasi ma dernière volonté.

Si j'ai pensé à lui soudain c'est parce qu'il vient de se rappeler à moi bruyamment, j'étais lancé dans la rédaction de ce qui sera probablement la toute fin de mon truc et j'ai oublié d'aller le balader. Mais ça tombait bien, cette dernière interruption. Le temps s'est carrément réchauffé depuis quelques jours et j'ai dû passer presque une heure à jouer avec lui sur la plage. Et puis je suis rentré. La maison est calme. Pas de bruit d'aspirateur. J'ai cru comprendre que la petite Bennett, Martha, répétait un spectacle de fin d'année, elle suit des cours de danse classique, un truc comme ça, et à partir d'avril elle est très prise, sa mère aussi, elle fait les conduites, et ne vient que le matin.

Encore une chose. Ce sera ma conclusion (tout le reste on se l'est dit déjà mille fois, on se le redira encore la semaine prochaine quand je te retrouverai à San Francisco, comme d'habitude, nos horaires respectifs calés au même moment pour arriver ensemble à l'aéroport, mensonges à Gilles, à ma mère, quelques heures volées qu'il nous est même arrivé de transformer en nuits, une fois on est retournés à Yosemite tu te souviens ? C'était risqué de revenir sur le lieu de notre premier crime : mais non, tout aussi bien).

O. K., j'ai promis de conclure, il faut laisser tomber les souvenirs et les projets lubriques : je ne t'ai jamais tellement reparlé de Portrait de femme. *Tu aurais tout le temps de le lire un jour, après moi, il figurait bien sûr en bonne position dans la liste des livres, des films, de tout ce que je t'avais dit aimer et que tu découvrirais après ma mort, moyen comme un autre de prolonger le dialogue. Je projette de le mettre en tête,* Portrait de femme, *si, comme je l'espère, tu me tiens la main à la fin, parce que, même si je ne suis plus là pour le voir, je t'interdis de faire comme Isabel, ou plutôt comme ce qu'on imagine qu'elle est capable de faire, c'est-à-dire retourner avec son mari, renoncer pour de bon à la liberté et au bonheur. Garde contre, j'ai prévu de mobiliser toutes mes forces pour que ce soit mon dernier mot. Croisons les doigts.*

Je n'en ai pas tout à fait terminé avec James. Tu vas sans doute te foutre de ma gueule, toi la lectrice professionnelle, la spécialiste de la littérature, mais tant pis, je ne t'épargnerai pas ma dernière théorie. Pour me suivre, il faut d'abord admettre que les romans de James laissent, encore plus que les autres, un tas de pistes ouvertes. Je ne parle même pas de la fin de Portrait de femme, *mais de ce qui a précédé, de tout ce qu'on peut deviner ou interpréter à partir des non-dits du texte : par exemple, l'homosexualité latente de la relation entre Ralph et Warburton, un peu mieux explorée entre Charlie et moi, ou l'inceste entre Osmond et Pansy (encore une fois, là-dessus je n'échafaude aucun parallèle avec la réalité, je déteste Gilles mais je ne le crois pas capable de ça, d'ailleurs, je peux te l'avouer maintenant, on évite toujours soigneusement de parler de lui, mais je sais qu'il n'est pas le mari monstrueux choisi par Isabel dans le livre). Ou encore la possibilité que la comtesse Gemini, sa sœur, ait complètement inventé les révélations qu'elle fait à la fin à Isabel : ça lui ressemble bien au fond, ces médisances invraisemblables, et Pansy n'est peut-être pas du tout la fille cachée de Madame Merle. Ça m'arrangerait parce que, comme j'en ai déjà convenu, je ne crois pas vraiment que ce mystère rocambolesque ait pu se reproduire et que Marie soit la mère d'Ala-*

bama. Mais ça me plaît surtout, ces zones d'ombre dans le récit, ce silence de James sur certains points, parce que du coup ma théorie tient le coup. Écoute ça : et si Isabel et Ralph, comme nous, avant nous, à l'insu de leur créateur pourquoi pas, étaient aussi devenus amants ?

Lorsque Ralph vient séjourner à Rome dans la dernière partie et qu'Isabel lui rend de fréquentes visites à l'Hôtel de Paris, que se passe-t-il entre eux que James ne nous dit pas ? Il prétend qu'elle cherche avant tout à savoir si Warburton est sérieusement intéressé par Pansy. Mais relis le début du chapitre quarante-cinq, on ne pourrait être plus clair (James, en tout cas, ne peut pas) : « Ralph était un apôtre de la liberté. Et c'était justement pour ça, se disait Isabel, qu'il était réconfortant d'aller le voir. On comprendra qu'elle s'accordait ce réconfort en dépit de l'aversion de son mari, c'est-à-dire qu'elle se l'accordait, comme elle s'en félicitait, avec discrétion. » Ensuite James insiste sur sa répugnance à envisager le divorce, même si elle le sait inévitable, et il conclut ainsi : « Pour l'instant, Isabel se rendait à l'Hôtel de Paris aussi souvent qu'elle le jugeait bon ; évaluer ce qui est ou non bienséant n'est qu'une question de goût et c'est la meilleure preuve que la morale est, pour ainsi dire, une affaire d'appréciation personnelle. » Je ne sais pas ce que tu en penses, mais à moi il semble que cette dernière affirmation permet toutes les extrapolations. Et attends, ce n'est pas fini, lorsque Ralph quitte Rome et lui fait ses adieux, il évoque de possibles retrouvailles à Gardencourt et précise : « Quand tu viendras en Angleterre, je pourrai me consacrer à toi avec une pleine liberté de célibataire. » Et lorsqu'ils se séparent enfin, c'est sur un baiser. Rares chez

James, les baisers. Quant à la toute dernière scène entre eux, à Gardencourt, avant la mort de Ralph, il n'y est question que de leur amour, une cascade de déclarations explicites, incroyablement explicites pour James – il lui faut au moins ça, une agonie et une relation présentée comme chaste, pour laisser ses personnages s'épancher à ce point : « Je veux que tu te contentes de sentir que je suis près de toi et que je t'aime », dit Isabel et Ralph lui répond quelques lignes plus loin : « Rappelle-toi que si on t'a haïe, on t'a aussi aimée. Aimée, ah ! Isabel, adorée *! »*

Si tu me suis toujours (et après tout mes élucubrations te sont familières, ça nous est déjà arrivé souvent de jouer à récrire nos versions d'un polar, de débusquer d'autres criminels que ceux prétendument démasqués par le détective), tu as compris où tout ça nous mène : ce que nous vivons ensemble, la tournure qu'a prise notre relation et dont nous ne sommes pas mécontents, cette découverte sidérante que nos corps s'aiment bien, ce n'est pas la transgression de Portrait de femme, *ce n'est pas une victoire sur cette malédiction littéraire que j'ai vue organiser ton existence, c'est au contraire l'élucidation du véritable sens du roman. Ce que James ne dit pas, peut-être même ne sait pas, ses personnages l'ont fait. D'ailleurs, si son héroïne lui échappe à la fin, c'est bien la preuve qu'il ne contrôle pas tout : dans le lit de l'Hôtel de Paris, que j'imagine (je ne suis jamais allé, n'irai jamais à Rome) imposant, viscontien, une débauche de fioritures dorées, de damas écarlate, Isabel a pu trouver avec cet « apôtre de la liberté » qu'est Ralph un « réconfort » dont leur créateur est bien incapable de mesurer, ou de nommer l'intensité, mais qui s'appelle la jouis-*

sance, une jouissance qu'Isabel s'arrange pour concilier avec sa morale, sans plus se sentir coupable que toi, chaque fois que tu pleures ou ris, espèce de folle, sous moi (sur moi encore davantage, je n'aurais jamais dû te le faire remarquer ça a failli nuire à ton abandon dans cette position).

Non, j'ai promis, j'arrête les digressions, pas besoin de m'exciter, la semaine prochaine, pour de vrai. Tu te souviens de ce que tu m'as raconté un jour? Ce devait être le premier été. Tu avais très vite exposé ton sentiment d'imposture, auquel je n'ai jamais vraiment cru. Au fond, ce que je pense, c'est que comme Isabel tu redoutais que tes diplômes te rendent moins séduisante, alors tu en rajoutais dans le décalage, tu te faisais passer pour une paresseuse, une chanceuse dont aucun jury universitaire n'avait découvert la profonde inaptitude. Au lycée, on t'avait sélectionnée pour concourir à une sorte de prix national (ces trucs invraisemblables que vous inventez en France pour restaurer discrètement une élite, sous votre prétendue dévotion à l'égalité démocratique, ex-royalistes frustrés, va!) et tu avais complètement merdé, même pas compris l'énoncé. Plus tard, tu avais découvert que c'était en fait une idée tout à fait banale, la tarte à la crème du discours critique contemporain, mais sur le moment c'était la déroute, ta première déroute. Le sujet de dissert qu'on vous avait proposé, j'ai l'impression de l'avoir traité à ma manière (américaine, c'est-à-dire pas conforme aux subtilités de la dialectique qu'on enseigne chez vous, la mienne est plus ras des pâquerettes, d'accord). C'était quelque chose comme : « Dans quelle mesure peut-on dire d'une œuvre qu'elle échappe à son auteur? » (c'était une vanne que tu faisais souvent avec Juliette, il suffisait que quelqu'un formule, sans avoir conscience de sa prétention, une phrase définitive et pseudo-philosophique pour que l'une d'entre vous enchaîne : « Vous avez quatre heures, il est huit heures à midi je ramasse »). Ce jour-là, à midi tu avais rendu une copie beaucoup plus mince que d'habitude. La mienne est finie : oui, une œuvre peut échapper à son auteur. Portrait de femme *a échappé à James. Les gens qui s'aiment font l'amour. Avec ou sans son consentement, la femme est sortie du portrait.*

C'est fini.

Je me suis soûlée. Quand Will est arrivé j'étais encore à bord, j'avais liquidé tout le champagne et je crois que je dormais à moitié.

Il m'a rejointe à la nage, gentiment engueulée et quasi portée pour me descendre dans l'annexe. J'ai dû marmonner quelque chose d'audible puisqu'il a rangé les feuillets épars dans mon sac à dos mais il ne m'a rien demandé, pas même plus tard quand j'ai commencé à émerger. Il m'a laissée cuver un peu sur la véranda pendant qu'il préparait le dîner, puis obligée à goûter ses pâtes aux *vongole*. J'étais suffisamment remise pour exiger encore du vin blanc et je l'ai écouté avec une attention un peu vaseuse m'expliquer qu'il devait partir pour une petite semaine. Des Russes lui avaient demandé de les emmener assez loin vers le nord, au large du Maine. Ça ne m'embêtait pas qu'il m'abandonne dans l'état où j'étais ? – toujours pas de question précise. Il ne risquait pas de me retrouver en plein coma éthylique, vautrée au milieu de cadavres de Mumm ?

J'ai dit non, au contraire, j'ai pensé que c'était mieux qu'il s'en aille un peu, j'avais besoin de réfléchir. Il me semblait (c'était peut-être un effet de l'ivresse, mais la sensation en même temps m'était familière, déjà ancienne, elle remontait plus loin, à des stades antérieurs de ma lecture de *Déjà-vu*) que Nick lui aussi laissait des pistes ouvertes, qu'il y avait dans son texte quelques allusions, ellipses sur lesquelles il ne revenait jamais pour les élucider. Je voulais le relire. J'avais toujours su que je le ferais, mais depuis cette après-midi je sentais vraiment que quelque chose avait dû m'échapper. J'ai rassuré Will aussi fermement que mon état le permettait. Il voulait rester dormir, mais j'ai insisté pour qu'il parte, il devait se lever très tôt le lendemain à cause des Russes.

Quand je me suis écroulée sur mon lit, l'ancien lit de Nick, il faisait encore jour. Sans refouler l'émotion, j'ai revécu ses dernières minutes, dans cette chambre, à peu près à la même heure. J'ai regardé le soleil couchant jouer sur le plafond, regardé ce qu'il voyait en mourant, ses yeux soudain agrandis et clairs, le souffle enfin apaisé et puissant, paradoxalement plus puissant depuis que l'infirmière qui lui tenait le poignet gauche nous avait chuchoté que c'était la fin, sa mère lui embrassait la racine des cheveux, moi la main droite et non, je ne me souviens pas avoir jamais entendu respiration si puissante que celle où il épuisait ses dernières forces.

J'avais déjà commencé à changer d'avis sur Zedog. Parce que Nick aimait ses visites, lui réservait un accueil presque plus chaleureux qu'à nous quand il le voyait entrer, un peu déboussolé, dans sa chambre, se poster à son chevet d'un air résigné – il avait bien compris qu'il n'était pas question de courir sur la plage. Nick était plus détendu avec lui qu'avec nous, même si nous n'avons jamais joué la comédie du « quand ça ira mieux ».

Je l'ai revu souvent après, Zedog. Quand je me suis finalement installée pour de bon à San Francisco, tante Françoise me le confiait régulièrement et je me persuadai qu'il retrouvait sur moi d'infimes traces odorantes qui lui rappelaient son maître et que c'était pour ça qu'il m'acceptait si volontiers. Chaque fois que ma tante partait en voyage, je venais m'installer chez elle. C'était le prétexte dont je rêvais (en fait, elle n'avait pas vraiment besoin de moi, il y avait quelqu'un pour garder la maison, qui aurait parfaitement pu s'occuper du chien) : mes retrouvailles avec Nick commençaient toujours dans une chambre quelconque (je préférais les motels, contrairement à lui je leur trouvais un charme romanesque et un confort bien supérieur à ce qu'on peut obtenir en Europe pour le même prix, il m'est même arrivé, tant on ne risquait rien dans cette zone, tout près de l'aéroport, d'insister pour qu'on aille se baigner dans la piscine de six mètres carrés séparée par un vague grillage de parkings à perte de vue et sans cesse survolée par des avions, un vrai décor de *road movie* à mes yeux, il était consterné) bref une fois qu'on s'était assurés que nos corps s'aimaient toujours bien on débarquait chez sa mère et il arrivait qu'on ne se touche plus les jours suivants (ou alors très furtivement, comme des voleurs) mais, même chastes, mes souvenirs avec lui, dans cette immense baraque victorienne (oui, c'est vrai, il y a quelques recoins que nous avons pratiqués, une fois contre un lavabo au premier et au moins deux fois dans la cuisine, on s'y croisait l'air de rien vers trois heures du matin, « Tu avais un petit creux ? », chuchotis, main glissée sous la robe de chambre, « Un verre de lait ? », pupilles pétillantes à la lueur du frigo ouvert, touche-pipi d'adolescents), mais oui, même les chastes, tous les souvenirs de ces séjours trop courts, trop espacés, les soirées d'hiver à jouer au tarot avec Charles et Alabama dans le salon démesuré (ah oui, j'oubliais aussi cette scène mémorable, la peau de bête devant la cheminée, les autres étaient au cinéma ce jour-là, un dimanche, personne dans la maison, un vrai chromo hollywoodien, je crois que Nick y fait allusion dans *Déjà-vu*), j'aimais les retrouver et le prétexte de Zedog m'a servi à ça jusqu'à sa mort.

J'ai dormi dix heures. Au réveil, migraineuse mais résolue, j'ai décidé d'attaquer la relecture. J'ai réuni tous les feuillets et me suis installée sur la véranda avec du thé, toute sage, décidée à ne laisser passer aucun indice.

Décortiquer des textes, ça tombe bien, c'est quelque chose que je sais faire. On m'a même payée pour.

J'ai passé une bonne partie de la journée à relire *Déjà-vu*, ne m'interrompant que pour me faire réchauffer le reste d'une *chowder soup* confectionnée la semaine dernière par Will et soigneusement congelée par lui aussi à mon intention – avec un verre de vin blanc, il n'y a pas mieux pour soigner la gueule de bois, même à mon âge, une veine.

En dehors du fait que Nick entretient un suspense attendrissant au sujet de notre liaison, ménage ses effets, évoque le plus tard possible le moment où nous sommes passés à l'acte (je dis attendrissant parce qu'on dirait qu'il s'adresse à quelqu'un qui ne serait pas au courant, qu'il essaie de faire de nos ébats amoureux trop longtemps différés l'enjeu d'une révélation, en prépare subrepticement l'accomplissement, comme si nous ne nous étions pas déjà repassé éternellement ensemble, blottis l'un contre l'autre, l'un dans l'autre, les étapes respectives de notre prise de conscience) donc en dehors de ça, j'ai retrouvé les allusions qui avaient à peine retenu mon attention à la première lecture, les minuscules béances de son... Comment appeler ça ? Un récit ? Non, je dirais plutôt un mémoire, je suis même allée vérifier dans le dictionnaire, « mémoire » au masculin a plusieurs sens et les deux premiers me satisfont : « 1. Écrit sommaire exposant des faits, des idées. » La modestie de Nick, qui était fausse, tiquerait peut-être devant l'adjectif « sommaire ». Mais ça colle pas mal. « 2. Exposé scientifique ou littéraire en vue d'un examen, d'une communication dans une société savante » : là j'exulte, et je suis convaincue que Nick se marrerait avec moi. Oui, on verrait tous les deux très bien à quel point la définition s'applique, et semble du coup, pleine de sous-entendus sarcastiques, ironiser sur les prétentions théoriciennes de sa démonstration, combien elle voit juste en insistant sur la finalité de son écriture : l'examen auquel j'ai procédé, moi, la prof, moi, la société savante à moi toute seule, dérisoire elle aussi. J'aime les dictionnaires quand ils confirment on dirait malgré eux mes intuitions.

Bref, je les ai découvertes, ces petites failles délibérées dans son mémoire. J'en ai peut-être laissé passer d'autres et je n'exclus pas de le relire encore pour les ajouter à ma collecte, mais j'en ai déjà quatre et il faut maintenant que j'essaie d'en déduire quelque chose.

La première est très explicite à mon avis. Il s'agit moins d'une lacune que d'une provocation, d'une promesse en quelque sorte. C'est quand il refuse de me dire s'il a ou non couché avec Marie, notre Madame Merle à nous (je m'en suis mieux rendu compte à la seconde lecture, Nick joue avec moi comme autrefois au lit, il anticipe aussi bien mes réactions de lectrice que d'amante et passe son temps à me tenir en haleine comme il le faisait, des heures durant, toutes les heures dont nous disposions dans notre vie clandestine, toujours comptées, toujours exploitées au maximum). À propos de son idylle avec Marie, il fait sa coquette, ne dit ni oui ni non, d'ailleurs James aussi reste vague : « lover », qu'est-ce que ça signifie exactement, etc. Et donc, ceci, que j'ai recopié sur un petit carnet où je vais désormais consigner au fur et à mesure tout ce qui me paraîtra utile pour mon enquête :

« Il faut que je résiste davantage à la tentation de te faire marcher. Ce n'est pas l'objet de ce récit-là. J'ai d'autres cartouches... Je te vois d'ici, curieuse, tes antennes dressées, cherchant déjà une piste : calme-toi, on a tout le temps. Enfin, toi, tu as tout le temps de jouer la partie que je t'ai destinée. »

J'ai pas mal réfléchi déjà et voici mes observations. D'accord, il se moque de moi. Rien de très nouveau. Depuis toujours il m'a taquinée, même amoureux il continuait. Il m'invite au calme, là encore j'ai l'habitude, la retenue c'était sa spécialité, en tout cas en amour. Mais il y a plus intéressant, je veux dire intéressant pour moi, aujourd'hui, plus exploitable : la partie qu'il m'a destinée à jouer, et l'objet d'un autre récit. « Ce n'est pas l'objet de ce récit-là » implique nécessairement l'existence d'un second texte qui traitera d'autre chose. Je dois dire que c'est ma déduction la plus optimiste pour l'instant, parmi tout ce que j'ai trouvé.

Plus loin, plus mystérieuse (je me trompe peut-être complètement en l'incluant dans ma recherche) et à propos de l'argent qu'il n'a pas eu besoin de me procurer (j'avais hérité toute seule comme une grande) à la mort de son père – c'est-à-dire un des rares points de divergence entre notre vie et le roman de James – il y a cette dénégation :

« Mais tu n'as pas été mon cobaye. Pas cette fois. D'ailleurs j'exagère. Je ne me suis pas servi de toi pour animer mon existence, comme Ralph avec Isabel. Je suis intervenu dans ta vie, c'est vrai, tu le comprendras peut-être un jour, mais dans notre intérêt à tous les deux. »

« Pas cette fois » me fait le même effet que « ce récit-là », me confirme que Nick projetait en tout cas de compléter *Déjà-vu* par d'autres informations. Je ne dirais pas avec certitude qu'il évoque un second texte, comme dans la citation antérieure, mais plutôt un fait accompli, à mon insu, susceptible si je l'apprenais de me déplaire, dont il se sent en partie coupable, comme en témoignent ses tentatives maladroites pour se justifier. En quoi précisément est-il intervenu dans ma vie ? Il l'a bouleversée, intensifiée, durant une certaine période, mais avec mon plein assentiment, il n'a pas besoin de s'en excuser comme ici, j'ai tout de suite bien compris qu'il était dans notre intérêt à tous les deux d'arrêter notre flirt pour passer aux affaires sérieuses.

Le plus étrange, c'est le contexte dans lequel il exprime ce demi-aveu : il vient juste après des histoires d'argent. Je ne vois pas d'enchaînement logique entre la mort de son père (qui, contrairement à l'oncle Touchett dans le livre, ne m'a donc rien légué) et l'idée (mon interprétation force peut-être un peu le texte) que Nick m'aurait, d'une certaine manière, utilisée, manipulée, avec tant de discrétion que (« tu le comprendras peut-être un jour ») je puisse l'ignorer toute ma vie.

L'extrait suivant me cause un certain malaise que je peine encore à identifier. Est-ce le souvenir de Bruno qui me perturbe ? Il est mort il y a deux ans et je m'en veux vaguement de ne pas être allée à l'enterrement. J'ai hésité – il était lui-même si peu amical dans ces cas-là, Nick a raison d'épingler son manque de tact dans *Déjà-vu*, son incapacité à formuler une quelconque sympathie quand ils se sont parlé au téléphone le soir même des funérailles d'oncle Dick. L'automne où ma mère est morte, Bruno était justement venu donner une série de conférences à Berkeley et on se voyait de temps en temps, il a même essayé de remettre le couvert avec moi mais il ne faut pas pousser, je n'avais rien à l'époque contre les amants de passage mais nos corps ne s'étaient jamais tellement aimés et je n'avais aucune envie d'aller vérifier si les choses avaient changé, bref je l'ai croisé sur le campus, je venais de prévenir la secrétaire du département que j'annulais mes cours pendant une semaine pour rentrer en France enterrer ma mère, je ne saurais pas dire exactement dans quel état j'étais, si je souffrais vraiment, mais de toute façon Bruno l'avait bien connue ma mère, et rien, il a hoché la tête d'un air distrait comme si je lui avais annoncé que je partais en vacances. Un philosophe, comme dirait Nick. C'est bête comme on retient ce genre de réactions, il n'y a que deux ou trois heures d'avion pour le Dakota et je savais qu'il n'y aurait pas grand monde (Bruno était divorcé, n'avait jamais eu d'enfants), seulement quelques collègues de la fac de Bismarck, j'aurais pu y aller mais non. Je chasse mon sentiment de culpabilité et j'essaie d'être objective, professionnelle. Voici comment Nick décrit la réaction de Bruno lorsqu'il a appris mon mariage avec Gilles :

« *Il t'a secouée, je le sais, pas relancée (il avait bien compris que c'était fini entre vous), mais engueulée, te rappelant que toi aussi tu es une universitaire et que la vie, même quand on est très riche, ne peut pas se résumer au tourisme et au sexe. Moi aussi, je m'attendais à ce que tu décroches un poste quelque part, j'aurais préféré la côte est, de toute façon tu t'étais donné un an pour voir venir mais j'étais comme Bruno, convaincu qu'il fallait que tu t'y remettes. Tellement convaincu déjà. Je ne me cherche pas d'excuses, ce que j'ai fait bien plus tard je l'ai fait d'abord pour moi, O. K., mais dans ton intérêt aussi. Tu en jugeras un jour peut-être, si tu devines.* »

Je ne sais pas si j'ai deviné, mais mon sentiment de malaise s'accentue à mesure que je laisse les implications de ce passage s'imposer à moi. De quoi parle Nick au juste ? Là encore il faut me fier aux liens, lâches comme toujours avec lui, qui ont disparu au montage mais qui dans son cerveau associaient ce qu'il a fait plus tard dans notre intérêt à tous les deux et ma paresse de l'époque.

Elle a finalement duré des années, ma paresse. J'avais de tellement bonnes raisons de m'exclure de la course. D'abord rester près de Gilles qui lançait sa première galerie à L.A. : qu'est-ce que j'aurais été faire toute seule dans une fac à l'autre bout du continent ? Ensuite le bébé. Un bon truc le deuil pour justifier mes éternelles vacances. Reine de la procrastination à grande échelle, j'avais des dispositions mais je me suis constamment améliorée : l'année prochaine… S'il y a un poste sur la côte ouest… Si le profil me correspond… Si j'ai ne serait-ce qu'une moitié de chance. Je ne la tentais jamais. Je ne vivais plus ni de tourisme ni de sexe. Avec le recul, j'ai l'impression que je ne vivais pas du tout. J'exagère sûrement. Moi aussi j'ai des photos là-bas chez moi à San Francisco, qui attestent que j'étais vivante. Je portais de jolies robes pour les vernissages de Gilles, je faisais la folle dans ma piscine avec Peter, le fils de Juliette, j'emmenais Alabama à la plage. Ce n'est même pas que je ne me reconnais pas sur ces images qui traînent dans une boîte à chaussures dans mon dressing, que je n'ai jamais collées. C'est pire : je me souviens du vide, de mon néant intérieur soigneusement caché par le maquillage, le chapeau de paille ou les lunettes de soleil, dans cet ordre, selon que cocktail à la galerie, barbecue estival ou baignade à Malibu. C'est moi maintenant qui essaie de me justifier, d'excuser cette longue parenthèse dans ma vie.

Il faut que je revienne aux allusions de Nick : « Ce que j'ai fait bien plus tard je l'ai fait d'abord pour moi. » Il a d'abord pensé à lui. Il aurait préféré la côte est. Un jour, quand je saurai, non seulement je le lui pardonnerai, mais je l'en remercierai. Je feins d'hésiter encore mais oui, je crois que je sais ce qu'il a fait. Comment ? Je peux sans doute le découvrir. Oui, je lui en veux. Et il se doutait que je lui en voudrais. Malgré les bénéfices secondaires. Oui, ils sont secondaires, même si j'ai aimé chaque seconde passée avec Nick à San Francisco, surtout les premières, quand on se retrouvait à l'aéroport et qu'il me prenait la main. Juste ça, me prendre la main, sa paume sèche et douce contre la mienne suffisait pour que j'ai envie de lui. Mais je suis folle de rage aussi. Parce que les opportunités, il y avait pensé bien sûr. Si je ne me trompe pas et s'il a manœuvré pour me faire recruter à Berkeley, pile à l'automne où notre relation a pris la tournure, etc. Il savait que ça m'éloignerait de Gilles et qu'on pourrait se retrouver à San Francisco chez sa mère au moins deux fois par mois. Il pensait à sa mort. Ce n'est pas comme si nous avions eu tout le temps. Mais c'était secondaire, en tout cas ça l'est devenu : ce qui prime, ce qui l'emporte et me met en rage contre Nick, c'est que je suis obligée maintenant d'affronter ce qu'il appelait mon sentiment d'imposture, d'admettre que toute ma vie professionnelle (et, oui Nick, heureusement qu'elle a existé) est fondée sur un mensonge, un privilège indu, un passe-droit. Le dernier extrait va dans le même sens, il faut que je l'accepte :

« Quand j'ai eu fini de relire le livre, tu étais déjà loin, retournée à L.A. avec Gilles, le compte à rebours avait repris, on ne se reverrait pas avant des mois, et moi je tournais en rond, obsédé par cette révélation tirée du livre, et que je pouvais utiliser, "garder contre" lui, à moins que – tu verras, ma théorie est encore plus folle que ce que je t'en ai dit. J'ai fait ce que j'avais à faire. »

Comme le narrateur du *Meurtre de Roger Ackroyd*. J'ai fait ce que j'avais à faire. On dirait du James tellement c'est faux cul. Dans le bouquin d'Agatha Christie, c'est un meurtre qui se cache derrière l'indétermination parfaite de l'énoncé. Nick, à la fin de cet été-là, a voulu braver la malédiction de *Portrait de femme*, mettre Isabel et Ralph dans le même lit (ou plutôt démontrer à James lui-même qu'ils ont toujours été amants, j'y ai eu droit finalement, à la dernière étape de la démonstration de sa théorie). Il a cru faire d'une pierre deux coups et m'offrir par-dessus le marché une occupation décente, il a sans doute honnêtement jugé que j'en étais digne, de cette chaire à Berkeley, mais moi, aujourd'hui, je suis obligée de me poser la question.

J'ai d'abord pensé téléphoner à Charlie. Si quelqu'un est au courant de ce que Nick a peut-être fait pour moi, c'est lui. Mais plutôt que d'en avoir la confirmation, j'ai préféré m'absorber dans une tâche ingrate, salissante, qui s'est avérée assez illusoire finalement, mais m'a permis de passer une bonne partie de la soirée les mains occupées et le cerveau libre, jusqu'à ce qu'il soit beaucoup trop tard pour déranger Charlie, même si à ma connaissance nous partageons le même fuseau horaire, je sais qu'il passe l'été chez lui, dans le Connecticut.

Le lavabo de ma salle de bains vidait mal (je me convaincs que j'ai considérablement amélioré la situation, mais on est loin du compte) et j'ai entrepris de déloger un à un les minuscules morceaux de calcaire parfois incrustés de cheveux, tout cela d'un bleu noir à cause du produit de nettoyage qu'utilise Martha. Je suppose qu'il s'agissait d'une sorte d'exhumation, d'autant plus que certains de ces cheveux sont sans doute à Nick, et à cette première pensée morbide s'en est mêlée une pire, celle de ces concrétions cauchemardesques qu'on retrouve paraît-il dans le ventre de certaines femmes, fragments d'os, reliquats de fœtus, j'invente peut-être, mais ce qui est sûr c'est que, munie d'une pince à épiler, j'ai tiré de ces miettes gluantes exactement le pouvoir de distraction que j'en attendais.

Au bout d'un certain temps, tandis que je décollais du conduit ces viscosités bleuâtres, ces filaments granuleux, écorchais mes doigts aux articulations en les enfournant sans succès le plus loin possible pour remuer cette vase au parfum de savon et tenter de la ramener vers la surface, j'ai pu affronter le secret de Nick. Était-ce l'aspect organique des matières que j'extrayais millimètre par millimètre ? J'étais obsédée par un aspect de la question qui ne m'était pas apparu sur le moment. Nick se savait condamné. Il avait dans la tête des malformations génétiques qui ressemblaient peut-être à ce que je tripotais. J'en suis arrivée à la conclusion que ça lui donnait des droits, y compris sur moi. On ne peut même pas dire qu'il a vécu par procuration en m'offrant cette carrière – s'il me l'a offerte. Il n'en a pas eu le temps. Il a tiré toutes les conséquences de notre situation : une vie gâchée suffisait. Me voir bousiller la mienne ne lui plaisait pas, litote.

Il était plus de minuit quand j'ai décidé que j'avais fait le maximum pour ce lavabo, en tout cas avec le seul matériel dont je disposais. J'ai rassemblé dans le creux de mes mains meurtries, en un monticule qui m'a paru soudain minuscule au regard du temps qu'il m'avait fallu pour les déloger, les débris rocailleux accumulés là depuis des décennies, fossiles évocateurs du siècle dernier (je revois Nick brossant ses cheveux noirs devant ce même miroir, sans ménagement, un crime quand on a des boucles pareilles je lui disais, vite fait avant le dîner) et tout jeté. J'ai soigneusement lavé ma pince à épiler, mes ongles noirs, pansé mon majeur qui saignait un peu et suis enfin allée me coucher, épuisée par ces… combien ? deux heures ? plus ? passées debout dans la salle de bains, courbée sur cette petite fosse dont l'étroitesse me narguait, défiait la finesse présumée de mes doigts. De toute façon, je n'aurais pas pu me soûler deux soirs de suite.

Ma colère s'est quasi éteinte pendant que je m'acharnais sur cet orifice absurde. Je ne suis sûre de rien. Il faut que j'enquête. Certes, Nick avait beaucoup d'argent. Mais de là à financer jusqu'à ma retraite, après sa mort, le poste que j'ai occupé ? Et puis il y a Dolores, qui m'a succédé. C'est elle que j'appellerai demain. Plutôt que Charlie. Avant lui en tout cas. Exceptionnellement, je m'accorde un somnifère, tant pis pour le bruit des vagues.

J'ignore comment s'appelle, en anglais ou en français, le trou que j'ai vainement récuré hier soir. Je connais un nombre invraisemblable de mots qui ne servent à rien, qu'on ne prononce guère que dans les séminaires de littérature spécialisés, et pas le nom des objets que j'utilise tous les jours. Mon vocabulaire consiste essentiellement en termes « qu'on ne peut pas dessiner », comme disait ma maîtresse de onzième pour nous apprendre à distinguer le concret de l'abstrait. Non, sans doute était-ce plutôt celle de dixième, c'est un peu élaboré comme concept pour des tout-petits. Qu'est-ce que je leur ai enseigné aux miens, durant toutes ces années ? Est-ce que j'étais vraiment bonne ? Vraiment mauvaise ? Meilleure qu'en plomberie ? Pire ? J'ai renoncé à téléphoner à Charles.

Je sais exactement pourquoi. Pas parce que je serais obligée de lui proposer de venir passer quelques jours sur l'île. Je suis presque sûre qu'il refuserait de toute façon. Non, je ne sais pas qui il y avait dans sa vie amoureuse à l'époque de ma liaison avec Nick, pourquoi il venait lui aussi à San Francisco. Je ne le saurai jamais.

Je n'ai rien soupçonné de son état, quand je l'ai vu remonter l'avenue le jour de l'enterrement de tante Françoise, sa belle crinière blonde au-dessus de la foule, ses lunettes noires comme un masque sur son visage peu ridé, son éternelle allure de jeune premier, marchant sans hâte, d'un pas ferme dans le premier vrai soleil du printemps. Je n'ai pas remarqué le jeune homme enturbanné qui se tenait à ses côtés, plus petit de deux ou trois têtes. J'ai compris plus tard, au cimetière, lorsque je l'ai vu sortir de sa voiture. Le petit sikh qui lui sert aussi de chauffeur s'est précipité pour lui ouvrir la porte, j'attendais, appuyée à un arbre, que les quelques amis qui avaient survécu à ma tante progressent en direction du tertre, munis de cannes, de déambulateurs. Charles venait vers moi, guidé par l'autre qui lui tenait discrètement le coude. Il s'est arrêté à un mètre, m'a vue, a soulevé ses lunettes machinalement, m'a souri, s'est excusé, m'a embrassée. Oui, bien sûr il m'avait reconnue. Il m'a expliqué plus tard, dans un resto italien de Soho (le sikh, qui s'appelle Michael, attablé à quelques mètres de nous), qu'il avait de plus en plus souvent des épisodes de confusion, des blancs. Il redoutait de rester seul. Avant d'engager Michael, il avait égaré plusieurs fois sa voiture. Il ne voulait plus conduire non plus. Et là où il vit, dans le Connecticut, on ne s'en sort pas sans voiture. Bref, il y a Michael maintenant. Qui viendrait aussi ici si j'invitais Charlie, pas de problème, Charlie qui va plutôt bien la plupart du temps. Je me suis demandé s'il ne se le tapait pas, Michael. Il paraît encore si jeune, si fringant, est-ce que ce ne serait pas un prétexte, ses trous de mémoire, ses absences, pour s'envoyer en l'air sans choquer sa famille ? Après tout, il ne détestait pas les garçons, à seize ans. Je me suis dit ça pour me rassurer.

Non, si je ne lui téléphone pas, c'est parce que j'ai la trouille. Soit il confirmera mes soupçons : et je ne suis pas sûre de vouloir être fixée. Après tout, tant que je ne pose la question à personne, il est encore possible que je me sois trompée, que Nick n'ait jamais magouillé pour me faire nommer à Berkeley. Soit Charles n'est pas au courant, me dit que non, non, Nick ne lui a jamais parlé de ça. Auquel cas je continuerais de douter (qu'il ne soit pas au courant ne signifie rien), et, en plus, je lui révélerais un secret dont j'ai honte, s'il est vrai. Je renonce.

Je n'ai pas non plus appelé Dolores. Je sais qu'elle passe l'été au Mexique chez ses grands-parents et j'ai beau ne pas partager le mépris de Will pour les téléphones portables, je ne me vois pas la déranger au beau milieu d'un interminable déjeuner de famille, s'affairant avec les autres femmes de la maison au service d'une dizaine de plats épicés sous un auvent de palmes – j'imagine tout ce folklore : l'unique fois où elle m'a invitée à dîner chez ses parents, elle était encore mon étudiante, et ils ont fait griller des steaks dans le petit jardin de leur bicoque d'Oakland, en banlieusards américains pur jus.

Je lui ai simplement écrit un mail. J'ignore si elle les consulte jamais lorsqu'elle est là-bas. J'ai eu du mal à concocter mon message. Comment lui faire comprendre, sans le lui faire comprendre vraiment, à quel point il est urgent pour moi de savoir si elle a remarqué quelque chose de particulier dans les termes du contrat de recrutement qu'elle a signé avec mon ancien département ? Tout sonnait faux, alambiqué. Finalement, j'ai menti, expliqué que je remplissais des tas de paperasses pour ma retraite et que j'avais besoin de vérifier certaines clauses, est-ce que par hasard elle avait emporté avec elle, quelque part peut-être sur son ordinateur, un exemplaire de son propre contrat ? Je savais (et elle ferait le même raisonnement) qu'en cette période estivale Miguel, le secrétaire du département, était sûrement en vacances lui aussi et que l'intérimaire ne pourrait rien pour moi. Il ou elle refuserait de me donner des détails sur le statut de ma remplaçante, ça ne me regarde pas (et c'est justement ça qui m'intéresse, le recrutement de Dolores, s'il y a une faille, une preuve, ce serait là, pas dans la procédure me concernant, Nick, s'il y est pour quelque chose, a dû veiller à ce que tout soit nickel).

Je regrette maintenant de m'être toujours tenue à l'écart des combinaisons politiques qui occupaient mes collègues, les réunissaient et les brouillaient alternativement dans des restos anodins, un peu à l'écart du campus, leurs mines de conspirateurs savamment camouflées par un appétit suspect pour les burgers hawaiiens qu'on y servait et au-dessus desquels, le menton taché de jus d'ananas, ils faisaient et défaisaient des carrières, se partageaient des crédits de recherche, que sais-je ? Jusqu'à aujourd'hui, je ne m'étais jamais souciée des modalités de mon embauche, jamais demandé quelles querelles internes elle avait pu déclencher, et surtout si un mécène tombé du ciel avait le pouvoir de créer un poste, et d'exiger qu'on me le donne.

Il était deux heures de l'après-midi quand j'ai fini par envoyer mon mail. J'ai mis de la musique et me suis installée dans le salon avec les deux boîtes que j'ai délaissées depuis quelque temps, faute de pouvoir les emmener à bord avec moi. J'ai commencé par éparpiller les photos sur la table basse.

Il y en a peu et je les ai déjà beaucoup étudiées, je les connais presque par cœur, n'ai plus rien à y remarquer de nouveau (telle attitude de tante Françoise, toujours un peu floue, incapable de patienter les millièmes de seconde nécessaires à la prise, ou tel vêtement porté par Nick dont la vue ravive aussitôt le souvenir du contact, la douceur amidonnée de ses vieux cachemires gris contre ma joue, les cassures troublantes du jean à l'intérieur des cuisses sous mes doigts), non, les photos ne m'apprendront rien.

Je laisse mes pensées dériver vers mon propre stock, là-bas, dans un coin du dressing de mon appartement à San Francisco. Je n'ai jamais fait d'album, me suis contentée d'un vague tri, parmi les tirages que m'offraient mes proches, c'est-à-dire essentiellement d'éliminer celles où je me trouvais moche, presque toutes. Je sais qu'il y a ces traces superficielles de ma vie avec Gilles, ces portraits de groupe qui contredisent mon sentiment de ne pas l'avoir vécue. On dit que les vampires n'ont pas de reflet, que les spectres n'impressionnent pas la pellicule, moi c'est le contraire, sur ces images-là en tout cas, je figure mais c'est dans la réalité que je disparaissais, me fondais dans le décor, attendais que ça passe.

Il y a aussi, et je la regarde encore de temps à autre, une photo de Nick. C'est un hasard si je la possède. N'en prenant jamais moi-même, je n'avais aucun cliché correspondant à mes séjours ici avec lui. Mais quand il est devenu mon amant, je me suis souvenue d'une pochette de tirages que m'avait envoyés Juliette à la naissance de Peter.

Elle n'était pas au Texas quand il est né, prématuré de deux mois. Elle était venue rejoindre Bob à New York pour quelques jours – un voyage d'affaires – et elle a accouché en catastrophe, les contractions avaient commencé dans l'avion et plus tard, quand elle a été suffisamment rassurée sur l'état de santé de son petit – c'était avant la mort du mien, elle pouvait plaisanter – elle s'est répandue en regrets feints, elle aurait préféré que ça arrive carrément pendant le vol, elle était sûre qu'on lui aurait offert la gratuité à vie sur toutes les lignes intérieures, quel pied (elle qui n'avait vraiment pas de problèmes d'argent).

Bref, Nick est allé la voir à la clinique, avec un marsupilami grandeur nature acheté chez FAOSchwarz, une peluche qui, malgré le confort luxueux de cette maternité, encombrait la chambre de Juliette à un point que seuls les vieux garçons comme Nick ne peuvent prévoir, un typique cadeau d'oncle célibataire, ça aussi Juliette s'en plaignait en rigolant quand elle me téléphonait, me dissuadant de faire le voyage jusqu'à New York pour voir son bébé : « Tu viendras la semaine prochaine à Houston, ici je ne sais même pas combien de temps ils vont nous garder, et de toute façon je ne peux plus asseoir mes invités dans cette piaule, le marsupilami prend toute la place. »

Dans la pochette qu'elle m'a envoyée pour que je patiente en attendant de m'extasier pour de vrai sur Peter, il y a une photo de Nick. Sans le bébé, mais tenant dans ses bras l'énorme bestiole. Je suis certaine qu'il était un peu ivre, peut-être avait-il seulement fumé de l'herbe, il ne serait pas venu souffler une haleine avinée au visage d'une jeune accouchée. Il est vautré dans l'unique fauteuil, il fait nuit mais sans doute la pièce était-elle bien éclairée parce que Juliette ne s'est pas servie du flash. Son bras droit enlace nonchalamment Ridiculous – c'est comme ça que Peter a fini par baptiser le marsupilami, vers deux trois ans, à force d'entendre son père s'exclamer, chaque fois qu'il se prenait les pieds dans l'interminable appendice caudal de la peluche en venant l'embrasser le soir : « This ridiculous toy ! » Juliette avait le fou rire des mères gâteuses quand elle m'a appelée, exprès pour me raconter comment le petit Peter avait adopté le qualificatif, convaincu qu'il s'agissait du nom de cet étrange et familier compagnon : « Heureusement que je tanne Bob pour qu'il surveille son langage devant son fils, un peu plus on était bons pour un doudou au nom distingué, genre "Fucking ridiculous", tu vois d'ici la tête de mon beau-père quand il viendra déjeuner dimanche… »

Sur la photo, Nick fixe l'objectif, bien droit mais alangui en même temps (c'est pourquoi je le soupçonne un peu parti, un peu décalé) et surtout il a cette expression qui me donne encore des frissons quand je la regarde, cette douceur qu'il avait aussi lorsqu'il m'observait en faisant l'amour, et qui valait mieux que n'importe quelle déclaration. Quand nous sommes devenus amants, j'ai fouillé dans mes affaires, je me souvenais de l'existence de cette photo, au milieu des portraits de Peter, petite boule rougeaude que j'avais pourtant trouvé si sublime quand j'avais enfin pu le voir, à Houston, une semaine après la visite de Nick à l'hôpital. Je l'ai gardée sur moi, dans mon portefeuille, un risque imbécile, mais tant pis, je m'en foutais. Je l'ai remise à sa place après sa mort, mais je sais qu'elle existe, qu'elle m'attend là-bas, chez moi, à San Francisco.

La seule que j'ai accrochée, c'est celle du mariage de tante Françoise avec mon père. Il était très jeune, très différent de l'homme mûr qui a épousé ma mère et que j'ai connu. Ils posent à côté d'une grande table ronde où leurs invités portent un toast en leur honneur, ils se tiennent la main mais fument tous les deux avec celle qui reste libre, autre époque.

Penser à mon père me ramène à l'énigme de Nick qu'une réponse de Dolores va peut-être élucider. Chez James, Isabel hérite de son oncle. Ralph convainc le vieux Mr. Touchett de léguer une partie de ce qui devrait lui revenir à sa cousine, au motif qu'elle y gagnerait la liberté. Une fortune qui la lui fera perdre au contraire. C'est logique, parfaitement logique, selon cette logique délirante qui est celle de Nick : convaincu que ma vie reproduisait dans le détail un vieux roman, qu'il venait de relire pour confirmer son intuition, décidé à contrarier le phénomène, à détourner le cours littéraire de mon existence, bref à me séduire, il a voulu aussi donner à sa théorie une dernière touche de cohérence. S'il n'avait pas contribué à mon aisance financière au moment de la mort de son père, il pouvait pourtant réparer cette distorsion d'avec le canevas jamesien en s'employant à me gratifier clandestinement d'une autre chance. Le poste à Berkeley, si opportunément paru l'automne où il dit, dans *Déjà-vu*, avoir projeté de modifier la tournure de nos relations, c'était sa manière, transposée, de respecter une dernière fois l'adéquation entre notre histoire et celle d'Isabel et Ralph. Logique, oui.

Je soupire, me demande s'il est l'heure de me servir un verre, temporise, joue à retourner les photos éparses devant moi sur la table basse, comme on fait une patience. Il faut quelques minutes pour que ce geste, qui me ramène à mes après-midi solitaires d'enfant unique – ma mère m'avait appris quelques patiences pour que je lui fiche la paix pendant qu'elle téléphonait à ses copines – pour que ce geste allume dans mon cerveau une petite réaction, clignotante, vacillante, très vite éblouissante : le jeu de tarot ! Le jeu incomplet que Nick a placé dans la boîte que j'ai baptisée « Divers » et qui me frôle le mollet droit, là, juste à côté, j'ai failli l'oublier, alors que, j'en suis tout à coup certaine, il fait partie de l'enquête, oui, un verre de vin pour fêter ça : je suis de nouveau sur une piste.

Même si c'est un moyen comme un autre de m'occuper en attendant que Dolores m'appelle, tout ce que j'ai essayé jusqu'à maintenant ne donne rien et me voilà plutôt exaspérée par le jeu que Nick m'a destiné.

Au début, je me suis contentée d'inventorier de nouveau le contenu de la troisième boîte, sans rien chercher de précis. Et puis, assez vite, j'ai constaté que ça ne donnait rien et je me suis focalisée sur le 21. Un nombre, c'est un indice plus commode que les termes sibyllins de « petit » ou « d'excuse », ça ouvre plus de pistes.

J'en ai suivi un paquet : j'ai d'abord regardé dans le livre, relu le vingt et unième chapitre de *Portrait de femme*. C'est un passage charnière, qui précède immédiatement l'arrivée d'Isabel à Florence et sa rencontre avec Osmond. Après son séjour à Paris, elle fait un détour avec sa tante pour aller voir Ralph qui soigne ses poumons malades à San Remo, « le seuil de l'Italie, la porte des merveilles ». Ce moment suspendu à la frontière qui sépare la France de l'Italie et le premier volet du roman du second est l'occasion pour James de faire le point sur l'état psychologique de son héroïne, et il insiste sur la facilité avec laquelle elle s'est habituée à son nouveau statut d'héritière, aidée en cela par les suggestions de son cousin : « En tout cas, avant de quitter San Remo, Isabel s'était déjà faite à l'idée de sa richesse. » J'ai d'abord cru que j'étais tombée juste, du premier coup : en ôtant le 21 du paquet de cartes, Nick espérait m'aiguiller vers ces pages-là, précisément, et, comme Ralph avec Isabel, me convaincre qu'il a bien fait de manœuvrer en ma faveur. Mais ça ne tient pas la route. Ce n'est pas la preuve que je cherche, de son intervention dans ma vie. Et puis je suis consciente que j'ai tendance à ne sélectionner du texte que ce qui correspond à mon obsession actuelle.

J'ai continué. Ouvert tous les livres à la page 21 (même les vieux best-sellers qui ne lui appartenaient pas et qui prennent la poussière dans les étagères du salon depuis cinquante ans). Réécouté les cassettes de Nick pour voir si la vingt et unième chanson ne contenait pas un message, face A, face B. Rien de probant. Contrairement à lui, je n'aime pas tellement les romans policiers. Je n'ai aucune idée des codes qu'ils lui ont peut-être inspirés. Je merdouille. Je traîne partout dans la maison. Examine les légendes à demi effacées au bas des gravures qui décorent le salon. Il y en a une, représentant le vieil Edgartown, qui date de 1821. Je la décroche, la retourne, défais délicatement l'attache pour la libérer de son cadre. Rien. Sors les cartes marines de leur tiroir. Dans mon souvenir, il y a de petits numéros, des repères un peu partout. Si je n'étais pas aussi nulle en géographie, j'aurais compris tout de suite que je perdais mon temps. Pour que le 21 y figure, il aurait fallu que Nick entreprenne avec l'*Anyway* des navigations bien trop longues pour lui. Pas les bonnes latitudes ou longitudes ici. Pas les vingt et unièmes je veux dire, ni ouest, ni est, ni nord, ni sud. Je deviens folle, ou idiote. Je compte sans arrêt. Les marches de l'escalier. La vingt et unième ne présente pas la moindre aspérité suspecte, les planches sont jointives, leur bois blanc semble intact. Je compte les piliers de la véranda. En partant vers la droite du perron. Vers la gauche. Avant d'admettre l'absurdité de ma supposition : qu'est-ce que Nick aurait pu cacher dans un pilier ? Je compte les minutes aussi, je ne peux pas m'empêcher d'attendre le coup de fil de Dolores. Je vérifie si aucune des pendules de la maison n'est arrêtée sur le neuf (vingt et une heures). Ce serait trop beau. Trop facile.

Toutes celles qui fonctionnent encore indiquent le neuf maintenant. La nuit est tombée. Je n'ai rien trouvé. Juste constaté que le chiffre 21 est extrêmement répandu, beaucoup plus qu'on ne le croit quand on ne l'a jamais traqué comme je viens de passer l'après-midi à le faire. Il y en a sur beaucoup de produits alimentaires : par exemple, les muffins que Martha s'est remise à acheter depuis qu'elle a compris que Will dormait et petit déjeunait parfois ici contiennent **21** % de matière grasse. Le bocal de cornichons est fabriqué par une petite conserverie artisanale dont l'adresse est le **21**, Russell Street. La vingt et unième chaîne que capte l'antique poste du salon propose du téléachat. Je n'ai pas envie de grand-chose. Je me suis affalée devant, à peu près à l'heure où Martha est partie, sans commentaires, sans marquer son étonnement – elle m'a forcément entendue tournicoter frénétiquement dans la maison et ce n'est pas mon habitude, avec ce soleil, normalement j'aurais dû aller sur le bateau. Je bois du blanc. Le champagne me paraît trop festif dans le contexte. Je bois à ma défaite. J'ai mangé la moitié du bocal de cornichons et deux muffins. Le présentateur du téléachat, Herbert, a proposé un lot de **21** sachets hyperprotéinés. Son acolyte, Sandra, vanté les mérites d'un banc d'abdominaux à **21** dollars. Entièrement escamotable. Très facile à ranger sous un lit. Dolores n'appellera plus. Après tout, je marmonne en finissant la bouteille, demain est un autre jour. Je vais me coucher. Peut-être vomir avant.

– Lise ?

– Dolores ! Merci de me rappeler si vite. Tu t'amuses bien ?

– *(Éclat de rire.)* Beaucoup de boulot en fait. J'ai trois colloques à la rentrée et des tonnes de mémoires à corriger. *(J'ai cru longtemps que Dolores se donnait un mal de chien pour décrocher un poste, mais en fait, depuis qu'elle a été nommée, elle en fait encore plus. Une sorte de maladie qu'heureusement je n'ai jamais eue.)*

– C'est vrai, c'est vrai, j'oubliais. *(Je ne sais jamais quoi répondre aux universitaires qui se plaignent d'avoir trop de travail, surtout l'été.)*

– Plus les dossiers d'étudiants à classer : il y a beaucoup de candidats pour reprendre mon ancienne charge de cours. *(Je soupçonne Dolores de réclamer ce genre de corvées administratives. Comme si elle voulait éviter absolument de passer des vacances normales. D'aller se baigner.)*

– Oui, je sais que tu es toujours très… disponible pour ces trucs-là. *(Je n'ai jamais su, ne veux pas savoir comment ça s'appelle, cette maladie).*

– C'est pour ça que tu voulais que je t'appelle, non ? Un problème avec les formalités administratives ?

– *(Je n'attendais pas si vite son coup de fil, je suis un peu prise de court, me demande comment introduire ma question.)* Euh… oui, si on veut. En fait, je voulais savoir si tu te souvenais de quoi que ce soit de spécial concernant mon, enfin ton poste, l'intitulé, la… *(je dis n'importe quoi)* ligne budgétaire spécifique ?

– *(Dolores rigole à nouveau.)* Dis donc, maintenant que tu es à la retraite tu te mets à parler comme Rodrigo ! *(Rodrigo est un autre retraité du département, un spécialiste du théâtre baroque, dont je n'ai jamais compris ni les goûts littéraires ni l'intérêt, au moins aussi vif, pour la gestion de nos crédits de recherche. Dolores sait qu'elle peut se montrer un peu impertinente avec moi, on se connaît depuis tellement longtemps, et je m'insurge en riant contre sa comparaison.)*

– Tu charries, quand même. Pas Rodrigo… *(En même temps que je me défends, j'ai soudain l'intuition que Rodrigo pourrait sans doute me renseigner, mieux que Dolores, sur les conditions auxquelles on m'a attribué mon poste, il était déjà là à l'époque, et déjà sur ce genre de coups.)*

– Arrête : ligne budgétaire spécifique, c'est un truc que tu entendu dans un feuilleton. Je parie que tu… bon, O. K., je ne me moque plus. Je ne sais pas bien quoi te répondre. Je crois que mon élection n'a pas posé vraiment de problème. *(Elle hésite un quart de seconde : je comprends que je suis censée réagir, soit pour rectifier l'impression que je lui ai peut-être donnée de sous-estimer les qualités de son dossier, soit au contraire pour la rassurer vraiment, si elle souffre, c'est la première fois que je l'envisage, du même sentiment d'imposture que moi.)*

– Non, évidemment, aucun problème ! *(Il se trouve qu'on m'a consultée, exceptionnellement, on ne le faisait pas d'habitude pour des affaires aussi sérieuses, des affaires de grandes personnes, et je n'ai eu qu'à confirmer, parce que je l'ai eue comme étudiante depuis sa première année à Berkeley, l'excellence de son travail, je réponds donc en connaissance de cause.)* Tout le monde était unanime. Non. Je me demandais ... Rien de précis en fait. J'ai eu tort de te déranger. C'est parce que je dois remplir ces... *(j'invente)* cases. Des... codes *(???)*.

– Oh, ça, les codes ont changé bien sûr. Tu veux dire qu'on te réclame les codes de tous les modules que tu as enseignés ? *(Je sens, pour la première fois que je la connais, une légère panique dans sa voix, même à elle, une corvée aussi absurde ferait peur, ça me fait presque plaisir, son masochisme a donc des limites.)*

– Non, évidemment, non. Je... *(Tant pis, je me lance, bien consciente du ridicule de ma question.)* Est-ce que par hasard le chiffre 21 t'évoque quoi que ce soit de particulier. *(Je respire à fond.)* En rapport avec la fac je veux dire.

– L'ancien AFLR ?

– *(Je me mets à trembler.)* L'ancien quoi ?

– Bah oui, l'ancien nom du labo de recherche auquel on est rattachés. L'AFLR. *(Elle marque un temps.)* Tu as participé à leurs travaux pourtant. Pas souvent c'est vrai, mais je me souviens d'au moins une ou deux conférences quand j'étais en… deuxième, troisième année. Non ? Ça ne te dit rien ? Ça s'appelait déjà l'AFLR. Nous, on continuait à appeler ça le 21, mais en fait…

– S'il te plaît, attends une minute *(je sautille presque d'excitation autour de la table basse du salon.)* Tu es sûre de…

– Bah, Lise, oui, je suis sûre. C'étaient nos tuteurs, des doctorants. Ils n'aimaient pas les acronymes, eux non plus. Ils avaient du mal avec l'AFLR. Alors ils disaient toujours le 21. Comme avant.

– Comme avant. Je vois. Je vais me débrouiller, tu sais. Merci. Merci infiniment.

– Je… Il n'y a vraiment pas de quoi… Tu es sûre que ça ira, tu vas t'en sortir ? Parce que, si tu veux m'envoyer les documents, je peux y jeter un coup d'œil. *(Et échapper aux occupations des gens normaux en juillet : faire la sieste, boire de la tequila, tout ça.)*

– Non, non, je t'assure, c'était juste un détail mais maintenant je… C'est parfait, parfait. Je… *(Qu'est-ce qu'on réserve comme formule de politesse à une femme qui préfère passer l'été à rédiger des communications savantes qu'à sauter dans les vagues du Pacifique avec sa petite fille de quatre ans ?)* Bon courage, Dolores. Et encore merci.

– Hasta luego !

– Rodrigo ?

– *(Sa voix chevrotante, j'espère qu'il n'est pas gâteux.)* Lui-même.

– C'est Lise. *(Mon accent français me dispense en général de présentation plus explicite)*. Je suis vraiment très embarrassée, on ne s'est pas vus depuis si longtemps, tu dois trouver ça bizarre que je t'appelle comme ça, en plein été… *(J'ai bu deux coupes de champagne en recherchant son numéro de téléphone ; ce coup-ci, j'ai quelque chose à fêter. La terreur de devoir ma carrière à un coup de piston de Nick s'est transformée, grâce au jeu de piste qu'il m'a légué, en une excitation fébrile qui me rappelle mes premières parties de tarot sur cette véranda. C'est là que je me suis installée d'ailleurs, juste un peu pompette. Du coup, je suis très à l'aise avec Rodrigo. Plus qu'avec Dolores tout à l'heure en tout cas.)*

– Oh, tu sais, c'est comme pour toi. L'été, ça ne veut plus dire grand-chose quand on est à la retraite.

Tu ne me déranges pas, si c'est ce que tu crains. *(Il a un ricanement tragique.)* Au contraire, ça me fait plaisir de t'entendre, ça me rappelle le bon vieux temps. Tu as des nouvelles des autres, toi? *(Je suppose que lui, non. Il n'a pas laissé beaucoup d'amis à Berkeley. En fait, il a toujours été super-rasoir, gentil, mais rasoir.)*

– Oh, pas beaucoup, non. *(Il va falloir que je me lance, je ne tiens pas à payer l'info qu'il va peut-être me donner en bavardage d'une heure sur les destinées comparées de nos anciens collègues eux aussi retraités, il ne faut pas pousser, Rodrigo est suffisamment poire pour que j'aille droit au but.)* En fait, je me demandais... Je remue toutes sortes de vieux souvenirs, tu dois faire pareil *(je n'attends pas qu'il confirme)* et je réfléchissais... Tu étais dans plein de commissions à l'époque où on m'a recrutée. Est-ce que tu sais comment ça s'est fait? Les détails je veux dire...

– Oh, tu as eu du bol, si c'est ça que tu veux savoir. On nous avait supprimé un poste de littérature française, celui qu'occupait ton prédécesseur. Un problème de budget, cette année-là il n'y en avait que pour les linguistes. Et puis, oui, je me souviens très bien, à l'automne, le directeur du département, tu sais, Mitchell, pauvre vieux, il s'est littéralement tué à la tâche celui-là, bref il nous a convoqués pour nous annoncer qu'un donateur avait proposé des fonds pour la réouverture de cette chaire. C'était même plus généreux que ça, il offrait de financer aussi un nouveau centre de recherche. Ça devait s'appeler le 21. C'était sa seule exigence. Un drôle de mec. On ne l'a jamais rencontré. Tout s'est fait à distance.

– Tu veux dire qu'il vous a payés pour… Enfin, pour me recruter ?

– Ah non, tu plaisantes. Je sais que tu n'as jamais beaucoup fréquenté nos commissions de recrutement, mais il n'y avait pas la moindre corruption. À l'époque en tout cas. Non. Mais, grâce à lui, on a pu recréer le poste. C'était en septembre. Une session extraordinaire. Il ne devait pas y avoir autant de candidats que d'habitude, mais tu as été élue sur ton dossier. Même si, c'est vrai, le fait que tu sois Française te donnait des points d'avance. *(Je me rappelle que Rodrigo a toujours milité contre cette préférence systématique accordée, pour les postes de littérature étrangère, aux* natives.*)*

– Merci Rodrigo, tu es un amour. Tu ne te souviens sûrement pas de son nom, au donateur ? Ce n'était pas… Nicolas Chancellor ?

– Non. Pas du tout.

– C'est vrai. J'aurais dû me douter. C'était il y a si longtemps. Tu ne peux pas te souvenir.

– Ah mais si, si, je m'en souviens parfaitement. Mais ce n'était pas du tout Nick Machinchose. Comment tu as dit déjà ? Chancellor, ça me rappelle… Il a été étudiant chez nous, non ? Mais longtemps avant ton arrivée il me semble. Non, le donateur, il ne s'appelait pas comme ça. C'était amusant d'ailleurs. Enfin, moi, ça ne me disait rien, je ne lis jamais de romans. Mais un de nos collègues l'avait remarqué : il portait le même nom qu'un personnage de roman célèbre, paraît-il.

– ???

– Touchett. Il s'appelait Ralph Touchett.

Ça me fait chier de téléphoner à Gilles.

Je tergiverse encore, feins de croire que je me trompe peut-être, ou que quelqu'un d'autre me donnerait aussi bien le renseignement qui me manque. Je vais m'y résigner, quand ce deux-mâts, là-bas, aura disparu derrière la pointe nord.

Je suis assise sur la véranda, le catalogue ouvert devant moi à la dernière page, celle qui m'a échappé si longtemps. J'étais persuadée que si Nick avait conservé et rangé dans la boîte « Divers » cette vieille brochure, souvenir d'une expo organisée par Gilles avant même que je le connaisse, c'était pour souligner sa ressemblance avec Osmond, leur prétention artistique commune, pour justifier qu'il se défoule, dans *Déjà-vu,* éreinte la prose un peu ampoulée c'est vrai de Gilles, et encore, c'est parce qu'il parle de ses propres œuvres que ça sonne pompeux, il continue à écrire quelquefois des textes sur celles des autres, et c'est beaucoup mieux. Je n'en veux pas à Nick de détester Gilles, de le sous-estimer. Il sous-estime aussi ce qui nous liait. C'était de l'amour, mais triste, pesant, sans joie. Ce qu'il est devenu en tout cas et qui m'a fait chercher avec Nick de la légèreté et de l'insouciance.

J'ai remué tout ça une partie de la journée, en feuilletant les pages du catalogue, dans l'espoir que quelque chose me mettrait sur la piste de l'excuse, ou du petit. Mon erreur, durant ces heures passées à essayer de me faire honnêtement une opinion sur ses talents, a consisté à négliger la seconde partie de l'exposition, et de la brochure. Gilles, habilement, avait dû négocier la présence de ses trucs à lui mais ce qui intéressait le galeriste, à l'évidence, c'était un certain Samuel Strauss, dont la dernière œuvre, vendue à Gilles quelques semaines avant sa mort, valait à elle seule cent fois plus que la totalité des siennes. Ou mille. À supposer que Gilles ait réussi à les fourguer toutes.

Il lui a fallu un certain culot pour la reléguer à la dernière page. Il savait sûrement que c'était elle qui attirerait le public. Je n'en avais jamais entendu parler avant, sinon j'aurais trouvé bien plus vite. Je connaissais un peu le travail de Strauss, mais pas *Joker*. C'est comme ça qu'elle s'appelle. Même sans ce titre – qui est l'équivalent anglais de l'« excuse » au tarot, et qui, quand j'ai mis mes lunettes pour le déchiffrer, m'a fait le même effet que la révélation hier par Rodrigo de l'identité du mystérieux donateur auquel je dois mon poste, c'est-à-dire le même effet que si Nick, ressuscité, avait abattu sur cette table, comme quand on tapait le carton sous la véranda, dans la même lumière rasante de fin d'après-midi (non, je vérifie, le deux-mâts lambine sur l'horizon), avait abattu l'atout maître, le 21 – même sans ce *Joker*, que Nick maintenant vient de jouer, un demi-sourire impénétrable coinçant sa cigarette, le message est clair : sur la photo qui occupe la partie supérieure de la dernière page du catalogue de Gilles, il y a une boîte semblable à celle qui est posée sur le transat à côté de moi et dont je l'ai extrait. La taille est à peu près identique et le papier reliure beige dont elle est recouverte aussi. Sur le couvercle, le petit rectangle de fer et l'étiquette sont à la même place. La seule différence, c'est que l'étiquette n'est pas vierge. À la main, est inscrit un nom, Margaret Stone. J'imagine Nick cherchant dans une papeterie luxueuse de New York les trois petits cercueils qu'il me destinait, exiger, peut-être même faire faire sur mesure les plus ressemblants, ceux dont les volutes de couleur pâle, les agrafes aux têtes rondes reproduiraient le plus exactement celui de Strauss.

Car c'est un cercueil. C'est comme ça en tout cas que le texte de Gilles, pas mauvais Nick je t'assure, imprimé sous la photo, résume l'œuvre. À l'intérieur de la boîte, dit le commentaire (que je n'ai pas eu besoin de lire pour être sûre, la photo était suffisamment éloquente, mais qui a redoublé mon excitation), il y a tout l'éventail des traces, dérisoires, laissées sur terre par Margaret Stone. J'ignore (Gilles aussi apparemment, et il balaie d'ailleurs la question en en décrétant l'absence de pertinence) si elle a vraiment existé. Il est possible que ses vestiges soient des faux : actes de naissance, de décès, quelques photos de parents, de bébés, deux trois mots sur des cartes postales envoyées par des amis pressés, une invitation à un mariage, un billet d'avion utilisé, Gilles n'est pas exhaustif. Ce qui compte, c'est le concept, si je comprends bien. La minceur de nos vies. La forme, rectangulaire, la couleur, rappelant un bois clair, qui évoquent, c'est vrai, un cercueil.

Gilles se souvient sûrement de l'acheteur. Il saura me dire où est *Joker* aujourd'hui, même s'il a changé de main. Je n'ai qu'à appuyer sur un bouton et il me donnera un nom, peut-être une adresse. Il répond toujours au téléphone. C'est ça son boulot, localiser en permanence, aux quatre coins du monde, les œuvres de ses artistes, et être toujours disponible, même lorsqu'il ne reconnaît pas le numéro qui s'affiche sur son persoc. Un geste. Coup d'œil au deux-mâts qui a dû mettre le moteur et file maintenant vers le nord. O. K., Nick, mettre l'excuse, quand on la main comme toi, là, c'est obliger le joueur suivant à prendre une initiative. J'y vais.

– Gilles ? C'est Lise, je te dérange ?

– Pas du tout, je suis en bagnole. Quel temps de pape ! Vous avez du brouillard là-haut à Frisco ?

– Humm… un peu. *(Pas besoin de lui dire que je suis sur l'île, ça l'a toujours énervé que je vienne ici retrouver Nick, même s'il ne se doutait de rien à l'époque. Je l'imagine au volant de son dernier coupé décapotable, son visage lifté protégé par une visière à logo, coincé dans un embouteillage sur une freeway quelconque entre deux rendez-vous.)*

– Que me vaut l'honneur ? *(Depuis notre dernier déjeuner, il y a deux ans, on ne s'est pas reparlé. Il a dû apprendre la mort de tante Françoise, mais il ne s'est pas manifesté. Il savait qu'elle ne pouvait pas le voir en peinture et je ne lui en veux pas comme à Bruno, incapable de me dire un mot gentil, sa mine habitée de grand penseur quand je l'ai croisé sur le campus, à la mort de ma mère.)*

– Tu vas trouver ça bizarre, mais j'aurais besoin de savoir… C'est à propos d'une œuvre de Samuel Strauss que tu as exposée il y a des siècles et… Je suppose que c'est toi qui l'as vendue ? Elle s'appelle *Joker*, tu te souviens peut-être qui ?…

– Who ? *(Je n'ai jamais supporté cette manie qu'a Gilles de mélanger l'anglais et le français dans nos conversations et je réagis immédiatement, avec le même tressaillement qu'autrefois, moins agacé que honteux : autrefois j'avais honte de l'aimer, de l'avoir choisi, chaque fois qu'il me révélait ou me confirmait un détail de sa personnalité qui me déplaisait, je ne l'aime plus mais cette honte infime subsiste quand j'entends ce « Who ? ». Déjà il y a deux secondes, « Frisco » c'était limite.)*

– Oui. Qui ? A acheté *Joker*.

– Who. *(Il y a quelque chose qui m'échappe. Gilles a toujours des oreillettes très perfectionnées. Il a parfaitement entendu ma question. Et son second « Who » ressemble à une réponse. J'attends qu'il précise. Gilles aime bien laisser planer des blancs dans ses phrases, avec l'espoir sans doute qu'ils incitent ses interlocuteurs haletants à reformuler leurs répliques. Mais il est beaucoup moins fort que Nick à ce jeu. Aussi, j'attends. Ça vient.)* Monsieur Wu. En deux lettres. W.U. *(Gilles se tait de nouveau, mais ce coup-ci il semble juste un peu hésitant, presque gêné.)* Tu n'as jamais entendu parler de lui ?

– Non. Je devrais ?

– Oh, je me disais… C'était un client d'Alabama. Un des tout premiers. Ça remonte à l'époque où elle a commencé à bosser avec Molly. *(Je saisis mieux mainte-*

nant pourquoi ce soupçon de malaise dans sa voix. Gilles arrive, bien sûr, à prononcer le nom de Molly, mais il évite de la rencontrer. Non. Nick a raison, et ce n'est pas forcément du conformisme de sa part, il est peut-être sincèrement inquiet pour Alabama, mais il n'a jamais accepté le couple qu'elle forme avec Molly. Je ne relève pas et le laisse continuer.) Un Chinois. Installé sur la baie, près de Sausalito. Il ne doit plus être tout jeune. Il possédait plusieurs labos dans la Silicon Valley. Richissime. *Joker*, il l'avait payé très cher pour l'époque. Attends, excuse-moi j'ai un double appel. *(Toujours disponible, ça signifie que Gilles interrompt souvent les conversations téléphoniques pour prendre un autre correspondant. Je m'y suis résignée depuis longtemps et je maîtrise mon impatience.)* Sorry. Ah. Lise. Qu'est-ce que je disais ?

– Monsieur Wu. *(Non, vraiment, ce nom ne me dit rien. Mais je ne connaissais pas encore Gilles à l'époque où il lui a vendu le Strauss et Alabama ne parle pas beaucoup de ses clients, ou alors à sa manière, évoque seulement certains détails qui l'ont frappée mais ne permettent pas de les identifier.)*

– Ah oui. Wu. Alabama avait réalisé pour lui un de ses premiers gros projets. Une rocaille je crois. Il avait pas mal de terrain, mais c'était compliqué, assez escarpé. Elle nous avait montré les plans. *(Ça y est, tout me revient : Alabama très excitée, venue de San Francisco pour le week-end, elle avait commencé à travailler avec Molly là-haut et elle habitait déjà avec elle, mais je ne crois pas qu'elles couchaient déjà ensemble. Je revois les grands dessins déroulés sur la table basse de notre salon, chez nous,*

à Los Angeles, dans notre prétentieux cube en verre que Nick détestait tant, Nick que je m'apprêtais à retrouver le surlendemain, je devais retourner à Berkeley le lundi, je savais que je voyagerais avec Alabama et qu'il ne serait pas question du motel cette fois-ci, j'espérais qu'on trouverait une occasion, entre deux portes, j'avais fait des rêves lubriques toute la semaine, ce devait être peu de temps après que « notre relation », etc. Oui, je revois Alabama, ses longs cheveux balayant la table devant laquelle elle s'était agenouillée, maintenant son dessin bien à plat, les bras largement écartés et pépiant de sa voix douce, indiquant d'un mouvement de menton ou d'épaule la place des cactées, le jardin d'eau au centre, énumérant les espèces qu'elle planterait. J'essaie de chasser l'image et de me concentrer sur ce que dit Gilles. Très disponible, mais jamais trop longtemps.)
De toute façon, *Joker* n'est plus à lui depuis longtemps. Il l'a revendu, je dirais, au bout de huit ou neuf ans. Heureusement d'ailleurs, parce qu'il refuse systématiquement de prêter les œuvres de sa collection. Il a plein de trucs intéressants, mais personne ne prend plus la peine de lui réclamer quoi que ce soit. Même les rétrospectives les plus prestigieuses. Même quand on lui envoie les commissaires d'exposition les plus obstinés ou les plus enjôleurs. Rien à faire. Une vraie bourrique, Wu. Enfin, comme je te le disais, heureusement, *Joker* est assez vite revenu dans le circuit. Depuis qu'il a été racheté, il a pas mal voyagé. Je l'ai revu encore à Vienne, il y a cinq ou six ans. Une grosse expo. Il y avait pas mal d'autres Strauss. Mais pourquoi tu t'y intéresses autant, à celui-là ?

– *(Pas folle : j'avais préparé un mensonge, l'air de rien, en attendant que le deux-mâts disparaisse derrière la pointe.)* Ce n'est pas pour moi. Une amie. Elle prépare un bouquin je crois. Et il appartient à qui alors, maintenant ?

– Elle ne bosse pas à Berkeley ta copine ?

– Non, pourquoi ?

– Bah, je me disais... En fait, à ma connaissance *(précaution feinte, Gilles sait très bien qu'on ne peut jamais le prendre en défaut, personne ne s'y connaît mieux que lui, ce qui suit doit donc être compris comme une affirmation, comme une information indiscutable)*, à ma connaissance il n'a pas changé de propriétaire depuis que Wu l'a vendu. Mais il ou elle a gardé l'anonymat. C'est assez courant tu sais, les gens ont peur des vols. C'est ça où conserver les authentiques dans un coffre, à la banque, et exposer chez soi des faux. Bref, je n'ai pas de nom à te donner. Mais, si je te demandais pour Berkeley... C'est une de leurs fondations qui gère les transactions sur *Joker*. Le propriétaire le leur a confié dans le cadre d'un *partial gift. (Là, je n'en veux pas à Gilles d'utiliser l'anglais : dans mon souvenir, ce type de transaction est courant aux États-Unis mais n'existe pas en France.)* C'est Berkeley qui négocie les prêts. Les assurances. Je ne crois pas qu'ils l'exposent très souvent eux-mêmes. Il n'y a pas beaucoup de place dans le département des arts plastiques qui héberge ce genre de donations. Ils doivent faire tourner. J'imagine que *Joker* traîne dans leur réserve la plupart du temps. Et qu'on risque même de le confondre avec du vieux matériel de classement. Après tout, peut-être était-ce le destin naturel d'une œuvre pareille : finir sur une étagère au milieu d'autres boîtes qui ne sont pas des Strauss. Enfin, ils ne s'étaient pas trompés au moins la dernière fois qu'ils l'ont expédiée, à Vienne, c'était bien Margaret Stone le nom qui figurait sur l'étiquette.

La mer est vide. Il fait presque nuit. J'ai passé beaucoup plus de temps au téléphone avec Molly qu'avec Gilles. Mais j'en sais plus sur Monsieur Wu. Il est très âgé et c'est toujours Alabama qui s'occupe de ses jardins. Ils s'entendent très bien. Alabama (qui n'était pas là, mais j'aime autant avoir eu Molly, elle m'est nettement plus utile en l'occurrence, et de toute façon Alabama me rappellera si elle veut quand elle rentrera des serres où elle passe un temps fou, Molly me dit ça avec un rire faussement réprobateur, me parle toujours du dîner qui sera trop cuit, elle adore en rajouter dans le rôle de l'épouse soumise et négligée), Alabama est peut-être même la personne au monde avec qui Monsieur Wu s'entend le mieux. C'est un vrai misanthrope. Célibataire. Sans enfant. Il ne quitte pratiquement jamais sa villa, là-bas, à Sausalito. N'y reçoit presque pas. Oui, Alabama y a emmené Nick au moins une fois mais Molly ne sait pas s'ils sont entrés dans la maison ni si Nick a pu rencontrer Monsieur Wu. Il possède une collection impressionnante, dit-on, mais Alabama, lorsqu'elle en parle, s'intéresse surtout aux œuvres qui sont installées à l'extérieur, c'est un boulot qu'elle adore, elle doit souvent concevoir des environnements végétaux spécifiques, adaptés à telle ou telle statue, objet d'art étrange. Tout ça reposant sur la confiance aveugle que lui fait Monsieur Wu, évidemment. Pourquoi « évidemment »? ai-je aussitôt demandé à Molly. Elle ne l'a pas encore mentionné? Monsieur Wu est aveugle. De naissance.

Alabama ne m'a pas rappelée. Je me retourne depuis des heures dans mon lit. Je n'ai pas voulu fermer les rideaux. Je n'ai pas pris de somnifère. Je me rends compte qu'au fond je n'ai rien contre les insomnies quand j'ai une bonne raison de ne pas dormir – celles que je redoute sont celles qui en inventent, des raisons, de s'inquiéter, de s'angoisser, dans ces cas-là je n'hésite pas à me shooter. La lune est pleine, il fait très clair dans ma chambre et j'emprunte mentalement, les yeux grands ouverts, toutes les pistes dégagées par les informations que m'ont données Gilles et Molly.

Voici mon hypothèse de départ, qu'Alabama me confirmera demain. Ou pas. Et oui, je l'admets, il y a une part d'absurdité, quelque chose de dérisoire dans ma complaisance à rester éveillée malgré l'heure indue. Il est peut-être aussi tard que lorsque je suis enfin montée me coucher, il y a toutes ces années, la première fois que je suis arrivée ici, hébétée de sommeil à cause du décalage horaire mais fermement décidée à tenir le coup. Je n'en sais rien, je refuse de regarder ma montre, j'ai gardé en horreur ces heures passées adolescente à guetter sur mon gros réveil de plastique les minutes décroissantes laissées à mon repos, à pleurer presque d'impuissance lorsque s'y inscrivaient mes doublons les plus détestés : 22 : 22 ça allait. 23 : 23 mon estomac se nouait. 00 : 00 signifiait l'abrutissement garanti aux premiers cours du lendemain matin. 01 : 01 me crucifiait carrément de terreur tant j'anticipais les conséquences : pas une minute d'attention valable en classe, c'était sûr.

Parce que j'ignore en fait si mon hypothèse de départ est exacte : Alabama a emmené Nick chez Monsieur Wu. Une, peut-être plusieurs fois, comme elle le faisait de temps en temps quand on se retrouvait tous à San Francisco. Il y avait tout de même les heures de cours que je donnais à Berkeley et pendant lesquelles Nick était parfaitement disponible. Il aimait bien se laisser conduire par Alabama chez ses clients les plus intéressants, l'écouter babiller avec les jardiniers, donner des instructions qui modifieraient imperceptiblement le paysage, y sculpteraient de nouvelles perspectives. Je les imagine, Nick et elle, traversant le Golden Gate en fin de matinée, quand je prenais la direction, opposée, de la fac. Je les vois rouler de l'autre côté de la baie, vers une hauteur, Alabama s'annoncer de sa voix d'enfant dans l'interphone qui interdit aux étrangers de franchir les grilles de la propriété, garer sa voiture sous l'auvent réservé aux rares visiteurs, puis devancer Nick sur un chemin qui contourne la maison de Monsieur Wu et le guider vers la rocaille qu'elle est en train d'installer. Peut-être l'aide-t-il à porter ses dessins, ou les spécimens dont elle veut tester en situation la couleur, la densité de feuillage.

Un jour, peut-être le premier, peut-être le seul où Nick l'y aurait accompagnée, Monsieur Wu sort de sa retraite, les rejoint dans le jardin, sa canne experte balayant le terrain accidenté qui descend vers la rocaille, des lunettes noires masquant ses yeux bridés et morts. Il leur parle, avec le peu d'anglais qu'il connaît mais qui lui a suffi apparemment pour conquérir la Californie. Il leur propose d'entrer un moment, leur fait servir du thé et leur montre les œuvres d'art exposées dans les pièces du rez-de-chaussée. Nick remarque le Strauss. Il a déjà en tête sa mort prochaine, oui, littéralement, elle menace à chaque instant de lui bouffer l'intérieur de la tête et il songe à me laisser, comme Ralph Touchett à Isabel, comme le fantôme de Ralph apparaissant au chevet d'Isabel dans les dernières pages du livre, une chance de communiquer avec lui après sa mort. Il n'a d'yeux que pour cette boîte, dont Monsieur Wu, incapable d'y lire cette fascination insolite, obligeamment lui laisse examiner le contenu. Nick projette dans cet objet à la fois la forme que pourrait prendre le jeu de piste qu'il me destine, et un élément même de ce jeu. Il est prudent, lucide, il se garde bien de demander à Monsieur Wu si *Joker* est à vendre. Mais l'idée germe en lui.

Et après ? Me voilà contrainte de me mettre à sa place. D'envisager toutes les solutions qu'il a lui-même sans doute examinées et écartées.

Les données du problème sont les suivantes : il lui faut être certain qu'un jour j'aurai accès au contenu de *Joker*. Il doit donc être conservé en lieu sûr. J'ai d'abord pensé, comme Nick peut-être, qu'une preuve pourrait être glissée parmi les documents insignifiants qu'elle renferme. La cécité de Monsieur Wu, qui par ailleurs, de notoriété publique, ne prête jamais aucune pièce de sa collection à aucun musée, l'aurait empêché de détecter la présence d'une pièce surnuméraire. Pièce dont j'ignore d'ailleurs en quoi elle pourrait consister : message manuscrit, vidéo, disquette ? Mais comment me parviendrait-elle ? Si Monsieur Wu mourait, si ses œuvres étaient dispersées, si quelqu'un, découvrant un jour l'intruse (il doit bien y avoir quelque part un descriptif précis de l'intérieur de la boîte, il doit être possible de vérifier si rien n'y manque, ou, en l'occurrence, si rien n'y a été ajouté), se contentait de la mettre à la poubelle ? Je n'en saurais rien.

Une autre possibilité, que j'ai étudiée, bute sur le même risque : Nick aurait pu, à l'occasion d'une seconde visite là-bas, sur la colline, substituer un faux au véritable *Joker*. Qu'il aurait ensuite vendu, ou confié à une fondation de Berkeley. Le tout sans que Wu se rende compte de rien. Aveugle. Indifférent au monde extérieur. Ignorant que son Strauss est désormais régulièrement exposé dans tous les musées du monde qui en font la demande à son propriétaire anonyme. Mais d'abord je ne vois pas Nick voler un handicapé. D'autre part ça rend tout aussi aléatoires mes chances de découvrir cette preuve qu'il m'aurait, selon cette hypothèse, laissée dans le faux.

Assez vite, j'en ai conclu que c'était lui, l'acheteur du Strauss. Que, d'une façon ou d'une autre, il avait convaincu Monsieur Wu de le lui céder. Qu'il en avait confié la gestion au département d'arts plastiques de Berkeley, moyennant la création d'un fonds spécifique, ou, tout simplement, en rapport avec la dotation du laboratoire anciennement appelé le 21. Sous l'identité fallacieuse – pourquoi en changer? – de Ralph Touchett. Mais de nouveau se posent plusieurs problèmes. *Joker*, d'après Gilles, qui est infaillible, a souvent voyagé. On l'a exposé un peu partout et je sais, je n'ai pas été des années l'épouse d'un marchand d'art pour rien, que le transfert, l'assurance d'une œuvre de ce prix s'accompagnent nécessairement de toutes sortes de vérifications. Il y avait forcément un descriptif précis du contenu de la boîte que se confiaient avec moult précautions les différents responsables, les multiples intermédiaires. Encore une fois, si un document y était contenu qui ne figurait pas sur cette liste, quelqu'un aurait pu poser des questions, s'adresser à Gilles pourquoi pas, après tout c'est lui qui a le premier assuré la carrière de cette boîte. Il a dû l'inventorier sérieusement, avant de l'exposer puis de la vendre à Monsieur Wu. J'ai même envisagé que Nick ait pu truquer cette liste, si elle existe, y ajouter une mention concernant l'objet nouveau qu'il y aurait glissé à mon intention. Mais, à la mort de Nick, quelle clause de son arrangement avec Berkeley pouvait me permettre, à coup sûr, de mettre la main sur la boîte, de l'ouvrir, d'y trouver son message posthume ? Le deuxième bout qui manque à mon jeu de tarot. Le *joker*, en anglais. L'excuse, en français. Les branches du sapin dressé face à la fenêtre au sud ploient sous un léger coup de vent, leur ombre se détache nettement sur le mur de ma chambre, dans le clair de lune. Je décide d'abandonner mon attention à la torpeur, de la laisser épouser leur balancement imprévisible. Il est peut-être 03 : 03, ou même 04: 04.

Comment décrire exactement la maladie d'Alabama ? Non, pas sa maladie. Ses… carences, oui, plutôt.

Elle se débrouille bien. Elle est parfaitement au point dans les deux seuls domaines qui retiennent son attention : les fleurs (et d'une manière générale tout ce qui, concrètement, se rapporte à son métier) et les relations affectives à condition qu'elles soient douces, harmonieuses, exemptes de tension, de conflit. Le reste ne passe pas. Comme si son esprit se fermait absolument, sans aucune agressivité de sa part d'ailleurs : simplement, elle n'entend plus. Elle ignore tout de l'argent. Au point de ne pas se servir d'une carte de crédit. Elle n'a jamais réglé seule aucune formalité administrative. Ne sait pas ce qu'est une banque, un guichet d'une manière générale. Ne lit pas ce qu'elle signe. Elle ne lit pas de livres non plus, ni de journaux. Ne regarde rien à la télévision à part la météo (c'est important pour ses plantations). L'état du monde lui est indifférent, à l'exception des phénomènes climatiques. Mais même là, il lui est impossible de concevoir qu'ils soient éventuellement liés à des choix politiques ou économiques. Les seuls mots « politique » et « économie » suffisent à la faire décrocher. Elle ne fréquente et n'accepte d'évoquer que les êtres pour qui elle a de la sympathie. Ils la lui rendent toujours. Mais hors de question pour elle d'admettre les rapports compliqués, les ressentiments. Ainsi que les maladies ou les morts. À condition de connaître et d'accepter ses limites, il est facile de communiquer avec elle et surtout de l'aimer. Finalement je comprends Gilles : Molly a largement fait ses preuves, depuis le temps, mais il n'était pas évident pour lui de confier sa fille à quelqu'un.

Voici un aperçu de la conversation que j'ai eue avec elle ce matin (heureusement, grâce au décalage horaire, elle ne m'a tiré que vers onze heures d'un sommeil largement insuffisant, je suis encore un brin comateuse) et qui pourrait passer pour parfaitement normale. Parce que je veille à ne jamais aborder avec elle les sujets qui révéleraient son handicap.

– Auntie ? *(Alabama m'a toujours appelée comme ça, depuis mon mariage avec son père ; ce n'est pas une pose chez elle, après tout elle est américaine de naissance, elle : je suis un équivalent de « tantine », va savoir pourquoi.)* Je ne t'ai pas rappelée hier soir. Je suis rentrée tard et Molly avait préparé de la terrine de légumes.

Et puis Papa m'a téléphoné. *(Blanc. Il est rare que ses contacts avec Gilles soient détendus. Elle ne développe donc pas.)* Tu vas bien ?

– Très, très bien ma chérie. La maison est superbe. Tu vas essayer de venir, hein ? Tu m'as promis. *(Je me rends compte qu'il me faut détourner la conversation des fantômes associés à l'île : Nick, et surtout tante Françoise, parce que sa mort est plus récente et que je sais par Molly qu'Alabama a réagi à sa manière, en la niant.)* Et puis j'aimerais bien que tu voies, pour le jardin, il y a peut-être quelque chose à en tirer au fond. Tu viendras ?

– Bien sûr. Je vais demander à Molly. Elle m'a dit que tu voulais que je te parle de Monsieur Wu.

– Oui… Enfin, j'espérais surtout que tu te souviendrais… Ça remonte à des années : quand tu as commencé à bosser avec lui. C'était pour une rocaille, c'est ça ?

– Ouais. J'étais vraiment débutante, tu sais. Je ne referais jamais un truc pareil. Il y avait plein d'erreurs dans la conception. Je l'ai complètement remaniée depuis. Je n'ai gardé que les lys. Mais tu n'es jamais montée là-haut avec nous, si ? *(Je suis ravie d'avoir deviné juste en imaginant Monsieur Wu en hauteur, perché sur une colline. Mes autres suppositions sont peut-être valables aussi.)*

– Qui ça, nous ? Tu veux dire, avec Molly ? Ou tu y a emmené Nick aussi ? *(On peut parfaitement parler des morts à Alabama, s'il s'agit d'évoquer les souvenirs d'eux vivants.)*

– Molly ? Oh non. Elle vient rarement avec moi. Et puis Monsieur Wu est spécial. Il ne voit presque personne. Enfin, je veux dire, de toute façon il ne voit rien. Mais il n'est pas très sociable. C'est un hasard s'ils se sont parlé avec Nick, la première fois.

– Tu t'en souviens ?

Bah oui. Évidemment. *(Alabama a une mémoire sélective mais surpuissante. Nick la surnommait « l'hypermnésique ».)* C'était un lundi. Dernière semaine de mars je dirais. Il y avait énormément de brouillard, même là-haut et Nick s'est pris les pieds dans un tuyau d'arrosage. Il s'est ouvert le genou et j'ai dû entrer dans la maison pour demander de l'aide. Monsieur Wu était dans le salon et ça l'a fait bien rire, ce type parfaitement valide que le brouillard avait flanqué par terre. Il a réussi à articuler une phrase très longue pour lui, en anglais, du genre : « Ce n'est pas à moi que ça arriverait. » Et puis il m'a proposé de faire venir Nick. Sa femme de chambre lui a collé un pansement. De toute façon, on n'y voyait pas assez à l'extérieur pour que je puisse avancer beaucoup ce jour-là. Alors il nous a carrément offert le thé. Et montré sa collection. *(J'exulte ! Même si je n'avais pas prévu le brouillard, ni l'incident – je me souviens maintenant de la petite plaie ovale qui a laissé une cicatrice sur le genou de Nick, mais sur le moment il ne m'avait rien dit de sa visite à Monsieur Wu, juste expliqué qu'il s'était blessé en aidant Alabama – j'avais raison : Nick est entré. Il a vu le Strauss.)*

– C'est tout ?

– Comment ça « c'est tout » ? Qu'est-ce que tu veux que je te raconte ? Moi, j'étais déjà habituée. Mais Nick, ça lui a fait bizarre d'entendre Monsieur Wu commenter des objets qu'il ne pouvait pas voir. C'est comme ça. Je suppose qu'il doit avoir un sens de l'orientation, de l'espace particuliers. Et puis il touche beaucoup. Enfin, les choses. Pas les gens. Mes plantes, mes arbres, il les palpe. Et là aussi, il posait sans arrêt ses mains sur les œuvres qu'il montrait à Nick.

– Tu te souviens d'une boîte ?

– La boîte ? Bah, forcément.

– Pourquoi forcément ?

– Il me l'a donnée.

– Qui ça ? *(J'ai été trop fébrile, trop agitée, j'ai peur qu'Alabama ne ferme subitement son esprit si je parais trop tendue.)* Pardon. Tout va bien. Excuse-moi. Continue, ma chérie.

– Monsieur Wu m'a donné la boîte. Le truc beige, avec les papiers dedans. *(Je retiens mon souffle et mes questions suivantes, c'est la bousculade dans mon système de déduction mais il faut que je la laisse continuer à son rythme.)* C'était... deux ans et demi plus tard. En septembre. Un mercredi. J'étais montée discuter avec lui. Il y avait un problème avec le chevalier espagnol. Une statue en fonte, avec les contours tout déchiquetés, de trois mètres de haut. J'avais aménagé le terrain autour. Elle était un peu en contrebas du jardin, à l'ouest. Mais rien n'allait. Le terrain n'est pas assez stable. On a fini par la changer de place. Mais bon, ce mercredi-là, j'étais allée le voir pour lui proposer des échantillons d'un gravier que je pouvais faire venir d'Espagne. Je m'étais dit que ça collerait bien, vu que le chevalier est espagnol paraît-il. En fait, on m'avait surtout dit que ce gravier avait la bonne tenue, la bonne densité. Et puis ça n'a pas marché au bout du compte. Non, il est beaucoup mieux au nord, maintenant. Bon, on n'a plus le Golden Gate dans l'axe, mais ça vaut mieux quand même. J'avais toujours peur avant, dès qu'il pleuvait plusieurs jours de suite. Si le sol s'était mis à s'affaisser carrément, il y aurait eu de la casse. Où est-ce que j'en étais ?

– La boîte.

– Ah oui, la boîte. Bref ce matin-là, Monsieur Wu, de très bonne humeur, m'a dit qu'il voulait me faire un cadeau. Il était très content de mon travail. Il faisait rouler les échantillons de gravier espagnol entre ses doigts. Il avait même enlevé ses lunettes noires. On commençait à être vraiment amis. Il m'avait déjà proposé plusieurs fois de… enfin de l'argent. Mais ça, hors de question. C'est Molly qui s'en occupe. Alors il m'a dit de choisir. Dans sa collection. Un truc qui me plairait. Ce que je voulais. J'étais vachement gênée. En fait, je m'en foutais de ses œuvres d'art. La seule chose qui m'intéresse, c'est son terrain. Mais, d'abord, je n'avais pas envie de lui dire encore non. Je me suis dit que je n'avais qu'à en prendre une et que ça serait réglé comme ça. On serait quittes. J'ai vaguement regardé autour de moi. Pas question d'en piquer une du jardin. J'avais trop soigné leur mise en place. Je voulais pas tout foutre en l'air. Et puis je suis tombée sur la boîte. Je me suis souvenue qu'elle avait tellement plu à Nick : il avait tout examiné dans le détail, tous les machins qu'il y avait à l'intérieur. J'ai pensé que je la lui refilerais et que ça ferait au moins plaisir à quelqu'un.

– Et c'est ce que tu as fait ?

– Bah oui. La semaine suivante, quand Nick a débarqué, on est allés la chercher ensemble. Tu devais être à la fac ce jour-là. C'était le jeudi je dirais. *(J'espère – je m'en veux, j'adore Alabama – mais j'espère que son hypermnésie ne me condamne pas à une nouvelle digression.)* Et voilà. Nick m'a attendue dans la voiture pendant que Wu me la faisait envelopper, avec les papiers, tu sais…

– Les papiers qui étaient dedans ?

– Non. Ceux-là… Oui, en fait il m'a aussi donné l'intérieur. Ça allait avec. Mais je voulais dire les… *(C'est un effort mental un peu excessif pour Alabama, mais je n'ose pas l'aider, je crains qu'elle ne se bloque complètement.)* Les certificats.

– Ah oui, bien sûr. Je suis bête. Les papiers. Et Nick a tout récupéré.

– Tout, ouais. Excuse-moi, Auntie, il faut que je te laisse. Je… J'ai un truc.

– O.K., O.K., ma chérie. C'est super. Tu m'as beaucoup aidée. Merci. Je t'embrasse très fort. Rappelle-moi et viens surtout. On pourra même faire du bateau ! Attends. Non. Ne raccroche pas. Tu peux me passer Molly ?

– Bien sûr, bisous. *(Alabama a l'habitude qu'on veuille parler à Molly, ou d'une façon générale à une grande personne, à la fin d'une conversation téléphonique avec elle. Elle s'exécute avec la docilité d'une petite fille à qui on demande de vous repasser sa maman)*.

Parce que, pour l'étape suivante, j'ai besoin de Molly. Pendant qu'Alabama s'attardait sur les détails, je me suis concentrée sur l'essentiel de son récit et j'ai avancé dans mon enquête. Donc c'était Nick qui avait succédé à Monsieur Wu dans la vie de *Joker*. Restait à découvrir le lien avec Berkeley. Après, j'envisagerai les moyens d'accéder à la boîte. Il se trouve que, pendant qu'Alabama digressait, je me suis rappelée que je connaissais au moins le nom de l'actuelle directrice du département d'arts plastiques, à défaut d'avoir mémorisé son visage. J'ai traîné une ou deux fois à des cocktails organisés par les arts plastiques. Et je crois qu'elle est une cliente d'Alabama et de Molly. Leur copine, même. Le réseau gay. Sally Bellarosa. Confirmation de Molly :

– Sally ? Bah oui. Elle a un contrat-bouquet avec nous.

– Un quoi ?

– Un contrat-bouquet. Toutes les semaines on lui livre plusieurs compositions fraîches. Conçues pour elle. Enfin, sur la base des composants de la saison. Mais adaptés. Elle nous a invitées à dîner deux ou trois fois. Elle a un super appart au-dessus du campus. C'est à perpète mais elle fait bien la bouffe aussi.

Tu veux quoi ? Son téléphone ? Je n'ai pas son portable et je peux te dire qu'en ce moment elle est en vacances. On interrompt toujours son contrat fin juillet début août.

– Son adresse mail plutôt ?

« Chère Sally Bellarosa,

Je me permets de vous écrire à propos d'une œuvre de Samuel Strauss : *Joker*. Je crois savoir qu'elle a été mise à la disposition de votre département et que c'est vous qui en assurez la conservation et les prêts éventuels. Il semblerait que ce soit un de mes amis, mort il y a très longtemps, un certain Nicolas Chancellor, qui vous l'ait confiée. Je suis en train de régler certains détails concernant la succession de sa mère et je souhaiterais, si vous pouvez m'aider, en apprendre davantage sur les clauses du *partial gift* qui a été conclu jadis entre vous – je dis "vous" mais je vous sais bien trop jeune pour avoir été concernée à l'époque : peut-être êtes-vous malgré tout au courant ?

Bien cordialement

Lise Beaufort. »

« Chère Lise Beaufort,

Vous avez très bien fait de prendre contact avec moi. Il se trouve que je m'intéresse particulièrement à Strauss et j'ai toujours trouvé dommage que *Joker* ne soit pas plus souvent montré dans notre espace d'exposition. Mais, vous savez ce que c'est : au début, l'annexe était surtout conçue pour que nos étudiants puissent inviter des professionnels à voir leurs travaux. Et puis, certains nous sont restés sur les bras, dont les auteurs sont devenus plus ou moins cotés, financent généreusement notre département, et, c'est une question de diplomatie, nous privilégions systématiquement la production de nos anciens, pour qu'ils ne se vexent pas quand ils passent nous rendent visite. L'espace est trop réduit. Le Strauss est presque toujours rangé dans la réserve. C'est pourquoi vous n'avez sans doute jamais eu l'occasion de le voir lors de nos expositions – il me semble vous avoir aperçue quelquefois à l'occasion, lorsque vous travailliez encore ici. Comme vous ne m'en parliez pas, je n'ai jamais jugé utile d'aborder le sujet avec vous, mais j'avoue que j'ai été très surprise que vous m'interrogiez au sujet d'un certain Nicolas Chancellor. *Joker* nous a été confié par le laboratoire 21, une fondation privée rattachée à votre ancien département. J'ai oublié le nom de l'intermédiaire qui le leur avait transmis, mais de toute façon je crois qu'il s'agissait d'un pseudo, ou alors il était l'homonyme d'un personnage littéraire. Pas David Copperfield tout de même. Sinon, je m'en serais souvenue. Mais ce genre. Non, ce qui m'étonne c'est que vous paraissiez ignorer l'identité de son propriétaire. Tous les papiers, l'acte de propriété, l'assurance, le certificat d'authenticité etc. sont à votre nom. *Joker*, Miz Beaufort, vous appartient. N'hésitez pas à contacter mon assistante. Elle s'appelle Katia et nous prenons toujours nos vacances à des dates différentes. Elle est actuellement à Berkeley et pourra vous donner d'autres renseignements. J'espère que vous n'envisagez pas de nous reprendre le Strauss. En tout cas, ne m'en voulez pas de ne pas l'avoir mieux exposé. S'il ne tenait qu'à moi, il l'aurait été à titre permanent. J'ai une sincère affection pour lui.

Bien cordialement
Sally Bellarosa. »

C'est moi qui ai maintenant une sincère affection pour Sally Bellarosa. Et pour Katia, sa diligente assistance.

Sally l'avait déjà prévenue que je risquais de l'appeler. J'ai hésité d'abord à lui demander de m'expédier la boîte et tout ce qu'il y a dedans. Après tout, je ne suis même pas sûre qu'elle contient l'« excuse ». Même si toutes les pistes ont l'air de converger. J'ai préféré – et comme j'ai eu raison ! quel gain de temps ! – qu'elle me lise la liste (qui existe, oui !!!) l'inventaire de ce qu'il y a à l'intérieur. C'est un document manuscrit, m'a précisé Katia, daté et signé par Gilles. Un instant, j'ai frôlé l'absolu découragement. « Elle est assez longue », a continué Katia, ma nouvelle amie, « Vous ne préférez pas que je la scanne et que je vous l'envoie par mail ? » Là, nouvelle intuition géniale de ma part : si Nick a trouvé le moyen d'imiter l'écriture de Gilles et d'ajouter un élément à cette liste, il est fort probable qu'il l'aura fait en première ou en dernière position. Gilles laisse toujours des espaces très réguliers entre les lignes mais il en gaspille beaucoup au-dessus et au-dessous. C'est ça que j'ai demandé à Katia, de me lire seulement la première et la dernière ligne. Et c'est à la fin que Nick a dû, j'en suis certaine maintenant, ajouter ceci : « une disquette noire ». À mon exclamation éloquente, Katia a commencé à comprendre que c'était du sérieux. Elle a offert d'aller vérifier la présence d'une disquette dans la boîte. J'ai attendu, au bout du fil (façon de parler, il y a si longtemps que les téléphones n'ont plus de fil, sauf chez le père de Will, le vieux Plunkett) et Katia, chère à mon cœur, m'a lu ce qui figurait sur l'étiquette de la disquette, d'une écriture très différente, a-t-elle commenté, de celle de Gilles : « I. Archer ». Moi. « Isabel Archer ». Indétectable. Pas comme « David Copperfield ». Ni même Ralph Touchett. Trop banal, Archer. J'imagine même certains critiques, historiens d'art, certaines thèses finlandaises ou australiennes sur Strauss dissertant naïvement sur le champ lexical de la chasse, l'associant tant bien que mal au concept morbide de *Joker*. Katia m'envoie la disquette par Fedex. Il ne me reste plus qu'à dénicher sur cette île un ordinateur assez primitif pour pouvoir déchiffrer une disquette. Mais Nick, je brûle. J'ai presque gagné.

Ce soir, j'ai quand même pris un cachet. Pour que le temps passe plus vite, pour être déjà à demain.

Je suis dans la chambre qu'on m'attribuait, enfant, dans cette villa de bord de mer que ma mère détestait tant. Il n'y a pas d'hybridation, dans ce rêve de maison-là. Ma chambre n'est que cette chambre, aucunement mêlée d'une autre. Les minuscules fleurs rouges du papier peint se décollent du mur humide aux mêmes endroits, la tête du lit en fer, aux volutes blanches, cogne ma tête comme autrefois quand je change de côté. La mer est haute et frappe la digue, plus bruyamment que jamais ici, sur l'île, où les dunes la tiennent à distance.

Tout autour de moi, par terre sur le vieux plancher devenu gris, des générations de poussière et de sable coagulées entre ses planches, sur la petite commode, blanche elle aussi, dont la peinture s'écaille, sur les étagères en formica à moitié vides, où ne traînent que les laissés-pour-compte – une vie de Marie Stuart dans la « Bibliothèque Rose », vraisemblablement édulcorée, un *Club des Cinq* illustré (ce sont les moins bons) et sur le lit voisin, vide (mes cousins sont plus grands que moi, on ne nous fait jamais dormir ensemble), partout il y a des boîtes. Beiges. Rectangulaires. Fermées. Sans bouger, sans même tourner la tête sur l'oreiller, je peux lire toutes leurs étiquettes. Autant d'épitaphes. Autant de tombes. Mon père. Ma mère. Oncle Dick. Tante Françoise. Juliette. Nick. Bruno. Mitchell, notre ancien directeur de département, celui qui s'est « tué à la tâche », d'après ce vieil alcoolo de Rodrigo. Samuel Strauss. Et même Margaret Stone. Les vagues font vibrer à peine leurs couvercles.

Mais ce n'est pas un rêve funèbre. Le soleil déclinant filtre encore à travers les fentes des volets (on envoyait les enfants se coucher tôt, dans ces années-là, bien avant que les adultes, réunis dans la salle à manger au-dessous, ivres, ne poussent sous leur fenêtre des piaillements ridicules, dans l'attente illusoire du rayon vert, le soleil invariablement masqué par un nuage lorsqu'il franchissait l'horizon). Et je me sens bien, bercée par la vibration des vagues. L'empilement des boîtes évoque moins un cimetière que les cadeaux de Noël amassés au pied du sapin, générosité déplacée, excessive, des parents de la fille unique que j'étais. Au milieu de ces petits cercueils couleur sable mouillé, je suis vivante et j'attends qu'on me donne l'autorisation d'ouvrir mes paquets. Le meilleur moment à Noël. L'attente.

Je me suis installée sur le bateau. Martha a consigne d'étendre sur la rambarde de la véranda, quand Fedex arrivera, mon peignoir éponge rouge, celui que je garde pour m'y envelopper, encore salée, quand j'ai envie de me servir un verre tout de suite en revenant du bateau. Avant la douche.

Comme le jour où j'ai vu Marie pour la première fois, où, pour la première fois, je l'ai écoutée me raconter ses aventures, ses amis de la côte ouest, assise dans mon maillot de bain humide sur les marches de la véranda, les grains de sable s'insinuant partout, s'incrustant entre mes fesses, mais grâce au vin blanc et aux anecdotes romanesques de Marie, j'en oubliais les picotements.

Je profite de ces derniers moments d'attente, délai incompressible avant l'arrivée de la disquette, pour réfléchir au moyen d'en lire, et, si possible, d'en imprimer le contenu. Je préférerais lire le message de Nick sur papier. Pas d'écran, ce serait mieux. Je sais que je ne dois pas faire la difficile. Si le lecteur de cassettes audio a fini dans une décharge à une époque où Martha faisait encore de la danse classique, il y a déjà peu d'espoir qu'aucun ordinateur contemporain ait survécu, alors une imprimante... Il va falloir que j'aie de la chance.

Quand mon persoc sonne, je suis obligée de quitter la maison des yeux pour descendre répondre dans la cabine. Où j'ai laissé mon sac à dos.

C'est Will. J'avais oublié quand il devait rentrer, si je l'ai jamais su. C'est fait. Il m'appelle de la cabine du yacht-club. Il dit qu'il est sale et affamé, qu'il va rentrer chez lui d'abord. Propose de faire les courses pour le dîner et de débarquer dans deux ou trois heures.

Je n'ai pas beaucoup pensé à Will ces jours-ci. Mais le son de sa voix se conjugue soudain miraculeusement à mon obsession présente. Le seul endroit sur l'île où un des premiers Mac prend sans doute tranquillement la rouille, c'est Will qui peut m'y conduire. Il n'a pas l'air particulièrement surpris par ma question. Oui, sa mère, l'instit volage, l'intellectuelle sentimentale qui lui a laissé une collection de romans classiques et s'est enfuie loin de ses deux loups de mer est partie avec peu de bagages. Seuls les businessmen possédaient des ordinateurs portables en ce temps-là. Dans le petit bureau où elle corrigeait les exercices de ses élèves, trône toujours le Mac Classic des années 1990 dont elle se servait pour préparer ses cours, et l'imprimante (oui ! l'imprimante !) d'où sortaient, en dix-huit exemplaires (il y avait peu d'enfants au village, hors saison, les classes regroupaient souvent plusieurs niveaux), les questionnaires de grammaire, les récitations à apprendre par cœur, à un rythme démentiellement lent, et irrégulier, me précise Will, mais toujours en état de marche, à sa connaissance : est-ce que les machines de ce genre s'usent quand on ne s'en sert jamais ? Aucun problème, en tout cas, pour que je le rejoigne chez son père. Au contraire, Will est ravi qu'on fasse connaissance. On dînera dans le jardin pendant que l'imprimante crachote ce dont j'ai besoin. Si elle accepte de crachoter quoi que ce soit. Si la disquette que j'attends arrive à temps. Il me donne l'adresse. C'est dans Edgartown, une petite rue perpendiculaire au port. Je trouverai.

Quand je remonte sur le pont, une large tache écarlate s'étale sur la rambarde. Je replonge à l'intérieur pour récupérer mon sac à dos puis me laisse tomber dans l'annexe. Je suis maintenant à quelques coups de rame de la fin de la partie.

Pour une fois, Will a prévu de la viande. Il en a assez de la poiscaille, après une semaine sur l'eau. Assez des Russes aussi. Ceux-là n'avaient pas le mal de mer au moins. Il a apporté sur la table de jardin des côtes d'agneau gigantesques et, à même l'emballage de la boucherie, il est en train de les enduire d'un mélange d'huile et d'épices, pendant que son père allume le barbecue. Il fait nuit plus tôt au village qu'à la maison et on a perdu pas mal de temps à remettre en marche l'ordinateur.

Peut-être était-ce déjà aussi long à l'époque, fallait-il de toute manière patienter d'interminables minutes en guettant les variations de son ronronnement. Mais si c'est le cas, j'ai tout oublié de cette perception du temps qui était la nôtre au siècle dernier. Je m'étais arrêtée au drugstore acheter une rame de papier neuve, mais de toute façon, le bureau de la mère de Will est resté en l'état et il y en avait deux paquets sur l'étagère, bien rangés à côté des cartouches d'encre, assorties au design oublié de l'ordinateur, leur emballage couvert de poussière, sous les rayons consacrés aux livres, presque rien que des romans – un abécédaire et quelques manuels quand même. J'ai eu largement le temps d'en parcourir les titres en attendant que le Mac se réveille.

Lorsque l'écran s'est enfin mis à émettre une lueur, vacillante au début, le moteur à diffuser soudain un bruit assourdissant (mais normal, cherchai-je à me convaincre, normal, c'est juste que j'ai oublié les sons de cette époque-là), je venais de tomber sur *Portrait de femme*, l'édition anglaise, en poche.

J'ai aussitôt zappé, omis de demander s'il l'avait lu, celui-là, à Will, courbé de son côté vers la machine, sa tête inclinée comme celle des médecins au chevet d'un mourant. Ou d'un miraculé. J'ai croisé les doigts et la faible lueur s'est muée en vaillante éclaircie. Il n'y avait que deux icônes, sur le fond gris pâle, deux petites fenêtres blanches : le disque dur et un logiciel de traitement de texte.

C'est moi qui ai inséré la disquette dans le lecteur. Doucement. Presque tendrement. Clic. Quelques secondes qui ont duré l'éternité. Et une nouvelle icône est apparue sur l'écran. Un pictogramme simpliste, familier, oublié, représentant une microscopique page imprimée au coin replié, et, en dessous, un titre : *L'Excuse*.

C'est ça, j'ai dit à Will, et je me suis brutalement affairée. Ouvrir le dossier. Trois cent quarante-cinq pages. Il y en a pour des heures. Will me console (son estomac et celui de son père sont sauvés) d'un « On a tout le temps de dîner ». J'hésite à modifier la mise en page. Si le texte est moins aéré, ça ira plus vite. Mais je ne veux pas abuser des forces de l'imprimante, on ne sait jamais. Ce n'est pas le moment de précipiter les choses. Et puis moi aussi j'ai faim. Je déroule le menu, clique sur « imprimer ».

Au début, rien ne se passe. Le silence persiste, s'installe. Pourtant tous les voyants sont au vert. Et puis. Je revois soudain cette tortue géante, au zoo de San Diego, où j'avais emmené Peter pour le week-end, il devait avoir quatorze ans, Juliette avait préféré rester à San Francisco, elle a toujours détesté les zoos, cette tortue de mer dégager de sa carapace, mosaïque d'écailles aux reflets de pierre, des moignons antédiluviens et progresser de quelques centimètres, obstinée, patiente ; il lui a fallu environ un quart d'heure pour s'approcher suffisamment de son congénère du sexe opposé (j'imagine, je ne sais pas si les tortues des Galapagos sont rigoureusement hétérosexuelles) et procéder à ce qui avait toutes les apparences d'un langoureux accouplement, langoureux pour des monstres préhistoriques comme elles j'entends, sous les yeux intrigués d'un groupe de collégiens de première année, plus jeunes que Peter, soudain éloignés de l'enclos par des moniteurs puritains. C'est à cela que je pense en regardant cet autre monstre grisâtre, avec ses deux petits yeux verts, ingérer voracement, dans un vacarme indescriptible, la feuille du dessus, la mâcher plus bruyamment encore, et la rejeter d'un coup de langue repue, chaque ligne à sa place, la feuille qui revient vers moi du fond des âges et des tréfonds de l'imprimante, par saccades exaspérées.

Je suis rentrée deux fois déjà dans la maison pour remettre du papier dans l'imprimante depuis que Will a attaqué la préparation des côtes d'agneau. En laissant soigneusement mes lunettes dans mon sac, au pied de ma chaise de jardin. Pour n'être pas tentée de rompre la promesse que je me suis faite (ne rien lire avant que tout ne soit imprimé) en voyant la première feuille poussée dehors d'un dernier coup de rein par ma tortue en plein travail, encore priée d'accoucher de trois cent quarante-quatre bébés comparables, la pauvre. Les deux fois, j'ai chassé de mon esprit la pensée de la mère que j'aurais été, et qui aurait ainsi abandonné ses convives, à plusieurs reprises dans la soirée, pour aller vérifier que son bébé dormait normalement, remonter sur lui une couverture, replacer contre son menton une peluche brunie déjà par ses suçotements de nourrisson.

Lorsque je ressors dans le jardin, la deuxième fois, la viande grésille, plus silencieuse que la machine là-haut et une fumée pas déplaisante monte vers un ciel plein d'étoiles.

Le père de Will lui ressemble. J'observe leurs silhouettes également immenses de part et d'autre du barbecue. Je me ressers un verre. Du vin rouge, pour une fois, un merlot californien délicieux que j'ai trouvé dans la cave de la maison. J'ai voulu jouer à fond l'invitée bien élevée, me suis lavé les cheveux et choisi une robe en lin, mi-longue, comme si je devais vraiment être présentée à mon futur beau-père. Je l'imaginais comme ça. Will en plus vieux. Moins bavard encore, mais très présent tout de même, et il y a en permanence un sourire vif dans ses yeux au bleu délavé, même si les lèvres, quant à elles, restent closes sur une dentition authentique, mais qui a pas mal morflé.

À leur signal, j'empile les trois assiettes disposées sur la table et traverse la pelouse, mes ballerines transpercées par l'herbe humide. Je m'apprête à les leur tendre, l'une après l'autre, pour qu'ils y entassent les côtes fumantes, l'os est calciné mais la chair est sûrement bien saignante, vu l'épaisseur. Je ne pense plus qu'au goût anticipé du morceau juteux dans ma bouche, j'ai bu deux verres de vin et j'oublie presque pourquoi je suis là. Presque. Je suis disposée en tout cas à accueillir d'autres sensations.

Quand j'étais petite, dans ma famille, dans mon milieu, dans mon pays, on ne faisait jamais de barbecue. Je m'y suis habituée, depuis le temps que je suis devenue américaine, mais il y a encore, et particulièrement ce soir, un parfum d'exotisme dans ce rituel que je n'ai jamais orchestré moi-même.

Et puis, pour la première fois depuis que Will et son père m'ont fait entrer dans cette antique maisonnette de pêcheur, réplique en réduction de ma maison – bardeaux blancs, galerie couverte, tout cela en tout petit – pour la première fois ou alors est-ce parce que j'étais trop absorbée jusqu'à maintenant pour prêter attention à rien d'autre qu'à la réalisation imminente de mon plan – l'ordinateur, l'imprimante, la disquette – pour la première fois je remarque la manière dont son père parle de Will.

De l'épaisse fumée qui les transforme tous deux en Vulcain de la peinture classique, le vieillard à la tignasse épaisse et à la barbe clairsemée a émergé, m'a pris des mains la pile d'assiettes et a désigné son fils d'un coup d'épaules en murmurant : « Laisse. Toi, tu es invitée, tu ne fais rien. C'est le petit qui va s'en charger. »

Sur la pelouse humide, parce que protégée sans doute du soleil presque toute la journée par l'ombre des trois vieux pins qui la séparent de la rue, à la lumière insuffisante des lampions suspendus sous la véranda et des braises qui crépitent, tandis que les deux hommes, précis, professionnels, transfèrent la viande fumante sur les assiettes de faïence choisies il y a des siècles par leur femme, leur mère, au bout des bras ballants de l'invitée condamnée à l'inactivité que je suis, mes poings se sont soudain serrés, seul indice extérieur du spasme qui me secoue.

Le dernier bout. Le « petit ». Il est là. Devant moi. C'est un marin aux cheveux grisonnants d'un mètre quatre-vingt-quinze. Un hypochoristique. Ou un oxymore. Peu importe. J'ai gagné.

Plus tard, le même soir. Comme on dit dans les scénarios. Intérieur nuit. Le père de Will se couche tôt. Il est monté il y a un moment déjà et je sirote le plus lentement possible la fin de mon verre de vin, allongée, la tête au creux du bras de Will dans un canapé défoncé, couvert d'un velours rouge fané, assez profond pour que nous y tenions tous des deux. Dans le petit bureau, à côté, l'imprimante semble avoir récupéré de ses années de coma et ronronne à un rythme plus paisible.

Je ne savais pas encore si j'allais tout expliquer à Will, avant qu'il ne me demande s'il y avait un rapport entre le nom inscrit sur l'étiquette de ma disquette (et qu'il a donc, il s'en excuse, pris la liberté de déchiffrer quand je l'ai sortie de mon sac) et le roman de James. Nous avions déjà parlé bouquins, avant ce soir. Mais j'avais évité celui-là. Et lui ne l'avait jamais mentionné.

Je lui ai tout raconté. Mon aventure avec Nick (Will n'en revient pas que j'aie pu supposer qu'il ne s'en était pas douté, pour lui ça ne faisait pas un pli, qu'on avait été amants, même si Nick ne lui a rien raconté à l'époque de leur brève amitié). *Déjà-vu*. Mon enquête. Le 21. Le Strauss. Tout. Will, malgré la sympathie que lui inspiraient Nick et ses théories personnelles, est resté carrément sceptique en m'entendant énumérer les coïncidences entre ma vie et le roman de James. Il a systématiquement réfuté chaque point de la thèse.

– O. K. Tu étais riche, jeune, maligne et exilée. Ça me paraît mince comme preuve de ta parenté surnaturelle avec cette petite prétentieuse d'Isabel Archer.

– Ne dis pas de mal de mon modèle s'il te plaît. Moi aussi j'étais prétentieuse à son âge.

Je tends le bras au maximum pour atteindre mon verre laissé sur la table basse, à une distance calculée pour décourager mon ivrognerie. Je veux être encore à peu près lucide quand l'heure sera venue de lire *L'Excuse*. C'est pourquoi aussi j'ai refusé de partager le pétard que Will est en train de fumer. J'avale une dernière gorgée.

– Et le cousin amoureux atteint d'une maladie incurable ?

– Nick n'était même pas ton cousin.

– Et la copine journaliste ? Le lord dédaigné ?

– Ouais. Non. Toutes les jeunes filles ont un chaperon psychorigide qui déteste les beaux mecs friqués. Et des prétendants super-mignons dont elles sont les seules à ne pas tomber amoureuses.

– Et la vieille amie de la famille qui joue les entremetteuses ? Et Gilles ? L'esthète impécunieux qui ne fait qu'une bouchée de la sentimentale héritière que j'étais ?

– Hum. Ton premier mariage n'a pas tenu. Tu t'es trompée sur un homme. Qu'une de ses ex t'avait présenté. Super comme coïncidence. Je dois connaître quelque chose comme quinze cas de ce genre. Rien que sur l'île.

– Tu fais chier.

Finalement, il me faut une bouffée d'herbe pour abattre ma dernière carte.

– Et le bébé mort ?

Will me reprend délicatement le joint et me caresse la main au passage. L'émotion étranglée dans ma voix lui suggère la nécessité d'une diversion.

– On en était bien à la page 325 la dernière fois que tu es allée voir, non ? Parce que là, je n'entends plus rien.

Je saute sur mes pieds, m'en veux de l'exclure au point où nous en sommes et prise d'un remords pour ce geste trop brusque (j'ai dû lui faire mal en m'échappant de son bras) je me retourne vers Will et lui tends la main pour l'aider à se lever. Il me prend par l'épaule et nous nous dirigeons vers le bureau. L'imprimante s'est tue en effet et sur la dernière page je déchiffre le numéro trois cent quarante-cinq.

– Installe toi dans le salon si tu veux. Sauf si tu préfères que je te ramène à la villa. Mais je te préviens, je ne te laisse pas conduire. Tu as trop bu.

Je n'y avais même pas réfléchi. Où Nick aurait-il voulu que je lise son testament ? Will a raison. À la maison, c'est mieux. Je rassemble l'épaisse liasse de feuilles. Finalement, une seule cartouche d'encre a suffi. Je récupère ma disquette.

Une fois arrivés, je nous ferai du café, à moi en tout cas – je suppose que Will ira se coucher, il me prétend ivre, ce que je ne suis heureusement pas trop, mais lui titube de fatigue, ou simplement, comme tous ceux qui débarquent après plusieurs jours de navigation, son pied doit-il se réaccoutumer à la stabilité du sol sous lui.

Je m'installerai dans la cuisine. C'est une pièce agréable, la nuit. Je sais que la véranda serait l'endroit idéal, elle est suffisamment bien éclairée, mais il fait trop frais dehors. Et puis j'ai des souvenirs dans la cuisine. Y compris des souvenirs fougueux avec Nick. Une après-midi où nous étions seuls dans la maison. Tante Françoise était déjà repartie pour San Francisco. Charles et Alabama se baignaient. Je préparais du café, face à la fenêtre qui donne sur la mer, et Nick s'est collé contre moi. J'ai émis un gémissement étrange d'après lui (il aimait bien se moquer gentiment de mes réactions physiques), une sorte de « Afeuh » et il avait commencé à me caresser, remonté mon paréo, pas pris la peine de m'enlever mon bas de maillot. C'est justement à cet endroit-là, depuis la fenêtre de la cuisine, où il jouait avec mon plaisir, contrôlant parfaitement le temps qui lui restait avant que Charles et Alabama gravissent les marches de la véranda et que je sois obligée de rabattre mon paréo sur mes cuisses et de faire disparaître de mon visage toute trace du trouble, de la rougeur qui y étaient montés, c'est justement à cet endroit-là que Nick, un jour de la fin août, quelques années plus tôt, avait conçu cette idée bizarre. Que ma vie avait déjà été écrite par James, avec un siècle d'avance. Et qu'il avait décidé de faire le nécessaire pour que nous en arrivions là, revenions là, dans cette cuisine, et que nous y fassions enfin l'amour. Un bon souvenir, oui, pour accompagner ma lecture.

Plus tard encore. Dans la cuisine de la maison des Chancellor.

Je trempe les lèvres dans ma tasse de café brûlant, la repose, allume une cigarette (j'aérerai à fond quand j'aurai fini, tant pis pour le contrat de travail de Martha) observe un moment le paquet de trois cent quarante-cinq pages format A4 où l'encre est à peine sèche et je lis la première, la main déjà prête à la retourner pour la placer soigneusement à ma gauche, sur la table en pin verni.

Bravo. Tu as gagné. Si tu as trouvé l'excuse, c'est que tu as aussi le 21. J'en suis quasi certain. Si tu as commencé à fouiner du côté de Berkeley, il est impossible que tu ne sois pas tombée sur la création du laboratoire de recherche, sur notre vieille connaissance : Ralph Touchett. Il faut bien que je m'en persuade. Tant pis si je me trompe. De toute façon je préfère que tu le saches. Oui, ton poste c'est moi. Enfin, les conditions qui t'ont permis de l'obtenir. Je n'avais pas le pouvoir d'imposer ton dossier. Je l'ai fait pour te rapprocher de moi. Pour nous permettre de nous retrouver commodément. Le jour où. Le jour prochain où notre relation prendrait une nouvelle tournure. J'espère que tu as cessé de m'en vouloir. Qu'il s'est écoulé suffisamment de temps entre ta découverte du 21 et celle de l'excuse. Parce que celle-là, c'est bien la seule certitude que j'ai en écrivant ces lignes : si tu les lis un jour, c'est que tu l'auras trouvée.

Comment ? C'est ça qui est assommant avec les progrès technologiques. Tu auras du mal à lire la disquette. Ce sera sans doute plus long, plus compliqué que la version que je préfère, que je me plais à imaginer : toi et Will ressuscitant miraculeusement le vieux Mac Classic de sa mère, dans le petit bureau où elle préparait autrefois ses cours et où Will m'a fait entrer quand son père a fini par m'inviter à dîner, une fois qu'il a compris que mon amitié pour son fils était complètement innocente. J'aimerais tant que tu aies imprimé mon texte là, dans cette pièce que je connais.

J'aimerais tant aussi, c'est trop loin dans l'avenir et trop improbable pour que la pensée m'en rende jaloux, mais j'aimerais que tu couches avec Will. Will Plunkett. Si ça se trouve, tu ne vois même pas qui c'est. Peut-être as-tu réussi à exhumer, là où tu te trouves aujourd'hui, là où tu vis, à San Francisco (je l'espère ça aussi, que tu auras quitté Gilles et L.A.) à exhumer une bécane suffisamment antique pour y glisser ma disquette. Dans un musée ? On exposera un jour ce genre de machines ? Donc, tu n'as peut-être pas trouvé le « petit ». Je t'avais destiné un jeune amoureux, pour tes vieux jours. Un double de moi, en tout cas j'ai tout fait pour. Un garçon gentil, qui aime la mer, ma musique et aussi les mêmes romans que nous (sa mère avait déjà commencé le travail de ce côté-là, je ne suis pas entièrement responsable de sa culture littéraire). Tu aurais couché avec lui. Sur le bateau.

Il y aurait toujours le bateau. Contrairement aux machines (assommant : le téléphone, les mails, est-ce que ça existe toujours à l'époque où tu me lis ? est-on relié en permanence à n'importe quel réseau d'information, de communication, comme les personnages du bouquin de Dan Simmons – tu te souviens, quand on évoquait ensemble l'avenir et ses nouvelles technologies, on avait un terme générique pour ça, emprunté à sa saga : le « persoc » ?) il y a quelques trucs dont je veux croire qu'ils me survivront longtemps. Assez longtemps pour que ton avenir, tes « années intermédiaires » ressemblent à ce que je connais.

Il y a cette île, la maison, les bains de mer, l'alcool, toutes les bonnes choses à bouffer que l'océan nous donne, les *lobster rolls*, la *chowder soup*, les amandes grillées au beurre persillé, les pâtes à la *vongole* (c'est moi qui ai appris à Will les recettes : si mon plan fonctionne et que vous devenez amis, il t'en fera sûrement). Il y a le bateau, les cigarettes. Même si je crains que tu ne sois encore moins libre d'en fumer aujourd'hui, ça n'a pas dû s'arranger, le terrorisme antitabac. Ou alors, tu as arrêté. Je n'ai pas de conseil à te donner, c'est très égoïste, mais j'ai un peu de mal à me faire du souci pour ton espérance de vie, au point où j'en suis.

Il y a la musique que je t'ai laissée, d'accord, là aussi la technique du futur peut déranger mes plans, mais je suppose qu'il y aura toujours des moyens sophistiqués de déchiffrer des enregistrements (ou des disquettes) sur des supports périmés mais opérationnels. Après tout, j'ai lu dans le journal hier matin qu'on venait de découvrir dans un fonds d'archives parisien le tracé, sur papier, d'une voix de femme psalmodiant « Au clair de la lune », qui date d'avant Edison, et que des savants américains ont réussi à lire avec des instruments virtuels ; je n'ai pas tout compris mais ça me rassure sur ta capacité à réécouter un jour mes cassettes et à te replonger direct dans les années 1980.

Tu n'as peut-être pas trouvé le « petit ». Je me fais une raison. Will est d'ailleurs aussi bien mort en mer. Il est plus jeune que nous mais apparemment décidé à passer sa vie sur l'eau. On ne sait jamais. Au tarot, avec le petit, c'est pareil. C'est le seul des trois bouts qu'on risque toujours de se faire piquer par l'adversaire. Ce n'est pas une carte maîtresse, loin s'en faut. Will non plus, je m'y résigne, n'est pas ma carte maîtresse. Je suppose qu'il s'est marié. Quand je suis allé le voir s'embarquer, l'autre jour, pour son premier tour du monde, il y avait à bord une jeune Canadienne assez mignonne. Il lui fera peut-être même un enfant. Ça n'aura pas duré entre eux. Il y a de bonnes chances pour qu'il soit redevenu libre. Je te souhaite tant que ça ait marché. Qu'il t'attende, même, bien au chaud dans un lit que vous partageriez, ici, dans la maison, pendant que tu me lis. Parce que, évidemment, je voudrais aussi que tu me lises ici. Même si je ne crois pas aux fantômes, je sais qu'il restera toujours quelque chose de moi ici. Ne serait-ce que mon ADN, incrusté un peu partout, dans les restes de moi qui nourrissent la maison, les cheveux qui tapissent sa tuyauterie, les cils tombés entre les pages d'un livre, les traces, blanches sur blanc, de nos ébats sur les housses du salon (arrivés avant les autres cet été-là, sans prévenir : occasion saisie avant même l'intervention vigoureuse de la mère de Martha Bennett, très bon souvenir).

Si finalement tu reviens pour m'y voir mourir, tu éviteras l'île ensuite, probablement un certain temps. Mais, quoi qu'il arrive, j'ai fait le nécessaire avec ma mère. Le week-end dernier, elle était de passage à New York et j'en ai profité pour l'y rejoindre et la traîner chez Edwins, le notaire de la famille, mettre tout ça par écrit. Les boîtes sont dans un coffre, à l'abri. Quand ma mère mourra, elle te laissera la maison et il faudra que tu y trouves les boîtes. J'ai veillé à tout.

Comment j'ai eu l'idée, pour les boîtes ?

Alabama, si elle vit toujours, t'a peut-être raconté ma première visite là-haut, chez Monsieur Wu : le brouillard, la rocaille qui lui causait tant de souci, le tuyau d'arrosage serpentant n'importe où, ma maladresse, le thé vert offert au salon. On n'en buvait pas à l'époque, le goût m'a déconcerté, mais plu, aujourd'hui encore il est associé pour moi à ce spectacle étrange : les gestes sûrs du collectionneur maniant devant nous les objets, extirpés un à un de la boîte beige et nous les tendant, sans jamais hésiter, le vide de ses yeux encore accentué par les lunettes fumées. Malgré ma blessure au genou qui me faisait un mal de chien, j'ai tout de suite été captivé par le Strauss. J'espère que tu l'aimeras aussi, et pas seulement à cause de ce que j'ai ajouté à son contenu. Je sais bien que la disquette te compliquera les choses, mais après tout les clés USB se démoderont elles aussi, et à l'époque de Strauss il n'y en avait pas encore. Or il fallait que mon intervention, la manière dont j'ai falsifié légèrement son *Joker* reste discrète, n'éveille pas l'attention d'un spécialiste.

Et puis Alabama m'a appelé pour m'annoncer qu'elle me le refilait. Wu avait insisté. Elle ne savait pas quoi en faire. Elle se souvenait que je l'avais beaucoup plus admiré que le reste. Elle l'avait choisi pour ça, pour moi.

Je pensais déjà depuis un certain temps à toi. À ce que je projetais de mettre en place pour tes vieux jours. À nos retrouvailles. Je suis sentimental. J'aime *Sur la route de Madison*. Je l'ai revu la semaine dernière. C'est pénible, c'est vrai, toutes ces coupures publicitaires qui étirent, sur nos chaînes de télé, les durées des films, les multiplient facilement par deux. Tu t'en plaignais tout le temps au début, quant tu es arrivée en Amérique. Je pleure quand Clint met son clignotant vers la gauche et que Meryl, assise à côté de son mari dans la bagnole, juste derrière, s'agrippe à la poignée de la portière passager : est-ce qu'elle va descendre et courir sous la pluie battante rejoindre le plus grand amour de sa vie ? Spots pour lessive, barres chocolatées. Je pleure encore quand ses enfants finissent par répandre ses cendres sous le pont et que la voix *off* de leur mère conclut qu'elle leur a tout sacrifié mais qu'elle souhaite offrir au moins ça, ce qui reste, à son amant de deux nuits. Fous-toi de ma gueule, c'est comme ça. J'aime les histoires de testaments amoureux. Les boîtes découvertes dans l'émotion d'un deuil. Les coffrets dont on retrouve la clef quand des années ont passé.

En le revoyant l'autre jour, pour la première fois je me suis demandé pourquoi ces deux crétins n'avaient pas envisagé une solution de compromis. Plutôt que de trancher (détruire une famille ou dire adieu à jamais à une rencontre aussi miraculeuse, aussi parfaite) ils auraient très bien pu s'accorder quelque chose d'intermédiaire, un rendez-vous par an par exemple. Après tout, la foire de l'État voisin où son mari et ses enfants sont allés exhiber un taureau, elle doit bien avoir lieu chaque été, et même bourlingueur comme l'est Clint, il pourrait, s'il l'aime autant qu'il le dit, repasser par l'Iowa de temps en temps. Mais non. Tu me diras, il n'y aurait plus de mélodrame.

Nous, on y est arrivés. Deux ans et des poussières avaient passé quand Alabama m'a donné *Joker*, depuis le Bride Veil's Inn. J'ai commencé par falsifier l'inventaire, et mis les actes de propriété à ton nom. Maintenant que j'ai enfin terminé le trop long texte que tu vas lire, je n'aurai plus qu'à le transférer sur une disquette, à inscrire « Archer », ton nom de fiction, sur l'étiquette et à contacter Berkeley. J'ai fait faire par une papeterie de la 5e avenue les trois boîtes exactement identiques à celle du Strauss que tu as trouvées en arrivant ici. Pourvu seulement que tu aies décidé de rester sur l'île le temps de lire *Déjà-vu*, de regarder les photos, d'écouter les cassettes. Pourvu que tu y sois encore, aujourd'hui, maintenant que tu as trouvé la dernière pièce du puzzle. Simplement, s'il te plaît, je connais tes excès d'insomniaque, s'il est tard, si (je ne peux m'empêcher de visualiser cette version de l'histoire, ma préférée), si, rentrant de chez le vieux Plunkett, un peu ivre, tu as décidé d'en attaquer la lecture tout de suite, alors refais-toi du café ou, mieux (mais je te connais, tu n'es pas raisonnable) va te coucher, auprès de Will, s'il est avec toi, s'il est devenu ton amant, mais pas dans ma chambre (c'est vrai, je préférerais que tu dormes ailleurs, quand il est là). Rien ne presse.

J'ai presque tout prévu. Sauf une chose : que tu meures avant ma mère. J'avais déjà commencé à t'écrire, les boîtes étaient commandées quand j'ai envisagé cette hypothèse pour la première fois et l'ai aussitôt négligée : sans importance. Je me suis demandé pourquoi il m'était égal que tu n'aies jamais accès à tout ça. Pourquoi il fallait absolument différer ce moment, attendre la mort de ma mère, au risque que tu disparaisses avant elle et ne saches jamais ce que j'avais concocté pour toi. La réponse se trouve comme d'habitude chez James. Début du dernier chapitre : « Il lui avait dit, le premier soir qu'elle avait passé à Gardencourt, que si la vie la faisait suffisamment souffrir, elle verrait un jour le fantôme dont la vieille maison était dûment pourvue. Elle avait apparemment rempli la condition requise ; car le lendemain matin, dans l'aube froide et timide, elle sut qu'un esprit se tenait près de son lit. » Ce texte est mon fantôme. Pas plus que Ralph je ne te souhaite de souffrir. Mais mon cadeau n'aurait pas de sens si tu le recevais trop tôt. Je te veux mûre. Pas encore possédée comme moi aujourd'hui par un sentiment d'urgence, obsédé par l'imminence de la fin. Plutôt comme j'ai été si longtemps : sans grand avenir, sans projet. Idéalement, je te vois ici, dans la maison, à la retraite, et, si possible, profitant d'un été radieux. Je te veux parvenue à la dernière étape de la vie. Je veux que se soient écoulées les « années intermédiaires », celles qu'Isabel peine à s'imaginer. Je veux que tu regardes maintenant loin, très loin derrière toi.

Cette introduction, pardonne-moi, est confuse, désordonnée. Au début, c'était facile. Mais la tâche était lourde. Je suis fatigué. Maintenant que j'ai fini, que tout est écrit, le simple fait d'ajouter ces quelques avertissements m'épuise. D'ailleurs, tu verras bien. J'ai tort sans doute d'éterniser ces explications.

Il en faut encore pourtant.

Je ne sais pas quand tu me liras, c'est le jeu. Que seront devenus alors tous les personnages de notre histoire ? Je n'ai pu m'empêcher d'imaginer leur avenir. Certains seront morts. Il a fallu trancher. Charles d'abord. Sa beauté ne l'aura pas trahi. Il aura jusqu'au bout – même la Nature a ses heures d'indulgence, ou d'autosatisfaction, elle voudra bien, pour une fois, l'en faire profiter, cette œuvre si parfaite qu'elle a créée – jusqu'au bout il aura et elle respectera : cette démarche impériale, ces boucles blondes, cette mâchoire carrée. Il aura forcément décliné, d'une façon ou d'une autre. Mais pas physiquement. Je ne m'y résous pas. Au passage, tu excuseras ma discrétion : je fais allusion quelquefois dans mon texte à la liaison clandestine qui le poussait à m'accompagner à San Francisco quand je venais t'y retrouver. Mais j'ignore s'il t'en a finalement parlé et je suis obligé de rester muet là-dessus.

Si je sauve Charlie, je dois en sacrifier d'autres. Bruno. Jamais eu aucune sympathie pour lui. Liquidé.

Je suis obligé (ne m'en veux pas, essaie de comprendre) d'infliger en imagination à Juliette tout ce que je veux te voir épargné. Si aujourd'hui, encore assez vaillante pour te baigner, naviguer, peut-être même t'envoyer en l'air avec le petit, tu me lis, tâche de me pardonner la mort de Juliette. C'est elle ou toi. Le cancer fulgurant avant la cinquantaine, qui touchera nécessairement l'un d'entre vous, ce ne peut pas être toi. Gilles. Je pourrais le lui réserver, le cancer fulgurant. Pourquoi est-ce que je préfère qu'il soit encore là ? Après tout, Juliette manquerait autant à Peter que Gilles à Alabama. Mais non. Ça ne marche pas. D'abord, j'ai besoin de Gilles. Ce n'est pas une absolue nécessité. Même sans lui tu auras bien trouvé le Strauss. Mais il peut t'y aider. Et puis, oui, il y a sans doute là une part de méchanceté, je te l'accorde : je préfère anticiper sa vieillesse, la caricature de cette caricature qu'il a toujours été. Je veux que tu aies tout à fait cessé de l'aimer. Tu l'auras quitté. Ou bien ce sera lui. Impossible de vous imaginer ensemble. Je n'ai jamais été vraiment jaloux. Je suis pragmatique. Tu es mariée. Je t'ai aimée et désirée comme ça. Je savais, je n'ai pas de raison de me plaindre. Mais vous ne finirez pas ensemble, même dans le livre on ne peut y croire. Les rares moments où Isabel pense à son avenir, ses arguments en faveur de leur séparation sont plus convaincants que ses réticences. Tu auras gardé contre.

Alabama aussi je la sauve. Avec Molly. Et Monsieur Wu tant qu'à faire. Marie ? Marie. Qu'est-ce que deviennent les femmes comme elles ? Dans le livre, Madame Merle est punie. Aussitôt qu'est révélée à Isabel sa parenté avec la petite Pansy, elle repart pour les États-Unis. En langage jamesien, c'est presque pire qu'une condamnation à mort. Alors l'équivalent, pour Marie, ce serait l'exil dans son continent d'origine, l'Europe, une fin de vie pas forcément reluisante, pas de mariage lucratif, pas de famille. Je la plains.

Qui encore ? Ceux d'ici, sur l'île : j'aimerais bien que tu rencontres le vieux Plunkett. J'ai du mal à dissocier le « petit » de son père. Dans mon souvenir il y aura toujours ces deux silhouettes gigantesques effectuant des rétablissements spectaculaires dans le paysage enneigé, pour disparaître de ma vue et accéder au toit de la véranda, la première fois qu'ils sont venus. Je radote. Je t'ai raconté tout ça dans *Déjà-vu*. Tu n'es pas obligée de te retaper *Déjà-vu* : tu verras que je l'ai reproduit, par fragments, dans le texte que tu vas lire, mais ne te gêne pas, saute ces passages-là si tu veux. Martha Bennett. J'espère que le temps a continué à passer différemment sur l'île, à lui épargner ce qui a toujours fait son charme parce que déjà anachronique pour nous. À moins que les pires prévisions climatiques ne se réalisent et que l'île ne soit aujourd'hui engloutie, je parie que c'est Martha Bennett qui a repris le flambeau familial et s'occupe de ta maison. A-t-elle conservé sa démarche de danseuse classique ?

Il y a ceux que j'ai inventés aussi. Essentiellement les gens de Berkeley. Je suppose qu'en cherchant le 21 et l'excuse tu as eu affaire à des responsables que je ne connais pas. Ou alors peut-être la petite Dolores, ton étudiante si brillante dont tu me parles souvent, a-t-elle confirmé les espoirs que tu places en elle. Je la voix bien te succéder. Aux arts plastiques aussi j'imagine une femme. Je ne me suis pas foulé, tu verras. Je lui ai donné un nom de fleur. Bellarosa. À cause d'Alabama et de Molly, c'est venu comme ça.

Tu vas peut-être bien rire en découvrant mes hypothèses, en constatant combien je me suis trompé. Les absents ont toujours tort, alors les morts, comment seraient-ils foutus d'imaginer l'avenir de ceux qui leur survivront... Dans la réalité, Juliette, en pleine santé, attendrait ton coup de fil (« Je te rappelle dès que je l'ai lu »), Martha Bennett serait devenue une étoile du New York City Ballet, Gilles aurait épousé Marie, Alabama et Molly auraient adopté une petite Brésilienne. Jeu des versions alternatives. J'y ai pensé aussi. Comme Ralph Touchett, comme les lecteurs du livre, j'en suis réduit aux conjectures sans preuves.

Écrire *Déjà-vu* ne m'a pas suffi. Je ne dois pas être le genre de type à lancer des bouteilles à la mer sans se demander qui les trouvera. En cours de route, je n'ai cessé d'imaginer celle que tu seras devenue, les conditions dans lesquelles tu me liras. Je me suis projeté dans ce futur sans date où tu seras de nouveau mon interlocutrice, où je pourrai jouer avec toi, comme avant. J'ai rêvé qu'on se retrouve, par ce texte interposé, ici, sur l'île, dans cette maison, un été semblable au premier. Que tu interrompes ta lecture pour sauter dans les vagues, siroter du champagne en écoutant Depeche Mode, faire l'amour avec Will sur l'*Anyway*, jouer au tarot sur la véranda en fumant de l'herbe. Je me suis mis à ta place. C'était facile en partie, parce que je te connais si bien. En même temps, je me suis rendu compte que je sais peu de choses de ton enfance, de ta jeunesse. Je m'en suis toujours fait une image un peu simpliste, réduite à quelques éléments, si exotiques pour moi : l'école catho, les parents radins, ton éducation impeccable et pourtant ce sentiment d'être à part, avec ton père autrefois divorcé et ta mère si enfant, si irresponsable, si différente de la mienne. La villa, celle où vous passiez vos vacances, m'inspire plus. Tu m'as suffisamment décrit certains détails : l'ameublement de ta chambre, les fleurs du papier peint, jusqu'aux titres des livres pour enfants qui y traînaient, la vue sur cette mer qui s'enfuit là-bas à des kilomètres. Je peux les évoquer à ta place. Tu m'as dit aussi les grandes angoisses de ton adolescence, bonne petite première de la classe culpabilisée des nuits entières par la progression des heures sur l'écran de ton gros radio-réveil en plastique, trouvant plus tard en Juliette une condisciple capable de te faire surmonter ce que vous vous infligiez ensemble, les interminables séances de révisions, et chaque année, à l'époque où les marronniers du Quartier latin reverdissent, le sinistre rendez-vous du troupeau de bêtes à concours à la Maison des Examens d'Arcueil. Tu m'as raconté tout ça. Même tes rêves je peux les reconstituer. Tu m'en as confié certains, les rares fois où tu te réveilles dans mes bras.

Au fond, le seul sujet que je n'ai pas réussi à traiter (j'ai presque fini, excuse-moi, cette intro est beaucoup trop longue), c'est ma mort. Avant, avant que notre relation prenne une tournure, etc., depuis que je me sais malade, j'ai toujours cru que, sentant venir la fin, j'annoncerais à mon entourage que je partais faire le tour du monde, m'arrangerais pour être seul, ne surtout pas donner en spectacle ma déchéance. Je ne voyais d'ailleurs pas plus loin que ce mensonge, n'avais pas décidé où je me réfugierais pour crever, sans témoins. Et puis maintenant qu'il y a toi, c'est plus compliqué. Tu ne me croirais pas, pour commencer. Je suis donc presque résolu à achever de conformer notre existence au plan de James : comme Ralph, je t'aurai près de moi. Évidemment, selon les jours, j'anticipe un tableau plus ou moins idyllique. Quoi qu'il en soit finalement, je te demande de faire tout ton possible – et je te connais, tu es très douée pour choisir les souvenirs les meilleurs – pour que ma mort, quand tu y repenseras désormais, ressemble à ce que je décris dans le texte que tu vas lire : calme, et de préférence calée sur l'heure de l'apéro (je me doute bien que personne ne trinquera autour de mon lit de mort, mais la lumière est belle, dans ma chambre, quand elle décline).

Non, ce n'est pas vrai, il y a autre chose dont je n'ai pas su comment parler, tu verras, c'est ton bébé. Comme James, j'ai reculé. Impossible.

Essaie de me revoir tel que j'étais sur cette photo ridicule, cette photo où je serre « Ridicule », le marsupilami de Peter, dans mes bras : jeune, l'air heureux. Refais-toi du café. Si. J'ai raison. Tu ne tiendras pas toute la nuit sans ça. Approche-toi du plan de travail, là, sous la fenêtre qui donne à l'ouest, branche l'appareil, écoute le goutte à goutte, sens l'odeur monter dans les crachotements de vapeur, regarde les intermittences du phare là-bas dans la nuit, souviens-toi, lorsque je suis venu me plaquer derrière toi, un jour d'août, à l'endroit précis où j'avais deviné, en voyant Charles et Alabama traverser la pelouse dans notre direction, que notre vie obéissait jusque-là à un schéma romanesque et qu'il fallait l'en faire dévier.

Et pardonne-moi ce début, excessivement sentimental, stéréotypé. Je me suis fait plaisir : je t'ai prêté des mots nettement plus explicites que tous ceux que nous nous serons jamais dits. J'ai espéré qu'au moins rétrospectivement (même si ce premier regard n'a rien eu d'un coup de foudre) quand tu reviendrais ici, dans la maison, et que tu ouvrirais les portes-fenêtres pour la première fois depuis si longtemps, quand tu sortirais sur la véranda comme le soir de ton arrivée, clignant des yeux, cherchant des repères dans le contre-jour noyé de mer et de soleil, c'est ainsi que tu formulerais les choses.

La première fois que je l'ai vu, c'était ici.

Achevé d'imprimer en mai 2008
dans les ateliers de Normandie Roto Impression s.a.s.
à Lonrai (Orne)
N° d'éditeur : 2055 – N° d'édition : 160577
N°d'imprimeur : 081995
Dépôt légal : août 2008
Imprimé en France